パラオ攻略戦

機動戦士ガンダムＵＣ《ユニコーン》④

福井晴敏

角川文庫
16279

目次

Sect.3 パラオ攻略戦

カバーデザイン／樋口真嗣
本文デザイン／中森桃子
（角川書店　装丁室）
キャラクターデザイン／安彦良和
メカニックデザイン／カトキハジメ

Sect.3　パラオ攻略戦

1

「……いま、なんと?」

その瞬間、世界がぐにゃりとねじ曲がったような錯覚に襲われ、アルベルトは我知らず聞き返していた。(聞こえたはずですよ)と冷たい声がヘッドセットのスピーカーを震わせる。

(どのような経緯で接触があったのかはわかりません。しかし、バナージ・リンクスは間違いなくカーディアスの息子。エレンの死後、アンナ・リンクスとの間にもうけた子供です)

ノイズ混じりのモニターの向こうで、マーサ・ビスト・カーバインは泰然とした鉄面皮《てつめんぴ》を少しも崩さずに言う。バナージ・リンクス、あの小生意気な少年。その意味も重さも知らぬままRX-0に乗り込み、『ラプラスの箱』を担わされる羽目になった場違いな存在……そう、リンクスだ。聞いていたはずなのに、なぜその可能性を思いつかなかったのだ? ぐらぐらする頭に自問し、認めたくなかったからだ、と自答したアルベルトは、あらためて押し寄せてきた衝撃に声をなくした。モニターの中のマーサも、通信室のコンソールも現実感を失い、世界と一緒に自分の体がねじ曲がるのを感じ続けた。

周到に仕組まれた計画か、あり得ない偶然の累積か。いずれにせよ、カーディアス・ビストは行きずりの少年に『箱』を託したのではなかった。後妻になり損ねた女との間にできた子供、妾腹《しょうふく》の子と言っていい少年に一族の命運を委《ゆだ》ねた。本来、それを受け継ぐべき資格を持つ者を差し置いて——。

(しっかりなさい。《ユニコーン》のパイロットが何者であろうと、どうでもいいことです。問題は、それがネオ・ジオンの手に渡ってしまったという事実。あなたの不始末ですよ、アルベルト)

鋭い声が鼓膜を突き通り、遊離しかけた意識が肉体に引き戻された。アルベルトはヘッドセットのマイクをつかみ、十五インチ大のモニターに映るマーサにすがる目を向け直した。

「し、しかし、あの状況ではあれが最善の選択だった。《ユニコーン》さえなくなれば『箱』の安全は守られる。わたしは《ユニコーン》を破壊するつもりで……」

(結果がすべて。世間は過程を評価しないと教えたでしょう?)

にべもなく突き放しながら、根底の部分ではしっかり手綱を握りしめている。生理に絡みついてくるいつもの声音に、抵抗の気力は速やかに殺《そ》がれた。(こちらで打てる手は打ちました)と続いたビスト財団当主代行の言葉を、アルベルトは悄然《しょうぜん》と受け止めた。

（ミネバ・ザビ拘束の一報を受けて、ダカールの中央政府も騒がしくなっているようです。間もなく動きがあるでしょう。あなたはそこに留まって、事の次第を見届けるように）

「は……」

（引き返せない道です。自分の不始末は、自分で片付けなさい。あなたにならできるはずです）

引き返せない道。その言葉が胸に突き立ち、顔を上げた時にはマーサは消えていた。モニターにぼんやり反射する自分の顔を見、半ば感覚の失《う》せた手でヘッドセットを外したアルベルトは、固い椅子にどっかりと体を沈み込ませた。

艦橋構造部の一画に位置する第二通信室に、他の人影はない。細長い小部屋に通信用のモニターとコンソールが配置され、二脚しかない椅子が作動灯の反射光に照らされている。揚陸作戦や艦隊運用の際、所属部隊との連絡を取りまとめるために用いられる設備だというが、単艦運用が基本の《ネェル・アーガマ》では艦橋《ブリッジ》の通信設備で事は足りる。艦に乗り合わせた民間人が公衆電話代わりに使っても、さして問題はない場所だった。

ブリッジとの回線は遮断してあるので、会話を横聞きされる心配はない。エコーズの監視の目もここには届かず、室内には艦内放送のくぐもった声だけが響いている。（ハイライン・ポスト、設置用意）（接舷《せつげん》作業、予定時刻に変更なし。応急班は所定の時間までに……）云々《うんぬん》。なんのことやら判然としないが、おそらくは補給作業の準備に取りかかっているのだろう。参謀本部が差し向けた補給艦と接触するべく、《ネェル・アーガマ》が暗礁宙域を離れてから五時間以上が経つ。月面都市〈フォン・ブラウン〉にいるマーサと連絡が取れたのも、レーザー通信を妨げる宇宙ゴミ《スペースデブリ》がクリアになったからで、現在の《ネェル・アーガマ》は平常と言って間違いない時間の中にあった。

ネオ・ジオンの強襲を受け、『箱』の鍵《かぎ》たるRX－0を奪われてから一日半。マーサがどのような手を打ったのかは定かでないが、参謀本部はようやく重い腰を上げた。モビルスーツ隊は壊滅、船体も著しく損傷した《ネェル・アーガマ》だが、新たに補給を施された以上、帰還命令が出ることはまずあるまい。本部直轄の隠密作戦に供された艦、それもザビ家の跡取りを乗せてしまった艦として、先の見えない航海は当分のあいだ続く。ろくにプライバシーはなく、シャワーも自由に使えず、かかりつけのカウンセラーに電話もできない。クルーたちに邪魔者扱いされ、ダグザたちエコーズと角突き合わせる日々が、まだまだ続くというわけだ。「くそ！」と低く呻《うめ》き、アルベルトはコンソール上のヘッドセットを払いのけた。

そんなことはいい。この数日ですっかり体に染みついた、塗粧《とそう》ペンキとオゾン臭の混じった艦特有の臭いも我慢できる。耐えがたいのは、眠れないことだ。空調と機関が醸し出す風の音にあの男の声が相乗し、疲れきった体を何度でも眠りから引き戻すことだ。

引き返せない道……引き金を引いた時のあの感触。いつになったら忘れられる？　他にどうしようもなかった。百年続いた秩序を乱そうとしたのは、あの男の方なのに。いつでも全体にとって最善と思われることをしてきた自分を差し置いて、あの男はなぜ——。アルベルトは、こわ張った手のひらをきつく握りしめた。

「なんで……ぼくじゃなかったんだ」

喉奥《のどおく》から搾《しぼ》り出した声が、薄い重力に包まれた体を震わせた。感情の波が行き過ぎるまで、アルベルトはコンソールに伏した顔を上げなかった。

※

自傷防止用のマットに覆われた壁と、天井に設置された監視カメラ。窓はひとつもなく、ドアには鉄格子を嵌《は》められた覗《のぞ》き窓《まど》がある。捕虜収監室の風景は、連邦もネオ・ジオンも変わらない。違う点があるとすれば、こちらの方が空調が静かということぐらいか。

その空調の音に、電子ロックの解除される音が混じった。作り付けの固いベッドに腰かけたまま、ミネバ・ラオ・ザビは開いたドアの方に顔を向けた。

まだ食事の時間ではない。新手の尋問者か？　と身構える間に、知った顔が戸口の前に現れた。すぐにはどんな顔をしていいのかわからず、ミネバは咄嗟《とっさ》に口もとを引き締めた。通路からの逆光を背負い、リディ・マーセナスも緊張した顔をこちらに据えた。

「オードリー・バーン……。いや、ミネバ・ザビか」

薄暗い声で言うと、うしろ手でドアを閉める。その瞳《ひとみ》が冷たい怒気を孕《はら》んでいた。一パイロットに自分と面会する必要があるとは思えないし、許可が下りるとも思えない。公用ではないと確信したミネバは、震えそうな拳《こぶし》に力を込めた。リディはひたと据えた視線を動かさず、「子供の頃、ザビ家の演説ってのを聞いたことがある」と押し殺した声を重ねてきた。

「ギレン・ザビ。君の伯父《おじ》さんだろ？　弟のガルマが地球で戦死した時に、ジオン本国で派手な国葬をやってさ。世界中に中継したんだよな。ガルマの死を無駄にするな。優良種たるジオン国民こそ、選ばれたエリートなのである。ジーク・ジオン《ジーク・ジオン》に栄光あれって」

一緒に《ユニコーン》の保管場所に忍び込み、女優に似ているのなんのと他愛のない言葉を交わしたのは昨日のこと……いや、もう二日前になるか。その間に直面した現実、味わったのだろう悲憤《ひふん》を硬い表情に忍ばせ、グレーの士官制服を着た体が一歩こちらに足を踏み出してくる。立ち上がってあとずさりたいのを堪《こら》え、ミネバはリディの顔をまっすぐに見返した。

「ジーク・ジオン、ジーク・ジオン……。何万人もの連中が一緒になって叫ぶ。気味の悪い光景だったよ。おれはまだガキだったけど、鳥肌が立ったのを憶《おぼ》えてる。子供から年寄りまで、一糸乱れずに同じことができる連中ってのはなんなんだ？　ロボットか？　自分で考えたり、感じたりすることはないのか？」

爪先が触れ合うほどに近寄り、リディは両の拳をぐっと握りしめた。「なんとか言えよ」と荒らげられた声音が、狭い収監室の空気をびりびりと振動させた。

「ネオ・ジオンでもやってるんだろ？　ジーク・ジオンってさ。ここで言ってみろよ」

言葉とは裏腹に、その目が揺れていた。少し息を呑《の》み、目の奥を覗き込もうとしたミネバの視線を避け、「言えよ！」と叫んだリディの顔があらぬ方に背けられていった。

「ジーク・ジオンって言って、ジオンのお姫様なんだってわからせてくれよ。そうでないと……」

途切れた語尾がじわりと濡《ぬ》れ、部屋の空気を密《ひそ》やかに湿らせた。この人はなにを話しにきたのだろう。なぜこんなに苦しそうなのだろう。張り詰めた胸にそんな言葉が浮かび上がり、ミネバはあらためて目前に立つ青年の顔を見上げた。自分と同じ――この人も、感情を言葉にする術《すべ》が見つからないのかもしれない。伝えたいこと、確かめたいことがたくさんあるのに、なにもかもが上滑りしてゆく。

「……まあ、いいさ」

長い沈黙のあと、リディは金髪をかき上げて鈍い視線をこちらに向けた。「黙秘を押し通してるんだってことは聞いている。ミネバ・ザビともあろう者が、なんだってひとりで連邦の艦に潜り込んだのか……。もうおれみたいなパイロットが出る幕じゃない。あとはその道のプロに任せるさ」

　それで自分を納得させて——いや、言い聞かせるようにして、リディは踵《きびす》を返した。自分同様、まだ途上にあると思える背中を見送ったミネバは、「でも、これだけは憶えておいてくれ」と続いた声に顎《あご》を上げた。

「オードリー・バーンって女の子を救うために、命を投げ出した奴がいたんだってこと……。あいつは、最後まで君の名前を呼んでた。ミネバ・ザビじゃなく、オードリーって名前を」

　心臓がひとつ脈を打ち、コロニーの路地裏を共に駆け抜けた少年の横顔が脳裏をよぎった。絶句したこちらの顔をちらと見遣《みや》ってから、リディは無言で戸口の方に歩いてゆく。男の論理だ、一方的すぎる。反射的に思ったものの、得体の知れない罪悪感を払拭《ふっしょく》するには至らず、「なにもわかっていないのですね」とミネバは口にしてしまっていた。

　ドアノブに触れかけたリディの手が止まる。驚きと、多少の怒りを滲《にじ》ませた顔が振り向けられ、正直な人だなと思ったのは一瞬だった。胸の底で身じろぎする感情に押されるまま、ミネバは「その道のプロって、誰のことです？」と言葉を継いだ。

「そりゃ、聴取官とか、司法関係の……」

「この事件に司法が介入することはありません。作戦が公表されることもないし、私の身柄の拘束が報道されることもない」

余計なことだ。話したところでなにも変わらないし、救われるものもない。思いながらも、まる一日の黙秘を強いてきた口が止まらなかった。リディは顔色を変え、「どういう意味だ」と体全部をこちらに向けた。

「言葉通りです。今回の作戦、報道できる内容だとお思い？」

「だが、そのことと、ミネバ・ザビの拘束は……」

「私が拘束されたと公表されれば、ネオ・ジオンは行動を起こさざるを得なくなる。フル・フロンタルが、あくまで私をミネバ・ザビだと認めなかったのはなぜか」

「それは、人質作戦に乗らないために……」

息と一緒に先の言葉を呑み込み、リディは口を閉じた。「考えればわかることです」と重ねて、ミネバは床に目を落とした。

「この十年近く、私が捕まらずにいたわけ。ネオ・ジオンが再び軍備を整えられたわけ……」

自治独立を悲願とする宇宙移民者《スペースノイド》の熱情、ジオン再興にかけた無名の戦士たちの犠牲――それもある。が、理念だけで物事は動かない。たとえ反政府運動であっても、それを成立させる政治と経済が機能しなければ、組織体が力を持つことはない。「出来レースだっていうのか？　連邦とネオ・ジオンの」と言ったリディの声を、ミネバは忸怩《じくじ》たる思いで受け止めた。

れるだろう。しかし、それも結局は『箱』の所有権をめぐる部内闘争の延長であり、政治の腕の中に収斂《しゅうれん》するものでしかない。《ユニコーン》のパイロットが生きていたとしても、その命に配慮する者など誰も——。

「……難しいんだな」

ぽつりと呟《つぶや》かれた声に、ミネバは暗い物思いを閉じて顔を上げた。倦《う》んだ目を床に落とし、消化不良を露《あらわ》にしたリディの顔が薄闇の中にあった。

「おれは、自分をパイロットだと規定してきた。モビルスーツを動かして、与えられた任務を確実にこなすのが仕事で、他のことは考える必要がない。たまに不正が起こっても、自分で自分を正す力が連邦政府にはあるって……。いや、嘘だな。見ないように、考えないようにしていたんだ。〝家〟にいた時からずっと……」

さもありなんと思える述懐でも、〝家〟という響きが奇妙に耳に残った。「最後に、ひとつだけ教えてくれ」と続けて、リディはミネバの目を正面に見返した。

「そこまでわかっていながら、君はなぜひとりで行動を起こしたんだ？」

真摯《しんし》な問いかけだった。まっすぐな目に少しどきりとしながら、「私にも、生まれついた〝家〟というものがあります」とミネバは注意深く答えた。

「一年戦争の悪名を背負った〝家〟です。そのことで私を危険視する者もいれば、ジオン再興の象徴に祭り上げようとする者もいる。どちらにせよ、私は政治と無関係ではいられない。また同じ過ちがくり返されようとしているなら、命に代えても止める義務と責任があります」

「君がいなくなることで、別の危機が起こったとしてもか？」

「言ったでしょう？　私の不在が公表されることはない。政治を世渡りのことだと思っている人たちにとって、私は単なるゲームの駒です。でも、政治とは本来そのようなものではない」

話すうちに、自分でももやもやとしていたものが形になる感覚があった。「義務と責任……。その場にある者としての、か」と独りごち、リディは不意に底堅くなった瞳《ひとみ》を壁の一点に据えた。なにかを見出《みいだ》しかけている顔を見つめ、その視線の先を思わず追いそうになりながら、このリディ・マーセナス少尉の言う〝家〟とはなんだろうとミネバは想像してみる。マーセナスと言えば、非業の死を遂げた連邦政府初代首相の名前だが……。

「おい、リディ。いい加減にしとけよ」

唐突に割って入った別の声に、先の思考が遮られた。ドアの覗《のぞ》き窓《まど》に嵌《は》められた鉄格子ごしに、ヘルメットをかぶった警衛隊員の顔が見えた。

「そろそろ交替の時間なんだ。見つかったら、おまえだってただじゃ済まないぞ」

「わかってる。いま出るよ」

軽く振り返って応じてから、リディはあらためてこちらを見た。その頭上にある監視カメラの作動灯が消えていることに、ミネバはいまさら気づいた。

「君が人の上に立つべき人間なんだってことは、よくわかった。おれは、なにもわかっていなかったらしいってことも」

最初に入ってきた時より落ち着いた目の光が、彼の学習能力の高さを物語っていた。無言で見返したミネバは、「でも君はジオンの人間だ」と続いた硬い声に、膝上《ひざうえ》の拳《こぶし》を握りしめた。

「裏で馴《な》れ合っていたとしても、おれたちの敵だ。ノーム隊長たちの仇《かたき》だ。それを許すことは、おれにはできない」

感情を持つ人なら当然のことだ。その感情が人を間違わせ、また救いもするのだと了解して、ミネバは目前の青年の意思表示を全身で受け止めた。リディは踵《きびす》を返し、今度こそドアノブに手をかけた。

「……別の場所で会いたかったな」

応じる声も、その間もなかった。リディは素早く戸口を抜け、閉じられたドアがその背中を隠した。施錠の電子音が尾を引き、独りになった収監室につかのま滞留して消えた。

ふっと息をつき、マットが張られた壁に寄りかかる。生の感情を受け止めた体が、自分でも驚くほど疲れていた。言葉だけで学べるもの、救えるものなどなにもない。自分こそなにもわかっていなかったのだと思いつつ、ミネバは薄暗い収監室をぼんやり見回した。

もし生きていてくれるなら、バナージもこんなふうに囚《とら》われの時間を過ごしているのだろうか。漫然と考えた頭が急に重くなり、ミネバは目を閉じた。収監されて以来、一睡もしていない体が眠りの淵《ふち》に沈むのに、さして時間はかからなかった。

※

解錠を告げる電子音が、ノックの代わりだった。バナージ・リンクスは舷窓《げんそう》から顔を離し、戸口に現れた人影を視界に入れた。

思った通り、マリーダ・クルスがそこにいた。朱色の生地に、金モール付きの飾りボタンを配したベスト状の上着と、足のラインを際立たせる白いズボン。詰襟には翼を象《かたど》ったジオンの紋章が描かれ、その上で光を放つ一対の目が素早く室内を見回す。こちらに抵抗の気力がないとわかっても、猫のように隙のないマリーダの目付きがやわらぐことはなかった。細い、しかし全身がバネと思える体軀《たいく》が室内に足を踏み入れ、手にした食事のトレーを簡易テーブルの上に置く。

彼女が食事を運んできたのは、これで三回目になる。気を失っていた時間も含めれば、この艦に収容されて二日近い時間が経っているのだろう。レトルト食品を適当に盛ったトレーを一瞥《いちべつ》してから、バナージは『袖付き《そでつ》』の軍服に身を固めたマリーダの横顔を注視した。ベッドと簡易テーブル、それに三十センチ四方の舷窓がある他は見るものもない船室で、そのすらりとした肢体はひどく華やかに見えた。

医務室で意識を取り戻したあと、診察、尋問、幽閉。まるで《ネェル・アーガマ》で体験したことのくり返しだったが、艦内に流れる空気は根本的に異なっていた。この艦はなんという名前で、どこに向かっているのか。自分と一緒に回収されたらしい《ユニコーン》はどうなったのか。尋ねても答はなく、下手に食い下がると殺気を帯びた視線が返ってくる。なんといっても、ここは『袖付き』――ネオ・ジオンが所有する艦の中で、なりゆきとはいえ、バナージは彼らと敵対してしまった身だ。

連邦軍の人間でないことは説明したし、オードリーとの経緯も話しはした。尋問者たちの反応からして、当面手荒な真似をされる心配はなさそうだったが、油断できるものではなかった。《ユニコーン》のこともあれば、なにをされてもおかしくはない。薬物を使った尋問を受け直させられる可能性だってある。人事不省のまま椅子に縛りつけられ、なにもかも喋《しゃべ》らされた挙句に廃人と化す捕虜――。不穏な想像を打ち消しつつ、バナージはマリーダの一挙手一投足を注視し続けた。と、その顔が不意に動き、蒼《あお》い瞳が寸分のためらいもなくバナージを直視した。

思わず息を呑《の》み、あとずさる間もなく、下からすくい上げた手が顎《あご》に絡みついてくる。そのまま無造作に引き寄せられ、バナージはマリーダの眼前に顔を突き出す格好になった。

深い蒼を湛《たた》えた瞳が目の前で瞬き、こちらの目をじっと覗き込む。ふわっと柔らかな体臭が鼻《び》腔《こう》をくすぐり、女の汗は甘いのだな、と場違いな感慨にとらわれた刹那《せつな》、乱暴に突き放された体がたたらを踏んだ。

ベッドに尻餅《しりもち》をついてしまってから、すぐに立ち上がる。マリーダは表情ひとつ変えず、

「まだ充血しているな。これを使え」と言うと、ポケットから取り出したものをバナージに放って寄越した。

手のひらに収まる程度のスプレー缶は、無重力仕様の目薬と知れた。「人間の体で、加重《G》にいちばん弱い器官は目だ」と続けたマリーダの顔を、バナージは半ば呆然《ぼうぜん》と見返した。

「あれだけの加速に振り回されれば、眼球が飛び出していたっておかしくない。なるたけ目は休めていろ」

返事を待たず、マリーダは背中を向けた。一本に束ねられた長い髪――〈インダストリアル７〉で見た時と同じ、オレンジがかった栗色の髪がふわりと広がり、子供扱いされ通しの身を嗤《わら》うように揺れる。目薬を握りしめたバナージは、「なんでも知ってるんですね」と突っ掛かる声を投げつけた。

「軍人のたしなみですか。それともテロリストの？」

腹に力を入れ、振り返ったマリーダの視線を正面に受け止める。暴力の振るい方を習い、

常に殺気を宿している目。この目に出会い、屈伏させられたことが、その後の自分の運命を変えた。いや、自分だけではなく、〈インダストリアル7〉にいる全員の運命が暴力的に変えられてしまった。

あの戦闘の時、マリーダがどこでなにをしていたのかは知らないが、〈インダストリアル7〉を目茶苦茶にした当事者のひとりであることは間違いない。気遣う素振りをされたからといって、簡単に心を許すわけにはいかない。震える足で低重力の床を踏みしめ、バナージは意地でもマリーダの顔を睨《にら》み続けたが、

「殺されないとわかったら、よく喋るんだな」

微塵《みじん》も動じていない声に図星をさされ、意地の心張り棒があっさり折れた。返す言葉を見つけられず、バナージは顔を背けた。

「私は軍人のつもりだが、主観の相違だな。助かりたいために、人質を使う軍隊だって存在する」

「それは……」

「タチが悪いのは、批判だけをして自分はなにもしない人間だ」

ぴしゃりと放たれた声に、喉《のど》まで出かけた抗弁が霧散した。バナージは生唾《なまつば》を飲み下し、深海に繋《つな》がっていると思える蒼い瞳をただ見つめた。

「おまえは姫様を助けるために行動を起こした。だからそれに見合った待遇を受けている。

もう状況の一部というわけだ」

「そんなの……！　一方的すぎますよ。おれを生かしておくのは、《ユニコーン》のことを調べたいからでしょう？」

「それも理由のひとつではある」

「オードリーのことはどうするんです。彼女は、『ラプラスの箱』がネオ・ジオンの手に渡るのを防ごうとしていた。『箱』とオードリーと、あなたたちはどっちが大切なんです⁉」

「それを決めるのは私の仕事じゃない」

覆《かぶ》い被せるように言い、マリーダは顔を背けた。触れてはいけないなにかに触れてしまったらしいとわかり、バナージは咄嗟《とっさ》に口を噤《つぐ》んだ。

「じきに私たちの家に着く。すべての決定はそこで下される。休める時に休んでおくことだ」

「家……？」

基地でも拠点でもない、家というそぐわない響きにバナージは眉《まゆ》をひそめた。マリーダは後《おく》れ毛《げ》に手をやり、舷窓の方に軽く顎をしゃくってみせた。

矢《や》月も地球も太陽も見えない、銀色に輝く星の光だけをちりばめた宇宙。その一点に、矢尻《じり》の形に似た黒い影がぽつんと浮かんでいた。まだスケールは判然としないが、暗礁宙域に浮かぶ石ころという風情ではない。付近で瞬く小さな光が船舶の航宙灯なら、その大きさはスペースコロニーに匹敵する。鉱物資源衛星だろうか？　小さな舷窓に寄せられるだけ顔を寄せ、バナージは特異な形状の岩塊に目を凝らした。遠い太陽光を矢尻の先端部分に浴び、それはみるみる小惑星《アステロイド》と呼ぶべきスケールを確かにしてゆく。ひとつではない、複数のアステロイドが繋ぎ合わされ、矢尻のシルエットを形成する巨大な衛星――。

「〈パラオ〉だ。私たちの家だ」

マリーダが言う。少し顔を動かしただけで、バナージは眼前に広がる未知の世界から目を逸《そ》らさなかった。ごつごつとした岩肌に無数の灯火を瞬かせ、〈パラオ〉と呼ばれた衛星は無言の顔を永遠の夜に向けていた。

宇宙移民計画の根幹となるスペースコロニーの建造には、当然のことながら莫大《ばくだい》な建設資材が必要とされる。地球で採掘される資源では到底間に合わないし、大気圏外に打ち上げるコストに鑑《かんが》みても現実的ではない。そこで旧世紀の人々は、まず月に目を付けた。そして月面に恒久資源採掘基地を建設したあと、次のステップとして進出したのが、天然の鉱物資源が無尽蔵に眠る沃野《よくや》――火星と木星の狭間《はざま》に広がる小惑星帯《アステロイド・ベルト》だった。

木星の強大な重力に阻まれ、惑星に凝集することなく終わった石ころたちの巣。旧世紀中に観測されただけで数十万、総数は数百万とも言われる小惑星が漂うアステロイド・ベルトは、全体の質量は月の三十五分の一に達すると見積もられており、その多くが優良な鉱物資源を含んでいる。無論、百科事典のイラストで説明されるほど密集してはおらず、広大な虚空にぽつぽつと分散しているというのが実情だが、ひとつの小惑星に狙いをすまし、地球圏から開拓団を送り込むのは不可能なことではない。同様に、有望とわかった小惑星に核パルス・エンジンを取りつけ、地球圏まで自航させることも、宇宙世紀を迎えた人類には不可能な事業ではなかった。

中でも有名なのは、宇宙世紀００４５《ダブルオーフォーティファイブ》に月軌道に定着した小惑星ユノーこと〈ルナツー〉だ。００６０年代に軍事基地化された〈ルナツー〉は、連邦宇宙軍最大の拠点として機能する一方、現在でも鉱物資源の採掘が続けられている。〈パラオ〉もそうした鉱物資源衛星のひとつで、こちらはコロニー公社の人間でもなければ知らない辺鄙《へんぴ》な衛星だが、その歴史は存外古く、部分的には旧世紀に牽引《けんいん》されてきた微惑星を含んでいるのだという。部分的、という付帯条件が伴うのは、〈パラオ〉が複数の小惑星を繋ぎ合わせた構造になっているからで、遠目には矢尻に見える特異な形状はそこに起因するものだった。

すなわち、矢尻の先端を形成する尖《とが》った三角錐状《さんかくすい》の岩塊がまずあり、その底面に三個の不揃《ふぞろ》いな形の岩塊が密接している。小惑星と呼ぶのも憚《はばか》られる規模の四つの石ころは、各々が複数の連結シャフトで繋ぎ合わされており、近づかなければ一塊の小惑星としか見えなかった。全長三十数キロ、最大直径十五キロに達する、騙《だま》し絵のような鉱物資源衛星だ。

どこの資源衛星もそうであるように、岩肌には無数のスペースゲートや監視所が設けられ、主体となる三角錐状の岩塊に円筒状の居住ブロックが二つ、それぞれ直径一・六キロの穴を穿《うが》って埋め込まれている。コロニー同様、回転によって遠心重力を発生させるそこに約三万の人々が住み、鉱山業を営んでいるというのがマリーダの説明したすべてだった。バナージを乗せた艦――ネオ・ジオン艦隊の旗艦《レウルーラ》は、同航する偽装貨物船《ガランシェール》ともども、その〈パラオ〉の内奥に進入していった。

表面に露出したスペースゲートではなく、四つの岩塊が岩肌を突き合わせる接合面の隙間へ。重なり合った岩の内側が抉《えぐ》り抜かれ、外からは窺《うかが》えない〝入り江〟を造り出しているらしいとわかったが、舷窓《げんそう》から判別できたのはそこまでだった。圧倒的な質量をもって迫る岩肌、折り重なる巨大な連結シャフトが窓外を埋め、ようやく抜けたと思った時には部屋から連れ出されていたからだ。視界が開けた一瞬、すり鉢状に抉られた空間に複数の艦艇が繋留《けいりゅう》され、モビルスーツが往来するパノラマ的光景を見たような気がしたものの、マリーダに首根っこを押さえられていては確かめる間もなかった。バナージは艦の外に連行され、規定の防疫検査を受けたあと、〈パラオ〉の地に足を踏み入れた。

港の全景を望む機会はなかった。無重力帯の通路を抜け、ターミナルらしい建物の外に出ると、チャーターされたリニアカーが待っていた。コロニーで使われる〝地下鉄〟と同じタイプのものだが、こちらは本当に地下の坑道を走る。同乗者はマリーダの他、《ガランシェール》のクルーだという数人の男たちで、彼らは《レウルーラ》のクルーとは明らかに雰囲気が違っていた。全員が金モール付きの華美《かび》な軍服を着ていても、どこかそぐわない感じなのだ。馬子にも衣装、という古代の諺《ことわざ》があるが、馬子には馬子の矜持《きょうじ》がある、飾りはいらんという気概が制服を圧倒しているというか。いずれ、ヤクザな空気を漂わせる男たちであることは間違いなかった。

会話から察するに、マリーダも本来は《ガランシェール》のクルーであるらしい。なぜ彼女だけ《レウルーラ》に移乗して、自分の見張りをさせられていたのか。考える間もなくリニアカーは走り出し、坑道の岩肌が窓の風景を塗り潰《つぶ》した。五分も走ると坑道は後方に過ぎ去り、〈パラオ〉の深部に掘り抜かれた採掘場が眼下に広がるようになって、バナージは社会科見学に来た小学生さながら、窓にへばりついて動かなくなった。

三角錐状の小惑星の中心部を、ほぼ一直線に貫く採掘場は、平均直径四百メートル、長さは十キロ以上にわたる。このバカでかい鉱窟《こうくつ》とでも言うべき空間を中心に、無数の坑道が網の目のように走り、居住区やスペースポートに繋がっているのだという。採掘場の終点にはオートメ化された射出システム――マス・ドライバーがあり、採掘した鉱物を定期的に打ち出しているそうだが、窓から見渡す限り、採掘場の設備は総じて古いというのがバナージの印象だった。

坑壁にへばりつく工場群はほとんど稼働しておらず、そこここに置かれた採掘機械も動く気配がない。どれもこれも錆《さび》と土埃《つちぼこり》に埋もれ、赤茶けた岩肌と半ば一体化した風情がある。無重力の作業環境を活かし、鉱石を運ぶプチMS《モビ》がまばらに飛び交ってはいるものの、その機体は恐ろしいほど旧式に見えた。人工太陽のパネルも半分が消され、常に日暮れ時の光しか射さない採掘場と、過去の土埃に覆われた設備群。寂れた廃鉱山という以外に、この光景を説明する言葉はなかった。

「昔はこうじゃなかったさ。五十年くらい前、コロニーの建造が盛んだった頃には、そこらじゅうの煙突から煙が上がってたな。噴き上がった土のせいで、反対側の地面が見えなかったって話だ。……でも、この石ころはあんまり良質な鉱脈じゃなかった。初期の開拓時代に運ばれてきてからこっち、他の石ころを接ぎ足したりして、騙し騙し使ってきたんだがな。いまじゃあらかた掘り尽くしちまって、屑《くず》みたいなチタンしか採れないってわけだ」

一緒に窓外を眺めつつ、隣の席に収まったギルボア・サントが言う。《ガランシェール》のクルーのひとりである彼は、いかにも人当たりのよさそうな三十がらみの黒人種で、この〈パラオ〉で生まれ育ったらしい。もっとも、彼がバナージくらいの歳になるまで、ここは〈パラオ〉という名前ではなかった。コロニー公社が閉鎖を決定した時、どこかの資産家がまるごとこの星を買い取り、〈パラオ〉という地球の地名に因《ちな》んだ名を冠したのだ。

以来、〈パラオ〉はサイド6の特別行政区に指定され、その資産家が区長の座に収まった。旧世紀的感覚で言うなら、属領の離れ小島を国家から買い取ったというところか。総督と名乗っているそうだが、実情は「村長みたいなもんだ」とギルボアは説明した。

「昔のジオン公国に、〈ソロモン〉って名前の宇宙要塞《ようさい》があったろ。あれに因んで〈パラオ〉にしたらしい。どっちも地球にある島の名前なんだとさ。〈ソロモン〉は神話の王様から取った名前で、島は関係ないんだけどな。ま、ミーハーなんだろうよ」

つまり、この〈パラオ〉の所有者は生粋のジオン・シンパ。戦後の特需を期待して、潰れかけた鉱山を買い取る一方、そこをネオ・ジオンの拠点に提供してきたのだろう。戦時中、中立を貫いたことで知られるサイド6も、裏ではジオン公国と繋《つな》がっていたと言われる。首長国の暗黙の了解もあれば、ここの存在を連邦の目から隠すのは不可能なことではなかった。第二次ネオ・ジオン戦争以降、ジオン残党の摘発が強化されてきた中でも。『対ジオニズム闘争は掃討戦に移行した』という宣伝は宣伝に過ぎず、基地化した資源衛星をまるごと見過ごし続ける連邦軍。その理解が鈍った頭を刺激し、連邦とネオ・ジオンの間に横たわる想像外の〝関係〟を理解させかけたが、それ以上の思考をめぐらせる余裕はバナージにはなかった。他意のない口を開くギルボアをちらと眺め、観光案内はほどほどにしとけよ、と目で言った髭面《ひげづら》の男と、不意に視線を合わせてしまったからだ。

クルーたちから船長《キャプテン》と呼ばれている男だった。最初に顔を見た時から気になっていたが、あの目はやはり間違いない。〈インダストリアル7〉で自分に銃を突きつけた男だ。彼の隣に座る金髪の男も見覚えがある。そう言えば、あの日の朝、臨時入港してバイトを潰してくれた船の名前が《ガランシェール》だったと、バナージは急に思い出していた。

彼らは最初からこの事態に関わっていた。おそらくは密航したオードリーを追い、マリーダを差し向けたのもこの男——ジンネマンと呼ばれている船長だ。バナージは、斜め前の座席に収まるジンネマンの後頭部を見据えた。こいつらさえ来なければという腹立ちと、自分の運命に直接関わっている相手への畏怖《いふ》が同時に噴き出し、仕分けされずに渦を巻いたが、ジンネマンはもうこちらの方を見ようとしなかった。肩をすくめたギルボアも喋《しゃべ》るのをやめてしまい、リニア・モーターの微《かす》かな駆動音だけが車内に残された。

ひとつ息を吐き、マリーダの方に視線を流す。通路を挟んだ隣の座席で、彼女もジンネマンの後頭部に目を注いでいた。上官への忠節というだけにしては、奇妙に熱を帯びた蒼《あお》い瞳《ひとみ》。思い思いに視線を泳がせ、半ば弛緩《しかん》しているクルーたちの中で、ひとり張り詰めているその横顔が浮き立って見えた。

どういう関係なのだろう。尋ねる言葉も、その勇気も持てずに、バナージは窓の方に視線を逃がした。坑壁に設置されたレールに吊《つ》り下げられ、リニアカーは広大な採掘場を見下ろしながら——無重力では意味のない表現だが——ひた走る。ほどなく分岐点に差しかかり、横穴の引き込み線に乗り換えると、車両は何十とある坑道のひとつに吸い込まれていった。

採掘場は後方に過ぎ去り、狭い坑道が再びリニアカーを包み込む。車内に一瞬の闇が訪れ、思い詰めたようなマリーダの瞳を覆い隠した。

目的の駅に到着したリニアカーから降り、居住ブロックに通じるエレベーターに乗り込む。腰の肉が押し下げられる独特の感覚を味わううちに、エレベーターは八百メートルあまりを降下し、バナージたちを〈パラオ〉の重力区画へと運んだ。

内壁に設けられた町へは出ず、エレベーターホールから直結する地下通路へ。作業用のサービスルートらしい飾りのない通路は、武装した衛兵が立つゲートの前に来ると一変した。同行するジンネマンとマリーダがさっさと先に進む中、バナージは思わず立ち止まってゲートの向こうを見渡した。

通路を支える支柱は溝彫りを施された円柱に替わり、壁面にはアラベスク模様が織り込まれた草色のクロスが張られている。瀟洒《しょうしゃ》な壁灯が照らす床には赤絨毯《じゅうたん》が敷き詰められ、行く手にはアーチ状の巨大な扉が控えていた。扉の両脇に立つ二人の衛兵は、カーキ色の軍服に短いマント、末広がりの鉄帽という時代がかった出《い》で立《た》ちで、それは歴史の教科書に出てくるジオン公国軍の兵士そのものだった。とうに滅んだ国家の残滓《ざんし》、戦争博物館から抜け出してきたような兵士の亡霊が、生身の重さを放ってバナージを見返した。

黒の上着に金モール付きの飾りボタンを映えさせ、ジンネマンが扉の前に立つ。鮮やかな挙手敬礼をしたジオン公国の兵士たちが、きびきびとした動作で扉を開ける。執務室というには広大すぎる空間が戸口の向こうに現れ、バナージは二度息を呑《の》んだ。二階分の高さはあろう高い天井と、柱頭に渦巻き装飾を施した四隅の円柱。暖炉を模したヒーターの上には油絵が飾られ、左右にかかるドレープ式のカーテンがアンティークとも取れない重苦しさを演出する。梁《はり》に刻まれた歯飾りの凹凸は、シーリング・ライトのカバーにも施されている芸の細かさで、すべての家具がある種の調和を示す一方、宮殿と見紛《みまが》うほどの過剰な貴族趣味を演出しているのだった。

復古調でありながら、過去のどの様式にも当てはまらない。ジオニズム様式としか言いようのない光景に圧倒され、バナージはその場に立ち竦《すく》んだ。復古の趣はビスト家の屋敷にもあったが、あれとは違う。ビスト邸にあったのが富裕を基盤とする洗練された空気なら、ここにあるのは他者を威圧する虚仮威《こけおど》しの退廃だ。地球からもっとも遠いサイドに追いやられた人々が、コンプレックスの裏返しのように築いた文化の成れの果て――公国崩壊とともに消え去り、いまや埃《ほこり》臭い坑窟の奥にひっそりと息づく槿花一朝《きんかいっちょう》の夢。恐怖も不快感もなく、ただ異常だと感じたバナージは、正面の壁際に鎮座する異常の凝集と視線を合わせた。

真紅の制服を身にまとい、仮面の顔をこちらに向けている。人間か？　というのが最初の印象だった。まるで生臭さが感じられない。目から額までを隠す仮面のみならず、その全身から作り物めいた違和感が立ち昇っているように思える。マホガニー製の執務机の向こう、身じろぎもせずに座る仮面の男を凝視し、部屋の装飾の一部かもしれないと本気で考えかけたバナージは、「よい趣味でないことは認めるよ」と発した声にぎょっとなった。

「この〈パラオ〉の総督は、旧ジオン公国の熱烈なシンパでね。我々が再び軍を立ち上げた時、頼みもしないのにこんな司令部を造ってくれた。旧公国軍の最後の砦《とりで》、〈ア・バオア・クー〉の内装を再現しているのだそうだ」

すぐには目の前の仮面が喋ったとは理解できない、うそ寒い声音だった。声もなく見返したバナージに、「人の好意は素直に受けねばならない」と仮面の男は続けた。

「趣味に合わないことでもな。それも指導者に求められる資質のひとつだと思っている」

バナージの反応を待たず、ジンネマンたちの方に防眩《ぼうげん》フィルターごしの目を向ける。

「ご苦労だった、キャプテン。あとはいい」と言うと、「は、フル・フロンタル大佐」と応じたジンネマンの野太い声が室内に響き渡った。

フル・フロンタル。退出するジンネマンとマリーダの気配を背に、バナージはあらためて仮面の男を見つめた。聞いた名前だ。出撃のどさくさに、《ネェル・アーガマ》の誰かが口にしていたような気がする。赤い彗星《すいせい》、シャアの再来と呼ばれる男——そう、あの赤いモビルスーツのパイロット。ニュース映像で見た公国軍時代のシャアも、仮面で顔を隠していた……。

「どうした。座りたまえ」

思いのほか気さくな声が仮面の下から発し、まとまりかけた思考を霧散させた。飛び上がりそうになるのを堪《こら》え、バナージは暖炉脇に置かれたソファに腰かけた。白い給仕服を着た若い兵がすかさず歩み寄り、テーブルに置かれたカップに紅茶を注ぐ。給仕係は目も合わせずに立ち去り、代わりに別の視線が自分を眺め回すのをバナージは知覚した。

フロンタルの横に控える青年士官だった。鮮やかな青い生地の制服を着ているにもかかわらず、仮面の存在感に遮られて気づかなかった……というより、望んで陰に控えているのかもしれない。いずれ、絡みつく視線はフロンタルとは対照的な生々しさで、バナージは少しぞっとするものを感じた。給仕係が退出し、対面する相手がフロンタルと彼の二人だけになると、陰から差し込むその視線はますます粘度を増すように感じられた。

彼の傍らで、フロンタルはなにも言わない。執務机に両手を置き、握り合わせた拳《こぶし》に顎《あご》を載せて、相変わらず無機物と思える顔をこちらに向けている。仮面の顔は視線の在《あ》り処《か》さえ判然とせず、いったい彼らはなんなのか、自分をどうするつもりなのかと考えたバナージは、恐怖より強い苛立《いらだ》ちに駆られた。このまま向こうの出方を待っていたら、仮面のプレッシャーに呑まれてしまう。いったん視線を床に落とし、手のひらの汗を膝《ひざ》にこすりつけてから、「あの……」と意を決して口を開いた。

「あなたは、あの赤いモビルスーツに乗っていた人ですか？」

青年士官の目がすっと細くなる。フロンタルは口もとに笑みを浮かべ、

「そうだと言ったら、どうする。殺し合いをした相手と茶は飲めないか？　バナージ・リンクスくん」

揶揄《やゆ》する声音とともに、抜け目のない観察者の視線が注がれる。試されている、と理解した体が自動的に動き、バナージは震える手で紅茶に口をつけた。味も匂いも、熱さすら知覚できなかったが、「いい反応だ」と言ったフロンタルの声ははっきり聞こえた。

「だが、向こう見ずでもある。パイロット気質だな」

おもむろに立ち上がり、こちらに近づいてくる。豊かな金髪に目を奪われる一方、机上の一輪挿《いちりんざ》しに飾られた薔薇《ばら》の花にバナージは注意を引かれた。それまで赤い彗星に存在を呑み込まれていた赤い薔薇。なにもかもが作り物めいたこの部屋で、ただひとつ生を主張している血の色の花……。

「フル・フロンタル大佐だ。ミネバ様のためにしてくれたこと、感謝をしている。手荒な招待になってしまったが、許してくれ」

目の前に立ったフロンタルが右手を差し出し、バナージは慌ててそちらに視線を戻した。咄嗟《とっさ》に立ち上がり、思わず応じそうになりながら、持ち上げかけた手のひらをぎゅっと握りしめる。ダメだ、相手のペースに乗ってはいけない。ずきりと脈動したこめかみを感じ

つつ、「失礼ですが、その仮面は傷をお隠しになっているものなのでしょうか」と慎重に切り出した。

虚をつかれたという表情を口もとに浮かべ、フロンタルは手を下ろした。険しさを増す青年士官の目をその肩ごしに見遣《みや》ってから、バナージは仮面の目を正面に見上げた。

「もしそうでないのなら、顔を見せていただきたいのです」

「貴様……！」と呻《うめ》いた青年士官の顔色が変わり、その足が一歩前に踏み出される。フロンタルは手を挙げてそれを制し、

「いい、アンジェロ大尉。バナージくんは礼儀の話をしている」

アンジェロと呼ばれた青年士官が踏み留まるのを背に、防眩フィルターごしの目をこちらに据え直す。いまにも萎《な》えそうな膝に力を込め、バナージは頭ひとつ上から見下ろす視線を受け止めた。

「これはファッションのようなものでな。プロパガンダと言ってもいい」

そう言うと、白い手袋に包まれた両手を仮面にやる。あ、と思った時には、フロンタルはあっさりプラチナの仮面をぬいでいた。

透き通った青い瞳《ひとみ》が最初に目に入り、次いで眉間《みけん》に刻まれた古傷が網膜に焼きついた。そこからすっと曲線を描く鼻の稜線《りょうせん》に嫌味はなく、白人種の血が色濃い肌も若者のような張りを湛《たた》えている。唯一、微《かす》かに張り出した頬骨が年齢を感じさせないではなかったが、

それは無意識に重ね合わせたシャア・アズナブルの写真と較《くら》べてのことだった。およそ欠けた要素が見つからない、整っているという以上に美しい男の素顔を面前にして、バナージはとりあえず溜《た》まった生唾《なまつば》を飲み下した。

「君のように率直に言ってくれる人がいないので、つい外すのを忘れてしまう。すまなかった」

仮面を小脇に抱え、フロンタルはあらためて手を差し出してきた。今度は応じないわけにはいかず、バナージはその手を握り返した。手袋ごしの手の感触は硬く、作りものという最初の印象が脳裏をよぎったが、結局は乗せられてしまったという気分が思わせたことかもしれない。自戒したバナージは、それ以上の思考は保留にした。

「ミネバ様との経緯は聞いた」

執務机の方に踵《きびす》を返しつつ、フロンタルは口を開いた。「しかし、ビスト財団からあのモビルスーツ……《ユニコーン》を託された経緯については、まだ不明瞭《ふめいりよう》な点が多い。あれは本来、我々が受け取るべきだった機体だ。カーディアス・ビストは、なぜ君を『ラプラスの箱』の担い手に選んだのか——」

「もう話しました。それ以上のことは、自分も知りません」

不意を突かれた体をこわ張らせ、バナージは遮るように言った。机の上に仮面を置き、こちらに視線を流したフロンタルは、「そうかな?」と応じて椅子に収まった。

「『箱』を隠し持つがゆえに、ビスト財団の栄華はあった。連邦政府との協定を破ってそれを差し出すからには、容易には変更できない計画があったはずだ。当初の予定が狂ったからといって、行きずりの相手に『箱』を託すとは信じがたい。君と財団との間にはなんらかの関係があったと見るのが自然だ。たとえば……」

思わず顔を上げてしまったバナージの視線を逃さず、微かに笑ったフロンタルの目が続けた。「君もビスト一族の関係者だった……というのはどうだ？」

「答える義務、あるんでしょうか」

どくん、と跳ね上がった心臓に押されて、そんな言葉がこぼれ落ちていた。カッと硬い足音が走り、アンジェロ大尉と呼ばれた青年士官がまっすぐ歩み寄ってくる。その腕がいきなりのび、物も言わずにバナージの胸倉をつかみ上げた。

表情の失《う》せた能面は、本物の殺意の表れだった。故郷のスラムでよく見かけた、どこか壊れていると思える人の表情がそこに重なり、腹の底が冷える感覚を味わった途端、「やめろと言った。アンジェロ」とフロンタルの声が飛んだ。

神経質そうな眉根《まゆね》に皺《しわ》を寄せ、やはり物も言わずにバナージを突き放す。くるりと背を向けた物腰に隙はなく、足の運びにも訓練された人の気品が窺《うかが》えたが、育ちの悪い人、という咄嗟の印象を拭《ぬぐ》うには至らなかった。アンジェロが背後に戻るのを待ち、フロンタルは「答える義務はない」と静かに続けた。

「だが、我々は『箱』の情報を欲している。ミネバ様のことがあるから、このように穏便な聞き方をしているのだということは憶《おぼ》えておいた方がいい」

露骨な脅し文句だったが、肝を冷やすには十分だった。汗のひかない手のひらを握りしめ、「そのミネバ……オードリーが言っていたんです」とバナージは切り返した。

「いまのネオ・ジオンに『箱』を渡してはいけない。また大きな戦争が起きてしまうって」

「ほう」と応じただけで、フロンタルは動じなかった。バナージは身を乗り出し、「〈インダストリアル7〉で起こったことを思えば、おれだって同じ気持ちになります」と夢中で押しかぶせた。

「彼女はジオンのお姫様なんでしょう？　そのオードリーが反対しているのに、どうしてあなたたちは……」

「では、君は信じているのか？　『ラプラスの箱』の存在を」

思いも寄らない問いだった。絶句したバナージを見つめ、フロンタルはゆったりと重ねた。

「誰も見たことがない、中身も定かでない『箱』に、本当に連邦政府を覆すほどの力が秘められていると？」

「それは……わかりません。でも、一瞬で世界のバランスを崩してしまう知識や情報というものは、あるように思います」

「たとえば?」

「たとえば……。ジオンが最初にやったコロニー落としとか、小惑星を落下させて地球を寒冷化するとか。言われればそうかと思うけど、当時は誰もそんなことが起こるなんて想像していなかったんですよね? 核爆弾の発明や、旧世紀に起こったテロ戦争……ミノフスキー粒子や、モビルスーツの開発だってそうです。そこにあるのに、誰も気がつかなかった。ちょっとした発明や発見が、簡単に世界のバランスを一変させることだって……」

以前、オードリーと話した時にも考えたことだったが、こうもすらすらと言えたのは自分でも意外なことだった。「正しいな」と評して、フロンタルは再び席を立った。

「年表を暗記してわかることではない。そのように理解できる君なら、宇宙移民が棄民《きみん》政策であったことも知っているな?」

またしても想像外の言葉を投げつけられ、バナージは無言を返事にするしかなくなった。フロンタルは執務机から離れ、散策でもするような足取りでこちらに近づいてきた。

「かつてジオン・ダイクンは、宇宙に出た人は革新し得ると言った。環境に適応して進化した新たな人のかたち……ニュータイプ。余剰人口を宇宙に追放して、地球に居残った特権階級者たちにとって、この考え方は自分たちの立場を覆すものに思えた。だからジオニズムと、その発祥の地となったサイド3を弾圧した。君の言う発明や発見が世界のバランスを崩した、これもひとつの事例だ」

こつこつと床を打つブーツの足音が、背後に回ってゆく。バナージは振り返ることができなかった。

「やがてジオンは暗殺され、ザビ家一党がジオン公国を立ち上げた。連邦政府の弾圧に対して、彼らは武力で応じた。モビルスーツやコロニー落としという〝発明〟が、ジオン公国に連邦と敵するだけの力を与えた結果だ。人類は総人口の半数を失ったが、これはジオニズムを選民思想にすり替えたギレン・ザビが、意図的に人減らしをやったせいだとする見方もある。

ジオンの暗殺も、いまではザビ家が企てたことだと知られている。根底にそのようなうしろめたさを持ったジオン公国は、一年にわたる戦争の後に負けた。しかしそれで連邦政府は増長をして、地球中心政策をますます推し進めるようになった。いったん宇宙に上がらされた者は、政府の許可がない限り二度と地球の土は踏めない。サイドごとの自治が認められてはいても、首長の任命権限は中央政府に独占されている。その上、中央政府の選挙権も与えられないというのでは、スペースノイドは参政権を剥奪《はくだつ》されたも同然だ。地球は戦後復興の名目で再開発が進み、宇宙で生産される資源や食糧が二十億あまりの地球居住者を養っている。地球の自然を回復させるために移民させられた百億のスペースノイドが、いまや地球の破壊に手を貸しているというわけだ」

背後に回り、首筋に近づいたフロンタルの声が耳に吹きかけられる。ぞっとするような、体の芯《しん》が溶けていくような感覚に、バナージは全身の肌を粟立《あわだ》てた。

「我々ネオ・ジオンには、旧公国軍の流れを汲《く》むザビ家の信奉者もいる。ジオン・ダイクンの理想を信じ、真のジオン国家の建設を夢見る者もいる。だが共通しているのは、この歪《ゆが》んだ体制を変えたいという意志だ。連邦の鎖を断ち切り、スペースノイドの自治独立を実現するために、我々は——」

「でも、テロはいけませんよ！」

毛穴からも染み込んでくる声を遮り、バナージは渾身《こんしん》の力で叫んだ。「どんな理由があっても、一方的に人の命を奪うのはよくない。そんな権利は、誰にもないんだ」

爪ひとつ残さず塵《ちり》になったミコットの友人たち。げっぷをした醜い死体。あの人の——カーディアス・ビストの冷えてゆく血。いまでも手のひらに残る感触を握りしめ、そのはずだ、と自分に言い聞かせる。人には人らしい生き死にがある。あんなふうに断ち切られる人の生を容認してはいけない。胸中にくり返す間に、首筋にへばりついていたフロンタルの気配がすっと離れ、「では、《ガンダム》で戦った君はどうなる？」と別の問いが突きつけられた。

「武力のすべてが悪なら、《ガンダム》を使った君も同罪ということになる。君のせいで、我々は貴重な兵を失った」

「おれのせい……？」

見えない手に突き飛ばされ、心がたたらを踏む感覚があった。「流れ弾だが、君が撃ったことに変わりはない」と続けて、フロンタルは執務机の方に戻ってゆく。その背中がぐにゃりと歪み、足もとに開いた奈落《ならく》に滑り落ちる感覚を味わいながら、バナージは呆然《ぼうぜん》とその場に立ち尽くした。なんの話だ？　いつのことだ？　当たった感触なんてなかった。ただ夢中で引き金を引いただけなのに。

このおれが、人を殺した……。

「ジンネマンを呼べ」

フロンタルの声が遠くに聞こえる。アンジェロが内線電話を取り上げる気配も感じられたが、体も頭も動かなかった。考えなければ。この奈落に呑《の》み込まれる前に、なにか考えなければ。焦れば焦るほど思考は混濁し、指先が冷たく硬化するのがわかる。バナージ・リンクスという人間の形が崩れ、別のなにかに変質してゆく――。

「君には、まだ学ぶべきことがたくさんある。我々のことを知ってほしい。その上で、よき協力者になってくれれば嬉《うれ》しく思う」

フロンタルが言う。彼が机上の仮面を手に取ったのと、ジンネマンとマリーダが入室したのはほぼ同時だった。二人が少し息を呑む気配を見せたのは、フロンタルの素顔を垣間《かいま》見《み》たからか？　凍結した頭に微《かす》かな電流が走り、バナージは背後の二人を振り返ろうとしたが、体は相変わらず動かなかった。その間にマリーダのものとわかる腕が肩に絡みつき、半ば強引に振り向かせられると、もつれるように動いた足がその場を離れる一歩を踏み出していた。

そのまま歩かされ、アーチ状の扉を面前にする。戸口《とぐち》をくぐる直前、バナージは足を踏んばり、執務机の向こうに収まるフロンタルの方に振り返った。つられて立ち止まったマリーダの訝《いぶか》る視線をよそに、「あの……」としわがれた声を搾り出す。

「あなたは、シャア・アズナブルなんですか？」

傍らに立つジンネマンの眉《まゆ》がぴくりと動き、フロンタルの方を注視する。殺気を帯びた目をこちらに向けたのも一瞬、アンジェロも様子を窺《うかが》う目を仮面の主人に向け直した。なぜそんなことを言ったのか、自分でもわからない。が、返答次第でなにかが決まるという思いに揺らぎはなく、バナージも仮面をかぶり終えたフロンタルをまっすぐに見つめた。

フロンタルは机の一輪挿しに目を落とし、

「いまのわたしは、自らを器と規定している」

「器……？」

「宇宙《そら》に棄てられた者たちの想い、ジオンの理想を継ぐ者たちの宿願を受け止める器だ。彼らがそう望むなら、わたしはシャア・アズナブルになる。このマスクは、そのためのものだ」

防眩《ぼうげん》フィルターの目を上げ、こちらを見返す。仮面ごしに真摯《しんし》な眼差《まなざ》しが突き通り、バナージはつかのま声をなくしたが、仮面は仮面であって素顔ではない。そもそも自分は、この男の本当の素顔を見たのだったか？　碧眼《へきがん》の美貌《びぼう》を反芻《はんすう》し、幻と話していたような感覚を新たにしたバナージは、もうなにを言う気力もなく部屋を離れた。

扉が閉まりきる前に、ちらとうしろを振り返る。一輪挿しの向こうで、仮面の下の唇が嗤《わら》っているように見えた。鮮やかな薔薇《ばら》の花と、アンジェロの鈍く湿った視線が、仮面の傍らで生々しさを際立たせていた。

※

扉が閉まると、我知らず吐息が漏れた。得体の知れないプレッシャーを感じていた我が身を顧み、少しいら立ったアンジェロ・ザウパーは、「よろしいのですか？」と傍らのフロンタルに疑義を投げつけてみた。

「ジンネマンは心得ている。任せておけばいい」

フロンタルは顔も動かさずに答えた。余分な言葉を重ねなくとも、気分のすべてが通じあう。いつもの感覚に安堵《あんど》する一方、あの少年がいた時はこうではなかったと思い返して、アンジェロはまた少しいら立つものを感じた。バナージ・リンクスがいる間、大佐は自分を意識の外にしていた……。

「それより、連邦の動きが気になる。場合によってはここを放棄せねばならなくなるかもしれん」

気分が伝わったのかどうか。フロンタルが実務面の口を開き、アンジェロは「ここ……〈パラオ〉をですか?」と確かめた。

「あのモビルスーツが『箱』に関係していることは間違いない。それを奪われて、連邦も必死だ。〈パラオ〉の政治的安泰は失われたと見るのが正しい」

「連邦がここに仕掛けてくる、と?」

「可能性は高い。全面戦争にしない攻め方というものはある」

この〈パラオ〉に出入りする艦艇の数を観測し、おそらくは内部に密偵も放っている連邦軍。肥え太った体を維持するため、常に一定の緊張状態を必要とする軟弱の集団が、おっとり刀で攻め寄せてくるという想像は刺激的だった。いよいよ始まる。連邦の〝管理〟に従う羊の皮をぬぎ捨て、ネオ・ジオン軍が真の再興を果たす時が来る。沸き立つ胸を押し隠し、アンジェロは新世界の王となるべき男を見つめた。一輪挿しの薔薇を手に取り、口もとに近づけたフロンタルは、「《ユニコーン》の調査はどうなっている?」と顔を上げずに続けた。

「アナハイム社から供与された情報をもとに、OSの解析が進行中です」

「NT－D……ニュータイプ・ドライブと言ったか。臭いな」

一瞬、薔薇のことを言ったのかと思い、アンジェロは「は？」と聞き返してしまった。フロンタルは立ち上がり、

「《シナンジュ》のデータを基に設計された機体だというが、それだけとは思えん。あの《ガンダム》には狂気を感じる。解析は急がせろ。カーディアス・ビストは、とんでもない魔物に『箱』の鍵《かぎ》を仕込んだのかもしれん」

手にした薔薇をすっと差し出し、顔を合わせずに机の前から離れる。そのたくましい肩が、疲れていた。「は！」と背筋を正して応じつつ、アンジェロは執務室から退出するフロンタルを見送った。真紅の背中がアーチ状の戸口をくぐり、閉まる扉の向こうに消えるのを待ってから、受け取った薔薇に視線を落とす。

鉱物資源衛星では、薔薇一輪も簡単には手に入らない。総督府御用達の花屋に注文し、近隣のコロニーで栽培されたものを届けてもらうのだが、フロンタルの机に日々それを活《い》けるのはアンジェロの仕事だった。この一輪挿しを選んだのも自分であることに、大佐は気づいているのかいないのか。ふと思い、ぽつんと取り残された一輪挿しに目をやったアンジェロは、〝器〟という先刻のフロンタルの言葉を反芻した。

「まだ疲れていらっしゃるのに、世界の全部を受け止めてみせようなどと……」

手にした薔薇に目を戻す。短い生を謳歌《おうか》して、真紅の花弁が息苦しいほどに存在を主張

していた。大佐の色……身を焼き焦がす炎の色。宇宙の深淵《しんえん》を覗《のぞ》き、人の世に再臨することを宿命づけられた男の色。突然、制御不能の激情に駆られ、アンジェロは薔薇の茎を力任せに握りしめていた。

「あんな少年に素顔を見せて……！」

拳《こぶし》から滴った血が茎を伝い、床を汚した。

※

握り返してきた手のひらは、銃の扱いで鍛えられた硬さだった。以前と変わらぬ力強さに、ダグザ・マックールは安堵を覚える。

「久しぶりだな、ダグザ隊司令殿。ひどいありさまじゃないか」

アラブ系の血を浅黒い肌に漂わせ、ナシリ・ラザー中佐は人なつっこい笑みを浮かべてみせた。四十三歳、小柄でもどっしりとした体つきで、エコーズの猛者《もさ》たちを束ねるのに不足はない生気を放っている。左手に巻いた包帯を隠しつつ、「言うなよ」とダグザは苦笑を返した。

「おまえと違って、おれは働いてるんだ」

「自業自得ってやつだ。貴様は真面目すぎるんだよ。こないだの模擬戦も、ありゃなんだ？　将官どもの観閲でもなけりゃ、少しは手を抜くのが常識ってもんだ」

「抜いたつもりだがな」

「ぬかせ。うちの隊をこてんぱんにしてくれやがって。そのうち借りは返させてもらうからな」

そこで笑顔を吹き消したナシリは、軍靴の踵《かかと》をぴしりと合わせ、堂に入った挙手敬礼をした。「エコーズ729、ナシリ・ラザー以下二十四名。これよりエコーズ920に合流する」と発した張りのある声に、ダグザも挙手で答礼する。ちょうどナシリ隊の搬入が始まったところで、スパンワイヤーに懸架《けんか》された《ロト》が一機、タンク形態の扁平《へんぺい》な車体をモビルスーツ甲板《デッキ》に乗り入れさせつつあった。ダグザは手を下ろし、同じく敬礼を解いたナシリの肩ごしに搬入の様子を観察した。

729の部隊ナンバーが記された車体は、上部から二門の長砲身を突き出した長距離支援タイプ。車体に取りつく複数のエコーズ隊員ともども、オーダー通りの装備が届いたことにまずは安堵する。続いて搬入される《ロト》は四連ガトリング砲を装備したタイプで、弾薬を始め、各種備品を満載したコンテナがそのあとに続く。確かめたダグザは、ナシリに悟られぬ程度にほっと息をついた。お世辞にも十分とは言えないが、これで最低限の準備は整えられる。暗礁宙域で息を殺す日々から解放され、次のことが考えられる――。

ネオ・ジオンとの二度目の交戦からじきに七十二時間。その思いは、《ネェル・アーガマ》のクルーたちにしても変わらない。天井付近に張られた二条のスパンワイヤーを介し、続々とドッキング・ゲートをくぐってくる物資を見上げる彼らは、久々に生気を取り戻した顔でモビルスーツ・デッキを行き来している。ナシリたちエコーズの増援に続いて、計四機の艦載機の補充と、大打撃を受けた艦を修理する備品の数々。接舷《せつげん》中の輸送艦からそれらの物資が運び込まれれば、がらんとしていたモビルスーツ・デッキも少しは賑《にぎ》やかになる。もぎ取られた左舷カタパルトはどうしようもないが、航行に支障がない程度に船体を修復し、漂流状態から脱することもできるはずだった。

しかし、それも参謀本部の無体な命令がなければの話だ。虎の子のエコーズを含め、短時間で整えたにしては上等と言える補給態勢だが、参謀本部の命令を実施するにはまるで数が足らない。エコーズの《ロト》を別にして、稼働できる艦載モビルスーツの数はわずか五機。船体の修理も、航行中にやれる作業は限られてくる。「外から見たが、ひどくやられたようだな」と言ったナシリの声を、ダグザは皮肉とは受け取らなかった。

「モビルスーツ・デッキもほとんど空……。常識的にはドック入りするべきと思えるが、こんな状態で作戦を継続か？」

「不安か？」

「いや。タクシーがボロというだけだ。我々の行動に支障はない」

黒い双眸《そうぼう》に不敵な光を宿し、ナシリは髭《ひげ》に覆われた口をにやりと歪《ゆが》めた。「で、いったいなにをおっ始めようっていうんだ？」

ダグザ率いる920部隊と、ナシリ率いる729部隊。まだ浅い歴史とはいえ、エコーズ二隊が一作戦で連携するのは史上初のことになる。不安を気概で相殺したナシリの瞳《ひとみ》を見、ダグザが前代未聞の作戦内容を口にしかけた時だった。「すげえ、《百式《ヒャクシキ》》だ！」と興奮した声が弾《はじ》け、ダグザとナシリは同時に頭上を振り仰いだ。

紺のジャンパーにジーンズという格好の少年が、懸架中のコンテナを蹴《け》ってドッキング・ゲートへ滑ってゆく。収容された民間人、確かタクヤ・イレイとか言ったかと思い出す間に、「こら、勝手に入るんじゃない！」と怒鳴った中年の整備兵があとに続き、ダグザは二人が向かう先に視線を移した。二十メートル四方の巨大な口を開けるドッキング・ゲートの手前に、搬入されたばかりの見慣れないモビルスーツがあった。

全身をグレーで塗装されたスマートな人型は、連邦軍機らしい直線で構成されてはいるものの、《ジェガン》や《リゼル》のようなマス・プロダクツ的な硬さはない。複雑で精緻《せいち》な面構成は、より人体に近い繊細さを持ち、縦に屹立《きつりつ》するバインダーを二枚、背部に負って立ち尽くすさまは、翼を閉じた天使の姿を想起させる。なにより特徴的なのは頭部で、目に相当するバイザー面が面当ての奥に後退し、複眼《デュアルアイ》センサーに見えるところは、ガンダム・タイプに酷似した〝顔〟を形成しているように見えた。

「あれは？」

「試作の可変機だそうだ。数合わせで倉庫の奥から引っ張り出してきたんだろう。確か《デルタプラス》とかなんとか……」

答えながらも、ナシリの目はモビルスーツではなく、どう転んでも軍人には見えないタクヤに釘付け《くぎづ》けになっている。「なにごとだ、ありゃ？」といかつい顔をしかめたナシリに、ダグザは三日分の嘆息を漏らした。

「いろいろあってな……」

なにをどこから説明したものか。思う間に、タクヤは《デルタプラス》に取りつき、シーリングされたバイザーやコクピットをしげしげと観察し始めた。彼の足を捕まえながら、整備兵も新品の光沢を放つ機体から目を離せずにいる。「なんだこりゃ。こんな互換のきかねぇ機体を送って寄越しやがって」と毒づいた整備兵に、「幻の機体ですよ。Z《ゼータ》計画で試作された百式モデル。可変機構が完成してるなら、かなりの性能のはずだけどな」とタクヤ。「Z計画なんて、そんな十年も昔の話……」と整備兵が顔をしかめた途端、「タクヤ！」と甲高い声がデッキ内に響き渡った。

「そんなとこでなにしてるの。搬入作業が終わったら、すぐに出発するんだからね。支度を急いで」

整備兵も怯《ひる》ませる鋭い声音は、ミコット・バーチのものだった。それこそ軍艦内では絶対に見かけない浅黄色のパーカー、ホットパンツという出《い》で立《た》ちで、すらりとした素足を見せつけつつ頭上を滑ってゆく。「支度ったたって、なんにもねえもん」と応じたタクヤがしぶしぶ機体から離れるのを待たず、ミコットは手近なコンテナを蹴ってデッキの床面に足を着けた。そのまま踵《きびす》を返そうとして、ふと近くにいたダグザと視線を合わせる。はっと息を呑《の》んだあと、すぐに視線を逸《そ》らした硬い顔は、思い詰めた目で〝密告〟をしてきた時と同じだった。その行為が思わぬ化学変化を起こし、彼女の友人を危地に追いやってしまった現実を、ミコットはどう受け止めているのか。考える間もなく、「二人とも、準備はいいわね」と別の声が割り込んできて、ダグザはそちらに目を向けた。民間人の面倒を任されているミヒロ・オイワッケン少尉が、小柄な体をデッキに着地させたところだった。

ミコットの方に近寄りがてら、こちらと視線を合わす。やはり決まり悪そうに目を逸らしつつ、動けずにいるミコットの肩を抱くと、「さ、もうこんなところにはいなくていいのよ」と言ってその場を離れてゆく。もう振り返ろうとしない二人の背中を見、じろと一瞥《いちべつ》をくれたタクヤの背中も見送ったダグザは、小さく息を吐いた。それでいい、と思う。悪いのは我々、〝密告〟を利用して卑劣な人質作戦を行ったエコーズだ。恨んでくれていい。その分、自分を責めずに済むのならば……。

「確かに、いろいろあるようだな」

三人の背中を見送ったナシリが、含んだ目で言う。エコーズの立ち位置を心得た男の声に、ダグザは肩をすくめてみせた。

※

(そりゃ、お父上から連絡を受けた時はわたしだって驚いた。艦載機のパイロットの履歴なんぞ、いちいちチェックしたりはせんものだからな)

通信モニターの向こうで、テッド・チェレンコフ中将は臆面《おくめん》もなく言ったものだ。ゴルフ焼けした五十面は、いかにも参謀本部付幕僚の見本といったところで、二種軍服の胸にはずらりと勲章《くんしょう》が並んでもいる。あんたぐらい偉けりゃ、それはそうだろうさ。内心の声を押し隠し、リディは「は……」と寡黙《かもく》な声で応じておいた。

(ロンド・ベルに転属したことは、風の噂で聞いてはいたのだがな。よもや《ネェル・アーガマ》に乗務しているとは知らなかった。辞令は追って出すから、すぐにそこを引き揚げたまえ。議員のご子息が隠密《おんみつ》任務なんかに関わるものじゃない)

天気が悪くなったから帰ってこい、という程度の気楽さで中将は言う。現場の状況を完全に無視した言葉でも、リディは驚かなかった。輸送艦《アラスカ》と接舷してすぐ、この第二通信室に呼び出された時から予想はしていた。あの赤い彗星《すいせい》との戦闘の直前、艦長に乞《こ》われて送ったメールの返答がこれだ。愚かで無鉄砲な放蕩《ほうとう》息子を救い出すために、父が参謀本部に手回しをしてくれたということだ。〝家〟から距離を置こうとした息子の心情を、いっさい顧みることなく。彼には彼の人生があり、捨て置けないものもあるのだということを気にも留めずに。

いつもそうだ。視野を広く持て、全体を見ろという一方で、息子には息子が見た世界があるのだとは理解しない。正しいのは常に自分で、過ちがあっても力でねじ伏せてしまう。テッド中将の顔に父のそれを重ね合わせ、リディは退《ひ》かないと決めた目をモニターに据えた。その場にある者としての義務と責任を果たす——半日前に聞いた少女の言葉を反芻《はんすう》しつつ、「お言葉ですが、自分は《ネェル・アーガマ》のパイロットです」と口を開く。

「誰の息子かは関係ありません。たび重なる戦闘で部隊は損耗しております。連邦軍人として、このまま艦を離れることは……」

(増援は送った。君は入れ替わりに帰ってくればいい)

テッド中将の返事はにべもなかった。絶望的に話が通じない……というより、この中将は自分という人間を見ていない。自分の背後に控える影、ローナン・マーセナス議員という力だけを見ている。壁と話す虚《むな》しさを覚えながらも、リディは「なぜ自分だけが……!」と声を荒らげた。テッド中将は少しも動じず、(君だけではないよ)と大儀そうに言った。

(〈インダストリアル7〉で収容した民間人と、ネオ・ジオンの捕虜も併せて回収する)

「ミネバ・ザビを……ですか？」

（捕虜だ。滅多なことは口にするな）

その時だけは一抹の緊張感を目に漂わせ、テッド中将は硬い声で言った。決して公表されない事実、存在そのものが〝政治〟であるミネバ・ザビ。少女の声が再び脳裏をよぎり、リディはしばし絶句した。間を取り繕う咳払《せきばら》いのあと、（とりあえず月に移送する。君も同道しろ）とテッド中将の声が続く。

（《アラスカ》には情報局の人間も乗り込んでいる。捕虜の移送は彼らに任せればいい。君は余計な口を開かんことだ）

「民間人はどうするのです。彼らは……」

（機密抵触者として、所定の措置が取られる。君が関知する必要はない）

機密抵触者という耳慣れない言葉に、腹の底が冷えた。あのモビルスーツ・マニアのタクヤも、奇妙に扇情的なミコットという少女も、もはや〝政治〟と無関係ではいられない。月に移送されたあと、彼らはどのような扱いを受けるのか。傷ついた《ネェル・アーガマ》の先行きともども、すべてミネバの言う通りに事が進みつつあると理解したリディは、膝上《ひざうえ》に置いた拳《こぶし》をぎゅっと握りしめた。テッド中将は微《かす》かに目を伏せ、（お父上のことがあるから、こういう話し方をした）と気まずそうに重ねた。

（君はまだ若い。そこで見聞きしたことは忘れろ。ここから先は政治の世界の話だ）

政界の実力者の息子であっても、一パイロットが抵抗できる次元の話ではない、と中将の目が言っていた。そうだろうさ……とリディは内心に呟《つぶや》いてみる。わかる話だ。この澱《よど》んだ湿度を生理にして、十代を過ごした自分というものも間違いなく存在する。その場にある者としての義務と責任——自分という人間ができること、やらなければならないこと。ぼんやり形を持ち始めた決意を抱き、リディは「ひとつだけ教えてください」と顔を上げた。

「以後、《ネェル・アーガマ》はどこに向かうのでしょうか？」

ふむ、と鼻息をつき、テッド中将はたるんだ顎《あご》を上げた。

※

「〈パラオ〉。サイド6に所属する民間の資源衛星です。RX－0はここに運び込まれたというのが、情報局の出した結論です」

モニターシートの束を押し出しつつ、アルベルトはにたりと笑って一同の顔色を窺《うかが》うようにする。目深にかぶった制帽の鍔《つば》を心持ち上げ、オットー・ミタスはテーブルに置かれたモニターシートの一枚を手にした。

フィルムに似た質感を持つB4大のシートに、〈パラオ〉の外観を捉《とら》えた映像が映し出されていた。Ｌ１軌道上、暗礁宙域の外れと言っていい宙域にぽつんと浮かぶ中型の鉱物資源衛星。別のシートにはコロニー公社所蔵の内部構造図が表示され、さらに別のシートには観測結果から推測された実際の内部構造が——軍港の位置、錨泊《びょうはく》する艦艇の数と種別、司令部の所在地に至るまで——詳細な３ＤＣＧで描かれている。どう考えても、二日やそこらで集められるレベルのデータではない。

「またずいぶんと早く結論が出たものだな……」

精一杯の皮肉を口にして、オットーはまるめたシートをテーブルの上に戻した。光学観測で敵艦を追跡して割り出した情報？　冗談じゃない。参謀本部は、ここに『袖付き《そでつき》』の拠点があることを以前から知っていた。もう何年も前、おそらくは三年前の『シャアの反乱』の直後から、この〈パラオ〉にネオ・ジオンが落ち延びたことを知っていたのだ。そこにあるのに、政治的に見えないとされてきたジオン残党の砦《とりで》——それが見えるようになったのは、『ラプラスの箱』という、より大きな政治的力学が働いたからに過ぎない。

「軍と情報局が総力を挙げた結果ですよ。それだけこの事案が重大視されているということです」

皮肉を風と受け流し、アルベルトが言う。自分の行為がＲＸ－０の喪失を招いた現実を、この男は理解しているのかいないのか。その思いはオットーのみならず、この士官室で長机を囲む主要幹部たち全員のものでもあったが、背広の部下らを従える厚顔は微塵《みじん》も揺らぐ気配がなかった。誰もがうんざりを通り越し、懐疑と敵意に溢《あふ》れた視線をアルベルトに注ぐ中、「不可能だ」と言った機関長が反論の口火を切った。

「《ネェル・アーガマ》一隻でこの要塞《ようさい》に攻め込めというのか？　これは艦隊規模で実施するべき作戦だ」

「作戦を主導するのはエコーズです。ご承知の通り、そのための増援も到着している。一騎当千のエコーズが二隊合同で事に当たるなど、前代未聞の……」

「他の艦はどうなっているんだ。現在の《ネェル・アーガマ》は作戦に耐えられる状態じゃない」

「勝算はあるんですか？　RX－0を奪還するとなれば、局部の制圧作戦では済まない。敵の追撃を絶つためにも、広範囲にわたる破壊工作が不可欠です」

「艦隊で包囲して一斉射、しかる後に上陸作戦だ。モビルスーツだって、増援と合わせて五機しかないんだぞ。エコーズの援護どころか、個艦防御で精一杯だ」

先任士官の航海長が言ったところで、一同の目は上座につく艦長に注がれた。「艦長は承服しているのですか」と続いた航海長の強い声に、オットーは腕組みした体をぴくりと震わせた。

「事態はもうテロ特措法の範疇《はんちゅう》を超えています。拠点攻撃を行うなら、ロンド・ベル全隊に招集がかかるのが本当のはずです。参謀本部は我々に討ち死にを要求しているとしか思えない」

「まだ戦死者の弔いもできてないっていうのに……！」

怒りと疲労で充血した複数の目が、制帽の鍔ごしに刺さってくる。当然だと思い、オットーは誰とも合わせられない目を伏せた。《ネェル・アーガマ》単艦によるRX－0奪還作戦。こんな無茶苦茶な命令は、長い宇宙軍生活の中でも聞いたためしがない。戦備が窮乏していた戦時中ならまだしも、いまは訓練に明け暮れているだけの艦がいくらでもいるのだ――ほんの数日前の《ネェル・アーガマ》がそうであったように。それらに招集がかからないのは、作戦を表沙汰《おもてざた》にしたくない参謀本部の都合であって、現場で困窮するクルーらに関わりのある話ではない。

「そのために、金のかかる特殊部隊を二隊も投入しているのです」

鉄壁の厚顔を維持して、アルベルトが続ける。「隠密作戦としては、これが手一杯ですよ。我々アナハイム・エレクトロニクスが水面下で動いた成果であることは、忘れないでいただきたい」

「あんたには聞いてない！」

「RX－0が奪われたのは、あんたらが原因を作ったからだろうが」

火に油を注がれた幹部らの目がアルベルトに集中し、背後に控える背広の部下たちが身を硬くする。さすがに戸惑う素振りを見せつつも、「そのお陰で、この艦は沈まずに……」

と反論の口を開きかけたアルベルトを遮り、オットーはおもむろに席を蹴《け》った。

互いに睨《にら》み合っていた全員の視線がこちらに集中し、部屋の空気が一気に張り詰める。鶴の一声を期待する複数の視線を浴び、制帽を目深にかぶり直したオットーは、「すぐに戻る」と言い置いてその場を離れた。

拍子抜けともつかない、間の悪い空気を背にして士官室を出る。「本部に上申か？」「トイレじゃないの」と囁《ささや》く幹部たちの声が、耳に痛かった。


そのまま重力ブロックの通路を歩き、エレベーターに乗り込む。当直交代にはまだ間があるので、この時間にエレベーターを使う者は少ない。腕時計を見て確認すると、オットーはエレベーターのドアを閉じた。操作パネルには触れず、ただ鼻から吸い込めるだけ息を吸い込んで、

「くそったれぇーっ！」

腹から噴き出したその絶叫は、エレベーターの壁を震わせ、ブリッジまで通じるシャフトを突き抜けて、虚空を進む《ネェル・アーガマ》の船体から滲《にじ》み出たのではないかと思えた。溜《た》まりに溜まった忿懣《ふんまん》がその程度で解消されるはずもなく、オットーは力任せに壁を蹴りつけ、拳を叩《たた》きつけた。鈍い衝撃音が何度となくエレベーターを揺らし、狭い箱の中に出口なく滞留する。

なにが増援だ。なにが隠密作戦だ。参謀本部の連中は、端《はな》から作戦が成功するとは思っていない。手を動かす振りをして、失敗の言い訳を作っているだけだ。《ネェル・アーガマ》もエコーズも、連中のアリバイ作りに利用されているのに過ぎない。最善は尽くした、というジェスチャーの道具にされているのだ。

全員討ち死に、結構なことだ。『箱』はもとより、ミネバ・ザビを捕らえるなどという面倒事に関わった艦は、沈んでくれた方がありがたい。万一、生還したとしたら……その時は、艦長は更迭。クルーもばらばらに異動させられて、生かさず殺さずの監視下に置かれる。不当な処分と訴えても、耳を貸す者は誰もいない。ネオ・ジオンが『箱』を入手し、積極攻勢に出れば事態も変わろうが、任期中の帳尻合《ちょうじりあ》わせができればよしとするお偉方に、そんな先の展望があるとは思えなかった。まずは全面衝突の回避。まずは軍産複合体を根幹とする経済体制の維持。ロンド・ベルがジオン残党狩りに奔走する一方、政治的に調整された〝危機〟が演出され続ける――。

もはやマーセナス議員の助力は期待できず、命令を破って遁走《とんそう》したところで結果は変わらない。いっそ参謀本部に三下り半を突きつけ、ネオ・ジオンに投降しようかという気分になるが、多くの部下を殺された艦長としてはそれも容認できない。堂々巡りの思考に頭《ず》蓋《がい》を突き上げられ、オットーはひとりエレベーターの中で爆発し続けた。と、そのドアがいきなり開き、空を殴りつけた体が通路に躍り出る羽目になった。

エレベーターの前にいた二つの人影が、ぎょっとした様子であとずさる。咄嗟《とっさ》に戸口をつかみ、床に顔を押しつける事態だけは回避したオットーは、その者たちの顔を見て絶望的な気分になった。つんのめる格好で静止したあと、すかさず体勢を立て直し、とりあえず間を取り繕う咳払《せきばら》いをする。

そろって目をしばたたいたのも一瞬、レイアム副長とダグザ中佐は踵《かかと》を合わせ、艦長の醜態を見なかったことにしてくれたようだった。よりにもよって、この二人に見られてしまうとは。指先まで赤くなった体を縮こまらせ、足早に士官室に戻ろうとしたオットーは、「艦長」と呼びかけたレイアムの声にぎくりと立ち止まった。

「参謀本部の命令は聞きました。どうなさるおつもりです?」

厚ぼったい瞼《まぶた》をひたと据えたレイアムの傍らで、ダグザも例によってロボットのごとき無表情をこちらに向ける。犬猿の仲の二人が並んでいる図というのもめずらしい。いまさら思いつきつつ、「どうもこうもない」とオットーは低い声を返した。

「命令は命令だ。やるしかあるまい。世界の命運を決する『箱』とやらが関わっているのだからな」

不発に終わった皮肉を噛《か》み締め、今度こそ離れる足を踏み出す。「自分も、命令に異論はありません」とダグザの声が追いかけてきて、オットーはまたしても立ち止まっていた。

「ですが、我々はこれを人質救出作戦と捉《とら》えています」

意外な言葉に、オットーは無防備な顔を背後のダグザに振り向けた。「人質救出……？」とくり返してから、《ガンダム》に乗って飛び出していった少年の横顔を思い出す。自縄自縛に陥った大人たちの重力を振り切り、ひとり戦いの矢面に立ったバナージ・リンクス──。レイアムと目で頷《うなず》きあい、ダグザはこちらに一歩体を近づけた。

「我々は彼に借りがある。やりようはあります。確か、この艦はハイパーメガ粒子砲を搭載していましたね？」

真摯《しんし》な視線を傾けるダグザの横で、いつになく決然とした表情のレイアムが頷く。オットーは体全部を彼らの方に向け、聞く準備があることを伝えた。

※

宇宙世紀も百年を迎えようとしている現在だが、人類はいまだ重力を制御する術《すべ》を持てずにいる。巨大な円筒を回し、内壁に遠心重力を発生させるのがせいぜいで、この点に関しては、人類は旧世紀からなんら進歩していない生き物と言えた。

必然、鉱物資源衛星に居住環境を構築しようと思えば、回転し続けるドラムを衛星内に埋め込むしかない。〈パラオ〉も例外ではなく、直径一・六キロ、長さ二キロに達するドラムが小惑星内部に埋め込まれ、その内壁に住民の居住空間が構築されていた。連結する四つの石ころの中ではもっとも大きい三角錐《さんかくすい》状の小惑星、通称〈萼《カリクス》〉に埋め込まれた居住ブロックの数は二つ。人が集まれば階層が発生するのはどこの世界も同じで、ひとつが総督府を中心とするアッパータウンなら、もうひとつは現場作業者が居住するダウンタウンと、それぞれに住み分けがなされている。ちなみに〈カリクス〉に連結する三つの石ころは〈花冠《カローラ》〉と呼ばれ、それぞれA、B、Cの地区表記が割り振られていた。三角錐の底面に三つの石ころを束ねた形状は、言われてみれば花に見えないこともない。

アッパータウンもダウンタウンも構造的な差異はないが、〈パラオ〉ならではの特徴はある。すなわち、ドラムの先端にカッタードリルが設けられていて、回転して遠心重力を発生させる傍ら、小惑星の岩盤を掘り進むことができるのだ。とんでもなく巨大なシールドマシン、と表現したらわかりやすいだろうか。

〈パラオ〉の住民たちは、その桁違《けたちが》いに大きい掘削機械の内壁に家を建て、町を造り、ひとつの生活圏を構築している。男たちがメイン・シャフトの採掘場に働きに出ている間、女たちは削り出された土を選《よ》り分けたり、家内工場で加工品を作ったりして日々を過ごす。究極の職住一体型――いや、初期の開拓生活の厳しさを物語る構造と言った方が正しいだろう。宇宙移民計画がスタートした頃、アステロイド・ベルトの開拓に従事させられたのは犯罪者や難民、連邦体制に反対する政治犯がほとんどだった。彼らは二度と地球に戻ることは許されず、苛酷《かこく》な生活環境の中で子を育て、土埃《つちぼこり》にまみれながら生涯を終えていったのだから……。

「ま、昔は肺病が流行《はや》ったり、差別されたり、プロレタリア文学のネタになりそうな話があったらしいがな。おれたちの爺《じい》さまの頃の話だ。いまじゃ学校も病院もあるし、最新の情報だって入ってくる。他のコロニーに行くのも自由だ。貧乏はしちゃいるが、他とそう変わらんよ」

屈託なく言ったギルボアは、しかし「差別がなくなったわけじゃないがな」と小さく付け足すのを忘れなかった。いまではシールドマシンも稼働しておらず、男たちの大半は出稼ぎで家族を支えているのだという。フロンタルとの会見のあと、ダウンタウン側の居住ブロックに連行されたバナージは、そんなわけでどこか閑散としている〈パラオ〉の町に足を踏み入れた。約一・六キロメートルの直径は、通常のコロニーの半分以下。あの〈カタツムリ〉の居住ブロックに毛が生えた程度の広さだが、こちらは〈インダストリアル7〉同様、回転軸を人工太陽が縦貫する吹き抜け構造になっているので、箱庭的な密閉感は感じられない。空には茶褐色の雲がたなびき、内壁のそこここに緑を見ることもできたが、異様なのは一方の気密壁を岩盤が覆っている点だった。

通常のコロニーでも、円筒の両端にある気密壁には土が盛られ、〝山〟と俗称される光景を造り出しているが、これは根本が異なる。この居住ブロックの先端にあるのは、小惑星を掘り進むカッタードリルなのだ。長らく使われていないカッターは半ば土と同化し、一・六キロに及ぶ刃を岩盤に埋もれさせているものの、やはり普通のコロニーの光景とは違う。巨大なシールドマシンの中にいる圧迫感は拭《ぬぐ》えず、粗末なユニット家屋が大半を占める町の景観も手伝って、町全体が飯場といった印象を醸し出しているのだった。貧困にあえぎ、ネオ・ジオン軍に協力することで糊口《ここう》をしのいでいる住民たち。過剰に華美な司令部の造りを思い出し、打ちひしがれた民衆というイメージを作り上げたバナージは、しかし目的地に着くに至ってそれを覆された。

ドアを開けた途端、「あ、父ちゃんだ!」「お帰り!」と口々に叫ぶ甲高い声が弾《はじ》け、「よお、チビども!」と両手を広げたギルボアがそれらの相手をする。十歳ぐらいの男の子を筆頭に、四人……いや五人。いまにも擦り切れそうな衣服をまとい、古びた家具の陰からわき出してくる子供たちは、まるで放し飼いにされた子ネズミの集団だった。バナージが面食らう間に、「マリーダ姉ちゃんもいる!」と別の歓声があがり、六人目の女の子がテーブルの下から飛び出してきた。

ギルボアに群がっていた子供たちが、一斉に背後にいるマリーダに飛びかかってゆく。「おいおい、父ちゃんよりそっちか? 傷つくな」と苦笑したギルボアをよそに、子供たちはマリーダの足にしがみつき、その体によじ登ろうとする。当のマリーダはいつものにこりともしない表情で、しがみつく子供を引き剝《は》がし、片手で足首を持って逆さ吊《つ》りにしたりしていた。いくらなんでも乱暴だろうと思ったが、子供たちにはそれが楽しいらしい。

キャッキャと悲鳴をあげる黒人の女の子の声に、「ぼくも！」「あたしも！」と他の子供たちの声が混ざる。

いったいこれはなんだ？　吹き込む砂塵《さじん》のせいでくすんでいても、きちんと整頓《せいとん》された屋内を見回したバナージは、「お帰りなさい。あんたもマリーダも、怪我《けが》はないわね？」と発した女性の声に目をしばたたかせた。錆《さび》の浮き出た柱の陰から、三十代半ばと思える黒人の女性が顔を覗《のぞ》かせていた。ギルボアが手を挙げて笑いかけると、主婦然とした落ち着きを感じさせる顔がぱっと輝き、ぎしぎしと軋《きし》む床を踏んでこちらに近づいてくる。「キャプテンも」と続けた女性の視線を追い、バナージは背後を振り返った。戸口の外に立つジンネマンが、照れ臭そうに手を挙げる姿が見えた。

マリーダはもうこちらを見ようともせず、子供たちを逆さ吊りにする作業を淡々とこなしている。その尋常ではない膂力《りょりょく》より、初めて見る穏やかな目の光にバナージは胸を衝《つ》かれた。ジンネマンはおもむろに踵《きびす》を返し、「じゃ、頼んだぞ」と言い置いて玄関の前から離れてゆく。「どこの子？」とこちらを見た女性に、「わけありでな。しばらくうちで預かる」とギルボアが答えるのを聞いたバナージは、堪《たま》らずに床を蹴《け》った。道に吹き溜《た》まった土に足を取られそうになりながらも、「キャプテン……ジンネマンさん！」と遠ざかる背中に呼びかける。

びゅうと吹き渡る風の中に立ち、黒い軍服に革のコートを羽織ったジンネマンが立ち止まる。フラストと呼ばれる金髪の男も立ち止まり、険のある眼差《まなざ》しをこちらに注いできたが、相手にする余裕はなかった。ギルボアの家と同じ造りのユニット家屋が建ち並ぶ一画で、バナージはジンネマンの黒い瞳《ひとみ》と向き合った。

「どういうことです。こんなところに……」

「他に適当な預け場所がなかったんでな。見た通り子沢山だが、おまえが寝泊まりする程度の余裕はある」

「そういうことじゃなくって……！　なんで牢屋《ろうや》とかじゃないんです」

「その方がいいのか？」

初めて会った時と同じ、殺気を宿した目がこちらを見下ろす。ぐっと詰まった顔を背け、「姑息《こそく》なんですね」とバナージは言った。

「貧困と差別がテロを生むって言いたいんでしょう？　こんなところを見せて、仲間に引き入れようとしたって――」

ゴッと鋭い衝撃が頬に走り、目の前の風景が横っ飛びに流れた。殴られた、と理解したのは、吹き飛ばされた体が地面に転がり、顔を砂塵に押しつけてからのことだった。

「勘違いするなよ」

鉄拳《てっけん》を見舞った拳《こぶし》をもう一方の手で押さえ、ジンネマンが低い声で言う。バナージはぐらつく視界にその顔を捉《とら》えた。

「子供だからって、なんでも許してもらえると思うな。大人はおまえが思ってるより気が短いんだ」

無意識の打算を言い当てられ、じんじんと痺《しび》れる頰に羞恥《しゅうち》の熱が走った。口もとの血を手の甲で拭ったバナージは、なにを言い返すこともできずにジンネマンの背中を見つめた。

「知ったつもりになってるだけで、おまえはまだなにもわかっていない。ここで勉強しろ」

言い捨てると、ジンネマンは再び歩き始めた。ちらとこちらを振り返ったフラストをよそに、コートのポケットに手を突っ込んだ背中が遠ざかってゆく。血と一緒くたになった口中の砂を吐き出し、バナージは笑っている膝《ひざ》をどうにか立たせた。勉強しろって、いったいなにを。胸中に呟《つぶや》き、熱を持った頰に手を触れた瞬間、「私も言われたことだ」という声が背後で発した。

いつからそこにいたのか、マリーダの朱色の軍服姿がすぐうしろにあった。その目はバナージを素通りし、路地の向こうに消えつつあるジンネマンを見つめている。仄暗《ほのぐら》い光を宿した瞳を盗み見、どういう関係なのか……と先刻の邪推を呼び戻したバナージは、「じゃあな！」「さいなら！」と弾けた子供らの声にびくりと肩をすくめた。ギルボア家の玄関をくぐった三人の子供らが、エレカ一台分のスペースもない前庭に飛び出してきたところだった。

あらためて見れば、その三人は各々に肌の色が異なっている。近所から遊びに来ていたらしいと納得する間に、「マリーダ姉ちゃん、明日《あした》もいる？」とお下げ髪の女の子が言い、バナージはマリーダの方を見た。「ああ。いるよ」とマリーダが応じると、女の子は顔いっぱいに喜びの表情を浮かべ、はにかんだ顔を隣の子供と見合わせる。「じゃ、また明日ね」「バイバイ！」と威勢のいい声を残して、子供たちは一陣の風のように路地を走り抜けていった。

軽く手を挙げて彼らを見送ったマリーダは、その背中が見えなくなった途端、冷たい無表情をバナージの方に向けた。「中に入れ。〈パラオ〉の夜は早い」と早口に言い、あとはこちらを意識の外にしてギルボアの家に戻ってゆく。風に踊る長い髪を見遣《みや》り、確かに光源の落ち始めた人工太陽を振り仰いだバナージは、全体が砂に埋もれかけていると思える路地に視線を戻した。このまま逃げ出せそうな雰囲気……だが、港に行く道順はわからないし、簡単に《ユニコーン》を奪い返せるとも思えない。マリーダたちが軍服姿で歩き回っていられるということは、ここは住民全体がネオ・ジオンを容認している土地なのだ。駐在所に駆け込んでも事態は改善せず、連れ戻されるのがオチだろう。

結局、捕らわれの身か。小さく息を吐き、バナージは低く連なる家屋の軒ごしに〝山〟を見上げた。シールドマシンの長大なカッターがはるか頂にまで延び、気密壁を内側から支える構造材のように見える〝山〟。絶えず砂塵混じりの風が吹き下ろす峻厳《しゅんげん》な〝山〟は、コロニーのそれと違って植樹の一本もなく、無骨な岩肌を見上げる者にさらしていた。遠心重力の及ばない中心軸付近では、砂塵が茶褐色の靄《もや》になって滞留しており、どこか人を寄せ付けない神秘的な空気を漂わせてもいる。

あの向こうに宇宙はなく、億兆年の積層によって押し固められた分厚い岩盤のみがある。そう思うと、脱出の可能性がまた一段と遠ざかったように感じられ、バナージは〝山〟を見上げるのをやめた。仕方なくギルボアの家に戻ろうとして、路地の陰からこちらを見つめる視線に気づく。先刻、マリーダに声をかけたお下げ髪の女の子が、大きな黒い瞳をこちらに向けていた。

目を合わせるや、ところどころ欠けた前歯をイーッと剝《む》き出しにして、一目散に駆け去ってゆく。住民皆兵《かいへい》……か。殴られた頰をさすりつつ、バナージは玄関に引き返した。

六から三を引いても、三は残る。三人の子供たちにギルボア夫妻、それにバナージとマリーダを収めた屋根の下は、身じろぎするにも遠慮が必要な狭さだった。子供らがお構いなしに駆けずり回っているので、椅子を引く時などは特に注意しなければならない。

ギルボアのように〈パラオ〉に家を持つ者もいるが、フラストたち大半のクルーは港の宿舎で寝泊まりし、ジンネマンは上陸中でも《ガランシェール》から離れないのが常だという。マリーダはギルボア家に居候しているらしく、二階の子供部屋には彼女のベッドが常備してあった。奥さんの話によれば、月に五日も泊まる日はないとのことだが。

「キャプテンに頼まれてね。あの人はヤモメだし、他のクルーも独り身の人が多いから、女の子を預かるってわけにはいかなくて。もう二年くらいになるかしらね。そろそろひとりにしても大丈夫だとは思うけど、子供たちもなついてるし、まあいいでしょ」

夕食の準備をする傍ら、奥さんは問わず語りにそんなことを話してくれた。ひとりにしておけないとは、どのような状態だったのか。マリーダもここに連れ去られてきた捕虜だったのだろうか。勉強しろ、私も言われたことだ――先刻聞いた言葉が急に重みを持ち、バナージは子供らの相手をするマリーダの横顔を窺《うかが》ったが、質問をぶつける気にはなれなかった。知る必要はない、彼女たちと自分は違う。ともすれば緩みそうな頭にそう言い聞かせ、所在ない時間を寡黙に過ごした。

やがて夕食の時間になり、居間の大部分を占めるテーブルに七人分の料理が並んだ。ウサギのソテーにスープ、パン、全員で取り分ける山盛りのポテトサラダ。ウサギは〈パラオ〉で飼育しているもので、住民たちの主要なタンパク源らしい。料理の内容はともかく、バナージには壮観と思える食卓の光景だった。母一人子一人、親戚《しんせき》づきあいも知らずに育ってきた身は、七人もの人間が顔をそろえる食卓についた経験がない。アナハイム工専ではビュッフェ形式の食堂を利用していたが、こんなふうに身を寄せ合って食べるという空気ではなかった。

居心地が悪いような、使われたためしのない神経にじんと熱が通うような。曰《いわ》く言い難い気分は食欲に圧倒され、バナージはギルボアが席につくのを待ってパンに手を伸ばした。と、全員がテーブルに肘《ひじ》をつき、両手を握り合わせて、一瞬の沈黙が食卓に訪れた。

「主よ、今日の糧に感謝します」

黙禱《もくとう》したギルボアが言い、奥さんたちが「アーメン」と唱和する。バナージが見よう見真似で手を合わせた時には、子供たちは一斉に食事を開始していた。マリーダもなにごともない面持ちで両手を解き、ナイフとフォークを手にする。映画で見たことはあるが、食前のお祈りをする家が実在するとは。目をしばたたいたあと、バナージはあらためてパンに手を伸ばした。ひどく硬い手触りに、食べられるのかと不安になった。

路地を吹き抜ける風が窓を鳴らし、光量を絞ったペンダント・ライトが時おり揺れた。人工対流を強めに設定しておかないと、すぐに砂が吹き溜《た》まってしまうのだろう。肉体労働が多い土地柄のせいか、どれも味付けが濃い料理を黙々と口に運びつつ、バナージはふと鳴り続ける窓に目を留めた。

こんな風の音を聞きながら、静かに食卓を囲んでいる家族があといくつ——その中には、きっと帰らぬ人を悼《いた》み、なにも聞こえなくなっている人たちもいる。料理でほぐれた頭にそんな言葉が浮かび上がり、バナージはスプーンを持つ手が汗ばむのを感じた。いつからか浮き出ていた額の汗を拭《ぬぐ》ってから、食事に集中しようとする。「兄ちゃんは、連邦の人なのか？」と子供のひとりが口を開いたのは、急に味が感じられなくなったスープに口をつけた時だった。

三人の中ではいちばん年上の少年だった。「黙って食え」と睨《にら》みつけたギルボアを意識しつつも、少年は遠慮のない好奇の目をこちらに注いでくる。弟と妹も上目遣いに窺う視線を寄越す中、食事の手を休めようとしないマリーダを横目にしたバナージは、不意に正体不明のいら立ちに駆られた。味のしないスープを口中に流し込んでから、「ああ、そうだよ」とぶっきらぼうに答える。

「ここの人たちに無理やり連れてこられたんだ」

ギルボアの手が止まり、奥さんがこちらに視線を流す気配が感じられたが、構《かま》うつもりはなかった。「ホリョか？」とすかさず言った少年に、「そうかもね」と憮然《ぶぜん》とした声を返す。

「ホリョなら、おれたちのホリョになってよかったな。連邦軍のホリョになったら、飯もちゃんと食わせてもらえないんだぞ。ゴーモンされるんだぞ」

「ティクバ、食べながら話さない」と奥さん。相手にするな、と訴える理性も虚《むな》しく、

「連邦はそんなことしないよ」とバナージは言ってしまった。

「する。父ちゃん言ってたもん。一年戦争の時にホリョになって、収容所でキャプテンに助けてもらったんだって」

彼にとっては無二の英雄なのだろう父親を見つめ、ティクバと呼ばれた少年が誇らしげに続ける。力のない叱責《しっせき》の目を返しただけで、なにも言おうとしないギルボアの横顔を窺ったバナージは、「……そういうこともあったかもね」と言ってパンを手にした。

「ジオンに家族や知り合いを殺された人は大勢いたんだから」

ギルボア夫妻の手が再び止まる。子供たちもぎょっと顔を上げたが、マリーダは知らぬ顔で食事に専念している。バナージは無理にでもパンを口に押し込んだ。なんの味もしない。まるで砂を噛《か》んでいるみたいに、饐《す》えた唾液《だえき》が口中に拡《ひろ》がってゆく。「そんなの、お互いさまだろ。戦争なんだもん」と言い返したティクバは、もう食事どころではない顔つきだった。

「ジオンはスペースノイドの独立のために戦ったんだ。兄ちゃんだってスペースノイドだろ？　なんで連邦の味方をするんだよ」

「ティクバ、いい加減にしろ。父ちゃん怒るぞ」

ギルボアが低く怒鳴る。ティクバは大きな目を動かさない。バナージはスポンジのように思えるパンを飲み下し、「正しい戦争なんてあるもんか」とその目を見返した。

「言ってることは正しくても、ジオンがコロニー落としで大量の人間を殺した事実は変わらないんだ。殺された人たちには、正しいかどうかなんて考える暇もなかった。なんにも知らずに、ある日いきなり……。まともじゃないよ、そんなの」

そうだ、まともじゃない。ジオンは異常だ。〈インダストリアル7〉を破壊したネオ・ジオンも異常なテロ組織だ。一方的に命を奪おうとする者に対しては、無条件に正当防衛の権利が発する。自分はそれを行使したのに過ぎない。だからあれは殺人じゃない。おれは人殺しなんかじゃない――。

ティクバが泣きそうな顔でギルボアを見る。じろとバナージを睨みはしたものの、ギルボアはなにも言わずにスープを口に運ぶ。そら見ろ、言い返せない。こわ張った胸に呟《つぶや》いた途端、ガタンと椅子の鳴る音が弾《はじ》け、バナージは思わず飛び上がりそうになった。

マリーダだった。物も言わずに立ち上がったかと思うと、テーブルを離れた体がバナージの背後に回り込む。その手がジャンパーの襟をつかむや否や、バナージは問答無用で椅子から引きずり上げられていた。

ギルボアたちが呆然《ぼうぜん》と見つめる中、有無を言わせぬ力で戸口の方に引っ張ってゆく。「なんだよ……!?」と呻《うめ》き、転ばないようにするのが精一杯で、バナージは首輪に繋《つな》がれた犬さながら、あっという間に玄関の外に連れ出された。

「ちょっと、マリーダ……!」と中腰になった奥さんを手で制し、ちらとこちらを見たギルボアの目が戸口の向こうに遠ざかる。マリーダは振り返らず、引き結んだ口を開こうともしなかった。目を丸くした子供たちの顔を見たのを最後に、夜の闇がバナージの体を押し包んだ。どこかで犬が鳴き、びゅうと唸《うな》る風音がそれをかき消していった。

そのまま路地を突っ切り、〝山〟の方へ向かう。まだ午後七時を回ったばかりだというのに、町は静まり返っていた。街灯もまばらな夜道は暗く、エレカの走行音ひとつ聞こえてこない。食器のこすれる音、テレビの音だけが家々の窓からひそやかに流れ、不気味に目を光らせた野良猫が路地を横切ってゆく。電気の消えた家は、すでに寝静まったあとなのか、もとより住む者がいないのか。

確かに早い〈パラオ〉の夜だった。放せ、わかった、自分で歩くから。何度もくり返した末、ようやくマリーダの腕から解放されたバナージは、彼女に促されるまま闇の中を歩いた。殺す気ならとっくにそうしているだろうし、人けのないところに連れ出して痛めつけようという風情でもない。あるいは町外れの牢獄《ろうごく》にでも入れられるのかもしれなかったが、望むところだという捨て鉢な気分もあって、砂塵《さじん》を踏む足が必要以上に速く動いた。マリーダは終始口を開かず、無口な二人連れが黙々と暗い路地を進んだ。

やがて町は後方に過ぎ去り、広大な貯石場が二人の前に現れた。シールドカッターで削られた岩盤は、この貯石場で選《よ》り分けられ、鉱物を含んだ石は工場区画へ、屑石《くずいし》は宇宙と接するエアロック付き排出口へ、それぞれベルトコンベアで送り込まれる。シールドカッターが停止して久しい現在、貯石場には過去に削り出された未処理の岩塊や土が堆積《たいせき》しており、切り立った〝山〟に連なる勾配《こうばい》を造り出していた。朽ちかけたベルトコンベアの鉄骨をくぐり、注意灯の微《かす》かな光を頼りに歩き続けたマリーダは、勾配の途中に穿《うが》たれた洞《どう》窟《くつ》のような穴にバナージを誘った。

中央の採掘現場に向かう連絡路とは違う、ろくにコンクリ補強もしていない穴だった。牢獄、という言葉が急に実感を持って迫り、バナージは洞窟の手前で空を振り仰いだ。砂塵の雲は夜になっても晴れず、星の光——反対面で瞬く町の光——もろくに見えない。さすがに足が竦《すく》んだが、先に洞窟に入ったマリーダにじろりと睨まれれば、侮られたくないという意地が先に立った。ひとつ生唾《なまつば》を飲み下してから、バナージは洞窟に足を踏み入れた。一応、電気は通っているらしく、マリーダが入口付近の操作盤をいじると、点々と設置されたライトの光が坑道を照らすようになった。

しんと冷えた空気が体を包み、風の音が後方に遠ざかってゆく。坑道は緩やかな下り坂を描いて二十メートルも続き、そこから先は掘り抜かれた空洞になっていた。いきなり高く開けた天井に圧倒され、二、三歩よろめいたバナージは、そこに広がる光景を目に入れて息を呑《の》んだ。

削り出された石柱が定間隔に聳《そび》え、アーチ型に傾斜した天井を支える下、腐ってぼろぼろになった横長の椅子が十脚ずつ、二列にわたって空洞の奥まで並ぶ。縦に長い空洞の奥は一段高くなっており、やはり朽ちかけた祭壇がひとつ、色褪《いろあ》せた赤絨毯《じゅうたん》の上で埃《ほこり》に埋もれていた。祭壇の手前には説教壇が置かれ、反対側には聖体拝領台。その向こう、祭壇の奥の壁に掲げられているのは、十字架に磔《はりつけ》にされた男の像――。

さほどめずらしいものではなかった。教会はどこのコロニーにも必ずひとつはあるし、このキリストという人物がクリスマスの由来であることは子供でも知っている。旧世紀ほどの勢いはなくとも、信者の数は少なくなく、信者でなくても結婚式や葬式は教会で執り行うのが普通だ。母の葬儀の時も、牧師が聖書の一節を読み上げていたと記憶する。

が、ここにあるのは、そんな形骸《けいがい》と化した教会ではなかった。祭壇も、聖水盤も、すべて手作りとわかる代物で、壁のステンドグラスにはライトが仕込まれ、洞窟の奥でも十字架像を照らし出す工夫が為《な》されている。聖体ランプを模した蛍光灯は、おそらく旧世紀時代に作られた骨董品《こっとう》。祭壇の左右を飾る燭台《しょくだい》やマリア像も、はるか昔に地球から持ち込まれたものだろう。

旧世紀……神の世紀とも呼ばれた西暦時代の遺物。誰かが身を削るようにして造り上げた、血と汗の染み込んだ真実の信仰の砦《とりで》――。我知らず祭壇に歩み寄り、バナージは物言わぬキリスト像を見つめた。音もなく傍らに近づいたマリーダが、「おまえの言うことは間違っていない」と不意に口を開く。

「正しい戦争なんてない。でも正しさが人を救うとは限らない」

ぽかんと見返したバナージをよそに、マリーダも十字架を見上げた。その深く昏《くら》い蒼《あお》い瞳《ひとみ》は、この時はステンドグラスの光を宿して透明に輝いて見えた。

「この石ころが、まだアステロイド・ベルトにあった頃に造られたものだ。初期の宇宙開拓者と言えば、地球で食い詰めた者や政治犯、他に生きていく術《すべ》を持たなかった者たちばかりだ。宇宙世紀が始まった時、時の首相は『神の世紀との訣別《けつべつ》』と言ったそうだが、彼らにはすがる光が必要だったんだろう。太陽も星のひとつに紛れ込んでしまいそうなアステロイド・ベルトでは、特に……」

澄んだ声が礼拝堂に広がり、こわ張った体にゆっくり染み込んでゆく。食前の祈りを捧《ささ》げるギルボアたちの表情を思い出し、バナージは「光……」と口にしてみた。この〈パラオ〉が地球圏に定置され、教会が別の場所に建て直されても、百年前にここで〝光〟を見《み》出《いだ》した人々の想いは消えていない。はるかアステロイド・ベルトで刻まれた苦難の歴史とともに、ギルボアたち子孫に脈々と受け継がれてゆくものなのだろう。いつか、すべての刻苦が報われる日が訪れることを信じて――。

「光がなければ人は生きていけない。だから、こんなものにでもすがる。でも、宇宙に棄てられた人々は、やがてこの男に代わる光を見出した。ジオンという名の新しい光を」

マリーダの横顔が微かに険しくなる。あらためてキリスト像を注視したバナージは、教科書で見たジオン・ダイクンの顔をそこに重ね合わせてみた。

「正しいか、正しくないかは重要じゃない。彼らにはそれが必要だった。絶望に抗《あらが》い、残酷で不自由な世界で生き続けるために、この世界には改善の余地があると信じさせてくれるなにかが必要だった。それを笑うことは誰にもできない。そんなものがなくても生きていける、実体のないものにすがるなんてバカらしい。そう言いきれる奴がいるとしたら、そいつは余程の幸せ者か、世間に関わっていないかのどちらかだ。本当の意味で生きているとは言えない」

きゅっと拳《こぶし》を握りしめ、マリーダはひと息に言いきった。この人は、自分の心を見せている。そうすることでしか伝えられないなにか、大事ななにかを伝えようとしている。その理解が体のこわ張りを溶かし、ささくれ立った胸を落ち着かせるのを感じながら、「人間だけが、神を持つ……」とバナージは呟いた。マリーダは、少し虚をつかれたという顔をこちらに向けた。

「そう言っていた人がいるんです。いまを超える力……可能性という名の内なる神を……って」

記憶の中の言葉が、ユニコーンのタペストリーと一緒くたになって胸の底を駆け抜けた。悪夢ではない、父という確かな存在から発せられた声。自分の心の中にある言葉――。つかのま沈黙したあと、マリーダは「ロマンチストだな」と感想を漏らした。

「人や世界を信じていなければ、そんな言葉は出てこない。誰が言ったか知らないが、やさしい人だったんだろう」

ふっと笑った横顔が、意外でもあり、嬉《うれ》しくもあった。気恥ずかしいような、誇らしいような複雑な気分に衝《つ》き上げられ、バナージは再びキリストの十字架像を見上げた。光。内なる神。可能性や希望といった言葉に置き換えられるなにか。それはきっと、誰の中にもあり、人それぞれに異なるものなのだろう。だからお互いに響き合えるし、時には争いもする。そして異なるものに対して警戒感を持てば、自らの戒律や正義を唯一無二のものと規定し、強化して、生き方そのものを硬直させてしまう過ちを犯したりもする。

その瞬間から、人は神を殺し始める。可能性を殺し、世界を規定し、狭い固定観念に陥ってゆく。倫理や道徳という重石《おもし》を一方に置き、常に揺らぎ続けるのが価値観というものなのかもしれない。そうでなければ、テロリストと〝規定〟したマリーダとこんな時間を持ち、互いの心を見せ合うこともなかった。それは愚かという以上に、もったいないことなのだから……。

勉強しろ、と言ったジンネマンの声が脳裏をよぎり、バナージは目を伏せた。砂埃《すなぼこり》の溜《た》まった床に視線を落とし、熱した頭から漏れ出す吐息をつく。「セルジ少尉……おまえが墜《お》とした奴のことは気にするな」と言ったマリーダの声が、そっと肩をさすって過ぎた。

「モビルスーツに乗って戦場にいれば、それはパイロットという戦闘単位だ。殺されても文句は言えないし、殺したことを気に病む必要もない」

頑《かたく》なな言動の意味も、こわ張った胸の内も、すべて見抜かれていたと教える言葉だった。バナージは思わず顔を上げ、マリーダの瞳を見つめた。彼女が伝えようとしたこと、彼女が体験として知っていること。不可分な二つが蒼い瞳に重なり合い、まだ形になりきらない直感を凝集させる。急にわき出した冷たい感触を胸に、バナージは「マリーダさんも、モビルスーツに乗ったりするんですか？」と慎重に尋ねた。

ちらとこちらを見、すぐに視線を逸《そ》らしたマリーダは、「人手が足らない時にな」と短く答えた。少し濁って聞こえた言葉にひやりとしつつも、一瞬後にはなにを思いついたのかも判然としなくなり、バナージは澄んだ光を放つ蒼い瞳をただ見つめた。

斜めに差し込むステンドグラスの光が、黙して十字架を見上げる横顔を聖母のように浮き立たせる。きれいな人だな、といまさらの知覚が頭をもたげ、冷えた体をじんわりと温めた。

2

整備用ハンガーに固定された《ユニコーン》の人型は、洗練され尽くした工業製品は芸術品になり得る、と身をもって証明する優美さだった。直線と平面からなるマス・プロダクツ的なシルエットを持ちながら、装甲全体にわたって複雑な面構成が施されており、白亜の彫像といった繊細な印象を保っている。額から突き出た一本角もオブジェのような面《めん》妖《よう》さで、名前通りの神秘的な面持ちを佇《たたず》む巨人に与えていた。

「例の高機動形態……ガンダム・モードとでも言うんですかね？　あれが発動した時に、OSの役割を果たすのがNT－Dと呼ばれるシステムです。ラプラス・プログラムは、そのNT－Dの発動にリンクして、段階的に情報を開示する一種の暗号データと理解していただいて結構です」

その腹部にあるコクピットから顔を出しつつ、四十がらみの技術士官が説明する。技術畑の人間というのは、どうしてこう口のきき方を知らないのか。不快に思いながらも、アンジェロは昇降台のプラットフォームから身を乗り出し、暗い口を開けるコクピット・ハッチを覗《のぞ》き込んでみた。

予備電源しか立ち上がっていないので、全天周《オールビュー》モニターは作動していない。吸い込まれそうな闇の中、リニア・シートに接続するディスプレイ・ボードが待機ランプを点《とも》し、〈La+〉と読めるロゴをゆっくり点滅させている。ネオ・ジオンの手中に収まって以降、いかなる干渉も寄せ付けずに沈黙を保つ《ユニコーン》が、唯一動作させているのがこのサインだった。La+《ラプラス》——おそらくは『ラプラスの箱』の所在を告げる道標の灯。ざらとした悪寒を覚え、ハッチから身を引いたアンジェロの背後で、「段階的に、と言うと？」とフル・フロンタルが口を開く。

「つまり、NT－Dが発動するたびに封印が解かれ、新しい情報が開示されるということです。パイロットの登録がなされて以降、現在までに発動した回数は二回。最初の一回でシステムが待機状態に入り、二回目でこの位置座標が開示された。これで終わりなのか、次の発動で新しい情報が開示されるのかは、正直言ってわかりません。ただ、ラプラス・プログラムがハードに占めている割合からして、まだ開示されていない情報があると見た方が自然でしょう」

「現段階ですべての情報を開示させることはできんのだな？」

フロンタルが重ねる。プラットフォームに立ち、手慰《てなぐさ》みに顎《あご》をさする仮面の長身は、殺風景な整備工場でひとり色を浮き立たせているように見える。《ユニコーン》の調査に明け暮れて二日間、ろくに睡眠も取っていないらしい技術士官は、「アタックしてみることはできますがね」と力なく肩をすくめてみせた。

「すでに開示された情報を取り出すだけでも、これだけの時間がかかったんです。下手に干渉すれば、全部が白紙になってしまうかもしれない。その可能性を容認していただけるならやりますが、お勧めはしません。順当に封印を解いていった方が無難かと」

「パイロットの生体登録を解除することはできないのか？」

それさえできれば、すぐにでも情報を引き出せる。あのバナージ・リンクスという少年を泳がせておく必要もなくなる。いら立った声を差し挟んだアンジェロをちらと見遣《みや》り、技術士官はコクピットに持ち込んだ端末を手元に引き寄せた。無重力を泳ぐ大量のケーブルを捌《さば》きつつ、「同様の危険が伴います」と背中で言う。

「パイロットの認証システムと、ラプラス・プログラムは相関関係にあります。登録されたパイロットがNT－Dを発動させた場合にのみ、ラプラス・プログラムは次のステップへと進む。その意味では、このシステム全体が一種のリトマス試験紙の役割を果たしているとも言えます。NT－Dの発動には、特定の感応波の検知が不可欠ですから」

「それでニュータイプ・ドライブか」

技術士官の含んだ言いように、フロンタルもなにごとか納得した声を返す。畢竟《ひっきょう》、バナージ・リンクスに頼るしかないというわけか。それだけ理解した頭から興味が失《う》せ、アンジェロは《ユニコーン》のコクピット・ハッチから一歩離れた。「ええ。ですが、それにしては妙な構造なんです」と続く技術士官の声を半ば聞き流し、広大な整備工場に視線を飛ばす。

四つの小惑星からなる〈パラオ〉にあって、最大の規模を誇る〈カリクス〉の一画に設けられた整備工場には、他にも二十機からのモビルスーツが立ち並び、修理・点検を受ける姿がある。ここから二つの空きハンガーを挟んで、濃緑色の巨軀《きょく》を聳《そび》えさせる《ギラ・ズール》。隣には、ズール系のベースとなった《ギラ・ドーガ》が並び、袖部《そでぶ》に紋章を彫り込んだ機体が全身のメンテナンス・ハッチをオープンにしている。その正面に立つひょろりとした機体は、かつてのネオ・ジオン軍で主力を張ったガザ・タイプだ。旧公国軍の残党が十年も前に開発した簡易量産機だが、可変機構を有する機体の運用性は悪くなく、いまでも斥候や偵察の役には立つ。新たに施された袖飾りの意匠も、寄せ集めの貧弱さを感じさせない程度には似合っており、『袖付き』の機体と言って問題のない統一感を醸し出していた。

頭上に目を転じれば、天窓のガラスごしに停泊中の艦艇の灯火が窺《うかが》える。ここからはひとさし指程度の大きさにしか見えない艦影は、ムサカ級の巡洋艦だろう。〈パラオ〉の軍港は、四つの小惑星が岩肌を突き合わせる接合面の隙間に設けられ、互いに向かい合うすり鉢状の窪《クレバス》みが錨地《びょうち》に利用されている。各々のクレバスが対面する小惑星の陰に入るため、軍港の存在を外から窺うことはできない。角度によっては浮き桟橋の灯火などが見え隠れするものの、小惑星同士を繋《つな》ぎ止める連結シャフトが格子の役割を果たし、外部からの観察を困難にしてくれる。まさに要害、三次元規模で構築された〝入り江〟だが、堅固な要塞《ようさい》にありがちな閉塞感《へいそくかん》はなかった。

錨地となるクレバスのスケールは、この〈カリクス〉だけでも直径五キロ、深さは最大で二キロに及ぶ。対面する三つの小惑星にも同様のクレバスが穿《うが》たれ、それが傘のように頭上に覆い被《かぶ》さっているのだから、クレバスの底から見上げる光景は壮観の一語に尽きた。連結シャフトを石柱とする、宇宙的スケールの鍾乳洞《しょうにゅうどう》とでも言うべきか。

その大空洞に、大小合わせて三十あまりの艦艇が繋留《けいりゅう》され、玩具《がんぐ》のように見える内火艇《ランチ》やモビルスーツが浮きドックの狭間《はざま》を漂う。ほとんどがゲリラ化した残党組織の寄せ集め、中には戦力の用を足さない艦艇もあるとはいえ、いまいちど事を起こすには十分な数がそろいつつある。ラプラス・プログラムとやらを解き、『箱』を入手することさえできれば、このまま一気に決起するのも不可能ではないのに――。物言わぬ《ユニコーン》の頭部を見上げ、ぎりと奥歯を噛《か》み締めたアンジェロは、「なるほど。ドライブと言うには、いささか物騒すぎるな」と発したフロンタルの声に、慌てて視線を正面に戻した。

「ええ。ラプラス・プログラムをあとから組み込んだ者の思惑はともかく、こいつはもともとハンティング・マシーンです。矛盾する二つの要素が組み込まれている、と言ってもいいでしょう。大佐がお感じになられたという〝狂気〟は、その矛盾から生み出されたものかもしれません」

「よくわかった。カーディアス・ビストは、やはりとんでもない魔物に『ラプラスの箱』を託したというわけだ」

技術士官の弁に、フロンタルは仮面の下の口もとをにやりと歪《ゆが》めて言う。大事な話を聞き逃してしまった。動揺を噛み殺す間もなく、「アンジェロ大尉」とフロンタルの声が飛び、アンジェロは咄嗟《とっさ》に直立不動になった。

「先に伝えた通りだ。全軍に所定の行動を通達」

「は！」

これも条件反射で踵《かかと》を合わせてから、受け取った言葉を反芻《はんすう》する。所定の行動――予測される奇襲攻撃への対応。連邦軍がこの〈パラオ〉に仕掛けてくる。ふつふつと血が沸き立つのを感じる一方、薔薇《ばら》をフリーズドライで調達しておかねば、と現実的な思考も呼び出したアンジェロは、眼前で揺れる真紅の背中を凝視した。フロンタルはコクピット・カバーに片手をつき、「で、現時点で開示されている座標は？」と技術士官に問う。

コクピットに潜り込んだ技術士官の返答は聞こえなかった。『箱』の所在地かもしれない座標データは、自分も聞いておく必要がある。ハッチを覗き込もうとしたアンジェロは、しかしあとずさるようにコクピットから出てきたフロンタルの背中に押しやられ、急いで道を開けねばならなくなった。

「……冗談だと思いたいな」

点滅する〈Ｌａ＋〉の光を仮面に受け、微《かす》かに嗤《わら》ったフロンタルが言っていた。アンジェロは眉《まゆ》をひそめるよりなかった。

※

同刻、四月十二日午前零時二十五分。《ネェル・アーガマ》への補給を終え、暗礁宙域をあとにした輸送艦《アラスカ》は、月へ帰航する途上にあった。

コロンブス改級宇宙輸送艦に分類される《アラスカ》は、全長百四十五メートル、全幅百十メートルで、ほぼ直方体と言っていい形状をしている。護衛に就《つ》くクラップ級巡洋艦の三分の二に満たない全長だが、船体の大部分を占める二つのコンテナ・ブロックの容量は大きく、モビルスーツ一個中隊分の収容力を誇る。補給任務を終えた現在、コンテナ・ブロックはどちらも空荷に近く、通常の航海配備が令された艦内には静かな時間が流れていたが、《アラスカ》を取り巻く状況は決して穏やかなものではなかった。

月から同航してきたクラップ級はもとより、サイド2駐留艦隊から派遣されてきたアイリッシュ級戦艦が帰路の護衛に加わり、ジェガン・タイプのモビルスーツが常時二機、艦の前後を挟み込む形で警戒の目を光らせる。輸送艦に護衛がつくのは当然にしても、戦時下さながらの物々しさ、しかも補給物資を満載した往路より、帰路の護衛を厚くするのは異例なことに違いない。艦隊司令部からは特別な説明もなく、《アラスカ》のクルーは首を捻《ひね》るばかりだったが、幹部の中には事情を察する者もいた。出すものは舌でも嫌がる艦隊司令部が、伊達《だて》や酔狂で護衛を増派するわけがない。《ネェル・アーガマ》から受け取った〝荷物〟が問題なのだ。

〝荷物〟の内訳は、艦からの引き揚げを命じられたパイロットが一名と、〈インダストリアル7〉で収容したという民間人が二名。さらに『袖付き』の関係者であるらしい捕虜が一名だが、こちらは同行する中央情報局の人間がつきっきりで、《アラスカ》のクルーには名前も素姓も知らされていない。おそらくは〝彼女〟が問題なのだと——件《くだん》の捕虜は少女である、という目撃情報は瞬く間に艦内に知れ渡っていた——、クルーたちは噂し合った。多すぎる護衛は、〝彼女〟を護送するために配置されたのに違いない。すなわち、《ネェル・アーガマ》への補給は二義的なものでしかなく、《アラスカ》の主任務は極めて重要な捕虜の移送にこそあるのだ、と。

もっとも、それでなにかが変わるという話ではない。情報局も介入しているとなれば、下手な詮索《せんさく》は命取りになる。噂話は噂話として、大過なく航海を終えられればいいというのがクルーの本音ではあった。ブリッジ中央の艦長席に収まり、遠ざかる《ネェル・アーガマ》を見つめる艦長にしても、その思いは変わらなかった。

メイン・スクリーンに映し出された白亜の船体は、左舷《さげん》のカタパルト・デッキをごっそり失った上、艦尾のベントラル・フィンももぎ取られている。すぐさまドック入りするべき状況に見えるが、参謀本部は任務の継続を言い渡し、負傷者の引き揚げすら認めようとしなかった。秘密保持に鑑《かんが》みてのこととはいえ、これでは総員討ち死にを願われているとしか思えない。

「なにをしでかしたか知らんが、貧乏籤《びんぼうくじ》を引いたものだな。あの艦も……」

軍歴二十八年、同年代の士官学校卒が次々に出世してゆく中、石にかじりつく思いで輸送艦の艦長職を拝命した艦長に、他の感慨はなかった。関わりあいになるものではない。軍に限らず、組織人には不可避の落とし穴に直面する危機が常につきまとう。一刻も早く月に帰り、面倒な〝荷物〟を降ろすだけだ。そう思い、スクリーンから目を背けた時だった。不意に警報《アラーム》が鳴り響き、《アラスカ》艦内に流れる平穏な空気を引き裂いた。

「第四甲板にて火災警報！　急速探知、始め」

「第二居住区です。煙が充満しています」

すぐさまアラームを復旧させたオペレーターたちが、矢継ぎ早に報告の声を上げる。

「なんだと？」と呻《うめ》いた顔がひきつるのを感じながら、艦長はブリッジ側面のコンソールに体を流した。艦内の様子を映し出す多面モニターのひとつが、白濁した煙に覆われている。ダメージ・コントロール・ボードが告げる発報箇所は――。

「捕虜の収容区画じゃないか……」

艦内重力ブロック、第二居住区。ダメコン・ボードに表示された《アラスカ》の断面図の中、点滅し続ける光点の位置は間違いようがなかった。その意味を考えるより先に、「応急操舵《そうだ》部署、発動！」と艦長は叫んでいた。

「消火活動急げ。応急要員は捕虜の身柄を……」

「新たな地区発報確認！　第一格納デッキです」

オペレーターの声に続いて、二つ目の赤い光が左舷コンテナ・ブロックの一画に点《とも》る。捕虜収容区画で起こった火災に続いて、格納デッキでも出火が検知された。誤報や偶然を疑える状況ではなく、艦長はしばしその場に棒立ちになった。「どういうことだ……」と我知らず呟《つぶや》いた声に答はなく、落とし穴、という言葉が発報画面に重なって脳裏を過ぎた。

ドラム状の構造物を回転させ、内壁に微弱な重力を生じさせる重力ブロックにあっても、人工的に空気を対流させる空調設備の稼働は欠かせない。温度差による比重が存在しない無重力下では、空気が万遍なく行き渡るということはなく、部分的に真空地帯が発生する危険性があるからだ。

重力ブロックで発生した煙は、そんなわけで容易には止められない人工対流に乗り、瞬く間に白濁した靄《もや》を区画内に押し拡《ひろ》げていった。避難が完了すれば隔壁を閉鎖することもできるが、通常配備にあったクルーたちの反応は敏捷《びんしょう》とは言えず、マニュアル通りの対処行動が実施されるまでに一分近い時間が浪費された。異常を感知するや、即座に備え付けのロッカーから酸素呼吸器《OBA》を取り出したのは、捕虜の見張りにつく中央情報局員たちぐらいなものだった。

同じく《ネェル・アーガマ》から回収した二名の民間人は、《アラスカ》のクルーに預けてある。捕虜の移送任務のために派遣されてきた四人の情報局員たちは、独自に事態への対処を開始した。二人は捕虜を収監する部屋の前から離れず、他の二人は手分けして状況確認へ。敵の工作員が艦内に潜入するタイミングがあったとは思えないが、同時多発的に起こった火災が偶然によるものとも考えにくい。背広姿にＯＢＡのマスクをかぶり、煙の筋が流れる通路に警戒の目を走らせる二人の情報局員は、懐からＧ－17無反動自動拳《けん》銃《じゅう》を引き抜いてもいた。捕虜移送の妨害に際しては、あらゆる対処活動が追認される。銃口を床に向けこそすれ、安全装置《セイフティ》を解除したＧ－17を両手保持する彼らの目は、すでに戦闘渦中の兵士のそれになっていた。

煙は刻々と濃度を増し、視界の確保を困難にしてゆく。これが故意に引き起こされた火災なら、目的は陽動に他ならない。迂闊《うかつ》に捕虜を移動させるべきではないが、このままでは避難もままならなくなってしまう。二人の情報局員がそう考え始めた時、曹士用のノーマルスーツを着た人影が煙の向こうに現れた。すかさず銃を構えた彼らにかまわず、猛然とこちらに走り寄ってきた人影は、「あんたら！　ＯＢＡなんかじゃダメだ」と叫ぶや否や、脇に抱えた三着分のノーマルスーツを放って寄越した。

「早くそれを着て。中にいる人も」

返事を待たずに、電子ロックのかかった収監室のドアに手を伸ばす。素早く制した情報局員は、「我々でやる」と応急要員らしいクルーを睨《にら》みつけた。同時に銃口もそちらを向いたが、ヘルメットのバイザーを下ろした応急要員は怯《ひる》む気配もなく、「じゃあやれよ！」と殺気立った声を情報局員に浴びせかけた。

「この地区の防火責任者はおれなんだ。死人が出たらおれの責任になる。そんなもん振り回してないで、早く！」

銃口を弾《はじ》き返す勢いで怒鳴り、応急要員は二人にノーマルスーツを押しつけた。ここで押し問答をしても始まらない。目を見交わした情報局員たちは、ノーマルスーツに足を通し始めた。ひとりが警戒を続ける間に、もうひとりが手早くヘルメットを装着し、バイザーを下ろす。三十秒とかからずに着替えを終えると、二人は彼らしか知らないコードを入力して電子ロックを解除した。ひとりは戸口脇でバックアップの態勢を取り、ひとりはドアを開けて収監室に足を踏み入れる。

瞬間、脇で見ていた応急要員の手が動き、室内に入った情報局員の首筋に触れた。背部に負った生命維持装置の上面、ヘルメットの接続口にある非常ボタンが押され、バックパックのコンディション灯が点滅する。異変に気づいた局員がリセットの操作をしようとした時には、ヘルメット内に無色透明のガスが噴出されていた。

宇宙漂流時、酸素の消費を最低限に抑えるために使用される麻酔ガスだった。無論、簡単に作動する機構ではなく、通常は複数の手順を要するものなのだが、事前に細工が施されたノーマルスーツはボタンひとつでガスを噴出させた。情報局員はものの二、三秒で昏《こん》倒《とう》し、異変に気づいたもうひとりが慌てて室内に踏み込んでくる。その銃口が向けられるより早く、応急要員は情報局員に体当たりをかけ、床に転がりながら相手の首筋に手をのばした。

「貴様……！」と呻いた情報局員の顔がとろんと弛《し》緩《かん》し、その体がずっしり重くなる。昏睡した局員の体を払いのけ、どうにか立ち上がった応急要員は、収監室の片隅で棒立ちになっている捕虜と視線を合わせた。開きっ放しのドアから通路の様子を窺《うかが》い、他に人影がないことを確認してから、ヘルメットのバイザーを開ける。

「リディ……少尉？」

見開かれたエメラルド色の瞳《ひとみ》が、バイザーの奥の顔を凝視する。「これを着て」と短く言い、リディ・マーセナスは持ってきたノーマルスーツをそちらに突き出した。

「ここから出る。バイザーを下ろして、おれから離れるな」

捕虜――ミネバ・ラオ・ザビは、無駄に口を開くことはしなかった。本気を確かめる目をリディに据えたのも一瞬、曹士用の重装ノーマルスーツを受け取り、紫色のケープを勢いよくぬぎ捨てる。ブラウスに包まれたしなやかな肢体が、分厚いノーマルスーツに覆われるのにさして時間はかからなかった。二人は収監室を飛び出し、発煙筒の白い煙が滞留する通路を駆け抜けていった。

※

重力ブロックを抜け、第一格納デッキと呼ばれる左舷のコンテナ・ブロックへ。どこにどれだけの発煙筒を仕掛けたのか、エアロックを抜けた先は一面の薄い靄の原だった。奥行き百メートル、幅と天井高も三十メートルは下らない広大な吹き抜け空間の中、どこからともなく漂ってくる煙がゆるゆると流れ、床に仮置されたコンテナや備品の束、天井から吊《つ》り下がるクレーンのアームを薄い靄のベールで包み込んでいる。換気は始まっているようだが、空調を止めるわけにはいかないのだろう。濾過《ろか》しきれない煙があちこちのダクトから噴き出し、被害を拡大しているように見える。

「火元が不明じゃ、空調止めるわけにいかないでしょうが！」

「発報地区はわかってるんだろう!?　熱源が探知されないって、どういうの！」

怒号が飛び交い、殺気立ったクルーが靄の中を縦横に駆け抜けてゆく。相手が発煙筒では、熱源センサーも位置を特定できないらしい。キャットウォークの手すりごしに混乱を見下ろしたミネバは、不意に立ち止まったリディの背中に危うくぶつかりそうになった。手すりにつかまり、浮き上がりかけた体を床に引き戻すまでに、壁の通信パネルに取りついたリディがマイクを手にする。

「総員、真空防御！　消火のため、これより格納デッキのエアーを抜く。ノーマルスーツのない者は退避いそげ。エアロック開放、三十秒前」

艦内スピーカーから響き渡った声音に、慌ただしく駆けずり回っていたクルーたちの動きがぴたりと止まる。次の瞬間、どす黒い恐慌のうねりがコンテナ・ブロックを満たし、クルーたちは先刻に倍する勢いで動き始めた。

ある者はノーマルスーツのロッカーに取りつき、ある者は艦内に通じるエアロック付近で後続の誘導に当たる。「誰だ、聞いてないぞ」「ブリッジに確認しろ！」と下士官らの声があがったが、一刻を争う空気がそれで収まるものではなかった。先を争って退避するノーマルスーツを周囲に見ながら、ミネバはリディに促されるままキャットウォークを蹴《け》った。ワイヤーガンを使って移動するリディの肩につかまり、コンテナ・ブロックの吹き抜けを対角線上に滑り下りる。行く手には射出台に固定された宇宙内火艇《スペースランチ》があり、煙が薄くたなびく向こう、船体の陰からひょいと現れた緑色の球体がミネバの網膜に焼きついた。

「ハロ……？」

思わず呟《つぶや》いた途端、ハロに続いてノーマルスーツの人影が現れ、こちらに向かって手招きをし始めた。あとから現れた別の人影がハロを引き寄せ、周囲を窺う素振りを見せてからランチの陰に隠れる。やはりノーマルスーツ姿ではあるものの、まだヘルメットをかぶっていないその顔には見覚えがあった。ミコット・バーチ――だとすると、手招きをしている方はタクヤ・イレイか？　考える間もなく、ランチの白い船体が目の前に迫り、ミネバはリディに続いて天井部に手をついた。

慣性に流されるまま船体の上を滑り、開放している右舷《うげん》のハッチに取りつく。先んじてリディが艇内に入るや、「急いで」と聞き覚えのある声が背後から振りかけられ、ミネバはやはりタクヤであるらしいノーマルスーツとともに船に乗り込んだ。

一年戦争の昔から連邦軍が制式採用しているランチは、全長十メートルに満たない船体に四基のレーザー・ロケット・エンジンを備え、艇内には操舵《そうだ》手《しゅ》の他、十人からの人員を運搬できるだけのスペースがある。いま、その乗客用の座席にはミコットが収まり、緊張で蒼白《そうはく》になった顔を操舵席の方に向ける姿があった。こちらの視線に気づくと、決まり悪そうに顔を逸《そ》らし、膝上《ひざうえ》に置いたハロをぎゅっと抱え込むようにする。ちくりとした痛みを胃の底に感じつつ、ミネバはミコットの脇をすり抜けて前方の操舵席へ向かった。コンソールには灯が入っており、操舵席に着いたリディはすでに発進前の確認作業に取りかかっていた。

副操舵席に座り、ハーネスで体を固定する。逼迫《ひっぱく》する空気に押されてそうしてから、こんな船で脱出するつもりなのか？　と遅ればせの疑問が渦を巻いたが、口に出す暇はなかった。ハッチを閉めたあと、息せき切って操舵席の背もたれに取りついたタクヤが、「エアロック、開けられるんですか？」とリディの顔を覗《のぞ》き込む。リディは確認の手を休めず、「この手のランチは、いざって時の脱出艇にも使われるからな。船内からデッキ・コントロールにアクセスできるようになってる。……退避は終わったな？」

リディの声に、タクヤはコの字型に嵌《は》め込まれた風防《キャノピー》にヘルメットを押し当て、白煙たなびく格納デッキの様子を窺った。アラームは鳴り止む気配がないが、デッキを行き交うクルーの姿は見当たらなくなっている。「終わったみたい」と返したタクヤに、「よし。行くぞ」と応じたリディは、コンソールのパネルを手早く操作した。デッキの壁面に掲げられた『ＡＩＲ』の表示が点滅し、床の注意灯が回転し始めて数秒、鳴り続けるアラームの音が急速に遠ざかってゆくのが感じられた。

窓外の煙が瞬く間に拭《ぬぐ》い去られ、手前の隔壁がゆっくり開放する。与圧室の巨大なハッチも上下に開放し、四角く切り取られた宇宙空間が眼前に広がると、ごとりと鈍い振動が足もとで発する。ランチを固定する拘束具が外れ、船体が離床した音。どうやらリディたちは、本気でこの艦から逃げ出すつもりらしい。いったいどこへ？　と思考を繋《つな》げようとしたミネバは、不意にわき起こった衝突音に身を竦《すく》ませた。

船体を金槌《かなづち》で叩《たた》いたかのような音は、その後も二度、三度と連続し、目を眩《くら》ませる火花を爆《は》ぜらせてキャノピーをも打ち据えた。銃撃、と理解する間に、「撃ってきた……！」とミコットの悲鳴があがり、「大丈夫だ。ちゃんと座ってろ！」とリディの怒声が響き渡る。ミネバは窓外に目を走らせ、拳銃《けんじゅう》を手にこちらに近づいてくる二つのノーマルスーツを見た。その筒先がちかちかと瞬き、鋭い衝突音を艇内に伝播《でんぱ》させる。

「カウント・ダウン省略、ちょいとラフに行くぞ。舌を嚙《か》むな」

弾着の音に負けない声でリディが言う。ミネバは正面に向き直り、息を詰めた。ほとんど同時にランチのロケット・エンジンが火を噴き、前方から押し寄せるGが全身を包み込む。格納デッキの光景はあっという間に後方に過ぎ去り、月も地球も見えない真空の宇宙がキャノピーの外を満たした。

後方監視モニターに映る輸送艦の四角い船体が、みるみる遠ざかってゆく。五臓を押しひしげる加速は数秒で弱まり、ほっと息をつくミコットの気配が背後で流れた。「やった……！」とタクヤが遠慮がちに快哉《かいさい》を叫び、（ハロ！）と発した合成ボイスが追従する。ミネバも息をつきかけたが、

「まだだ。モビルスーツがいる」

緊張を解かないリディの声に、後方監視モニターに向けた目が動かせなくなった。輸送

艦を護衛する連邦のモビルスーツ。何機が上がっているのかは定かでないが、このランチで勝てる相手でないことは考えるまでもない。熱核反応炉の心臓を持ち、四肢を駆使して虚空を泳ぐ巨人がその気になれば、ロートルのランチなど瞬時に捕捉《ほそく》されてしまう。

輸送艦が状況を把握し、追跡命令を下すまでに何秒——その間にどれだけ距離が稼げるか。他の三人ともども、ミネバは固唾《かたず》を飲む思いで五インチ大のモニターを凝視した。と、小指の先ほどの大きさになった輸送艦の前後で小さな光が瞬き、白い尾を引く光景がモニターに映し出された。

センサー画面に表示された〈RGM－89〉の輝点《マーカー》が二つ、急速に相対距離を狭めてくる。追跡が始まったのだ。この距離では十秒とかからずに追いつかれる。ミネバは操縦に専念するリディの横顔を見た。策はあるのか、と訊《き》こうとして、ごとんと船体が揺さぶられるのを感じ、慌てて正面に目を戻した。

キャノピーの向こうを小さな石が行き過ぎ、再び軽い衝撃が船体に走る。暗礁宙域に入ったのであろうことは、無数の対物反応を浮かび上がらせるセンサー画面より、弾丸さながら飛来する宇宙ゴミ《スペースデブリ》が雄弁に証明していた。砂粒ほどの大きさのものから、ランチの船体より大きい岩塊まで。軌道進行に同航しているとはいえ、相対速度は秒速一キロを下らない。もとはコロニーを形成していたデブリ群が頻々と押し寄せ、ランチの船体をかすめては過ぎてゆく。巨大な岩塊が百メートルと離れていない空間を行き過ぎると、周囲に散乱する微小なデブリが砂嵐のごとく船体を覆い、装甲を苛《さいな》むバチバチという音がランチを不穏に振動させる。

「ちょっと、大丈夫なんですか⁉」

「航路は確認してある。ミノフスキー粒子を散布してなけりゃ、レーダーで……」

悲鳴に近いミコットの声に応じたリディは、そこで先の言葉を呑《の》み込んだ。前方でなにかがきらめいたかと思うと、人間ほどの大きさがある構造材がまっすぐに突っ込んできたからだ。咄嗟《とっさ》に舵《かじ》を切った船体が大きく傾き、ハーネスがぎりりと肩に食い込む。ミコットの手をすり抜けたハロが壁にぶつかり、「ホントに大丈夫なのぉ⁉」とタクヤが悲鳴をあげる。「大丈夫なことばっかりやってたら、逃げられんでしょうが……！」と応じつつも、リディの手は休みなく動き、航路設定パネルを操作するのに余念がなかった。センサーが捕捉したデブリの座標と、そこから割り出される最適な回避コース。パネル上のモニターに進入角を示す四角い枠が表示され、それが段々に重なって三次元の回廊を描き出してゆく。

デブリを警戒して速度を落としたものの、追手のモビルスーツの脚は速い。AMBAC《アンバック》機動を駆使して右へ左へとデブリを避け、ランチとは較《くら》べものにならない素早さで追い上げてくる。コンピュータが航路の計算を終えるまで、あと少し――。じりじり進捗《しんちょく》する航路設定パネルのステータス・バーを見、間近に迫った追手のマーカーをセンサー画面に見返したミネバは、「よし、来た！」と発したリディの声に汗ばんだ拳《こぶし》を握りしめた。

「行くぞ！　歯を食い縛れ！」

刹那《せつな》、四基のレーザー・ロケット・エンジンが一斉に火を噴き、ランチは最大速度で前進し始めた。船体が軋《きし》む音を立て、全員の体がシートに押しつけられる。コンピュータが弾《はじ》き出したコースは、デブリの隙間を縫ってうねる複雑な代物で、ミネバたちはジェットコースターの乗客よろしく、上下左右に容赦なく揺さぶられる羽目になった。タクヤとミコットの悲鳴が相乗する中、ランチは限界機動ぎりぎりの姿勢制御をくり返し、暗礁宙域の内奥へと分け入ってゆく。デブリの海が目まぐるしく錯綜《さくそう》し、モビルスーツの放ったビーム光が流れる星空を駆け抜けると、直撃を受けたデブリが爆発的な閃光《せんこう》を膨れ上がらせた。

飛散した破片が真横から吹きつけ、大量の小石をぶつけられたような音が耳を苛む。「威嚇だ！」と怒鳴るリディの声を聞きながら、ミネバは前方に近づく巨大なデブリを視野に入れた。コロニーに太陽光を取り入れるミラーの残骸《ざんがい》が、ひび割れてくすんだ鏡面の集合体を虚空に浮かべている。周囲に滞留する破片を紙一枚の差で躱《かわ》しつつ、自動操縦で舵を切るランチがそこに突進していった。

「急制動をかける。うしろからGが来るぞ。備えろ」

航路設定パネルのカウント・ダウン表示を凝視して、リディが叫ぶ。4、3、2……点火。リディの拳がコンソールのスイッチを叩きつけ、ミラーの陰に入ったランチの前部姿勢制御バーニアを全開にする。瞬間、背中から押し寄せるGが全身にのしかかり、ミネバは息ができなくなった。

　固定されていないすべての物が艇首方向に飛び、ちぎれんばかりに展張したハーネスがノーマルスーツに食い込む。目を閉じ、眼球が飛び出すのを防ぐのが精一杯で、ミネバは顔を上げることすらできなかった。急制動をかけたランチは、永遠とも思える数秒を経て逆噴射を止め——ミラーの残骸に紛れ込み、周囲の破片と完全に相対速度を一致させた船体が、ゆるゆると虚空を漂い始めた。

　かはっ、と誰かが咳《せ》き込む声がする。艇内が暗いのは、エンジンがカットされたためだろう。ミネバはゆっくり目を開け、そこだけ煌々《こうこう》と光るセンサー画面を見つめた。追跡機のマーカーが迷ったような挙動を見せ、二手に散開してゆく。無茶な加速でデブリ群に突っ込み、コロニーの残骸に激突したランチ……という筋書きに乗ってくれるかどうかはともかく、彼らがこちらを失探《ロスト》したことは間違いない。ひどく長い数秒のあと、「行ったな」とリディが口を開き、ミネバはキャノピーごしに虚空を見遣《みや》った。頭上に覆いかぶさる巨大なミラーの破片の向こう、スラスター光の尾を引いて離脱する薄緑色の機体が、無数に漂う構造材の狭間《はざま》にちらりと見えた。

　今度は快哉を叫ぶ気力は誰にもなく、ほっと息をつく一同の気配が暗い艇内に流れた。

あちこち跳ね回ったハロもやっと落ち着いた様子で、（オードリー、元気カ）などと言って耳をぱたぱたと動かす。咄嗟に思いついただけの偽名——しかしこの数日でしがらみを持ってしまった名前が胸に突き立ち、ミネバは応じる声もなく目を伏せた。リディがちらとこちらを見、「しばらくここで時間を潰《つぶ》す」と間を取り繕う声を出す。

「連中をやり過ごしてから、行動開始だ」

ハロをミコットの方に押しやりつつ、見返したミネバの視線を避けるようにヘルメットを外す。気の回りすぎる人だな、と思いつきながら、「どうするつもりです？」とミネバは問うた。

「まずは《ネェル・アーガマ》に戻る」少し合わせた目をすぐに逸《そ》らし、リディは続けた。「この距離なら追いつけるし、接触する頃には作戦開始直前だ。通信を封鎖しているだろうから、《アラスカ》とも連絡できない。連れ戻されたりはしないはずだ」

「それから？」

《ネェル・アーガマ》に戻ったところで、事態が好転するとは思えない。自分という面倒な背景を持つ捕虜を連れ出し、軍の資産を奪って脱走を企てた結果がなにをもたらすか、この男は理解しているのかいないのか。自分もヘルメットをぬぎ、詰問の目を向け直したミネバは、「こうするしかなかったのよ」と発した別の声に虚をつかれた。

ミコットだった。誰とも合わせようとしない目を伏せ、膝上《ひざうえ》のハロを抱く手にぎゅっと力を込める。予備電源が立ち上がり、艇内を照らすようになった赤色灯が、思い詰めたその顔を陰鬱《いんうつ》に浮かび上がらせた。

「あの《ガンダム》のこともそうだし、あなたのこともそう。見てはいけないものを見てしまったんだから、このまますんなり家に帰れるなんて話はないでしょ？」

「〈インダストリアル7〉の戦闘で、大量の死者や行方不明者が出てるんだ。おれたちは、もとからそっちにカウントされてるかもしれないしな」

タクヤが続ける。機密保持のための口封じ——ミネバは、確かめる目をリディに向けた。

「まぁ、そう簡単に物騒なことにもならんだろうが……」と言葉を濁し、リディは正面のキャノピーに視線を逃がした。

「でも、それならどうするのです。《ネェル・アーガマ》に戻っても……」

「考えがある」

その時だけはぴしゃりと言い、リディは操縦舵《だ》にかけた手のひらを握りしめた。

「綱渡りの手だが、不可能じゃない。《ネェル・アーガマ》を出る前に仕入れた情報では、作戦は十二日の午後に始まるらしい。ちょうど〈パラオ〉が地球に最接近するタイミングだ」

なにを聞いたのかわからなかった。「作戦？〈パラオ〉って……」と聞き返したミネバは、「君に協力してもらいたいんだ」と言ったリディの瞳《ひとみ》を正面に受け止めた。

「簡単なことじゃない。うまくいくかどうかわからないけど、君に会えば親父だって……」

そこで言葉を切り、リディは再びキャノピーに目を戻した。「親父……お父さん？」と呟《つぶや》いたミネバを遮り、「他に手はない」と強めた語気で押しかぶせる。

「このままじゃなにもかも闇に葬られちまう。この二人と、君自身の安全を確保するために、おれに命を預けてもらいたい」

収監室を出る時に見たのと同じ、それなりの覚悟を固めた瞳が目の前に突きつけられ、ミネバは視線を逸らした。リディにどんな腹案があるのかはともかく、考え抜いた末の行動であろうことはこの目が証明している。口先で応じられる話とは思えず、無為に沈黙の時間を重ねるうちに、「バナージを助けるためでもあるの」と言ったミコットの声がミネバの耳朶《じだ》を打った。

「わかってる、あたしが言えたことじゃないって。悪いけど、あなたに謝るつもりはないわ。あなたの軍隊が、あたしたちのコロニーを目茶苦茶にしたのは事実なんだから」

こちらを見て言いきったミコットは、不意に目を伏せ、ハロの上に置いた手のひらを握り合わせた。この艇内で誰よりも憔悴《しょうすい》している少女の顔を、ミネバは声もなく見つめた。

「でも、バナージには謝りたい。謝らないと、あたし……」

語尾が濡《ぬ》れ、かすれた。ミコットはもう口を開こうとせず、艇内に再び静寂の間が降りた。引き返せない道に踏み出した己を自覚してか、生硬い決意の表情を横顔に漂わせるリディ。濡れた瞳を震わせ、怒ったような顔をうつむけるミコット。その肩に手を伸ばそうとして伸ばせず、横目で窺《うかが》うしかないタクヤ。それぞれの感情が充満し、熱を帯びる艇内の空気が息苦しく、ミネバは無数のデブリが滞留する星空に目のやり場を求めた。

凍《い》てついた闇が広がるばかりの虚空に、標《しるべ》になりそうなものは見当たらない。が、ここに集った感情たちは、出口を求めて走り出そうとしている。あの熱い手のひらに導かれた時と同様、自分もまた走り出そうとしているのかもしれない。どこへ、と考える頭は働かず、ミネバは目を閉じて火照った息を吐き出した。闇の中で留まっていても、次の事態は生まれない。走り出してみなければ――。

※

「……もともと不完全な代物なんです。大規模近代化改修《フラム》で撤去されなかったのは、単に予算の問題ですよ。一応、定期的に動作確認はしてますがね。フラム以降、実射はしていません」

艦長を前にした緊張を漂わせながらも、砲雷長は渋い顔を隠さずに言う。オットーが応じるより早く、砲雷長のうしろに控えていた砲術班長が前に進み出て、

「構造上の問題はともかく、整備には万全を期しております。一回限りの射撃でかまわないのでしたら、百二十パーセントの出力で目標に当ててご覧に入れます」

叩《たた》き上げらしい頑健な体躯《たいく》を直立不動にして、張りのある声を動力室に響かせる。余計なことを、という顔で砲術班長を睨《にら》みつけた砲雷長は、上官を差し置いての発言に気分を害したのではなく、確実でないことは口にするべきではないと考えているのだろう。生真面目さが裏目に出て、失敗した時の先回りをしすぎる傾向がこの男にはある。「ん。今次作戦の成功は射撃の精度にかかっている。期待する」と言うのに留めて、オットーは砲術班長の頼もしい言葉を受け流した。「は!」と挙手敬礼をすると、砲術班長は回れ右をして整備作業に戻っていった。

こちらの顔色を窺い、砲雷長も床を蹴《け》って作業に戻ってゆく。その行く手には、艦の主機と見紛《みまが》うほどの巨大なコンデンサーがあり、砲術班員たちが総出で点検を行う姿がある。班長の号令下、ひと抱えもある動力コネクターのケーブルをてきぱきと接続する班員たちに対して、蚊帳《かや》の外に置かれた砲雷長は見るからに精彩がない。時おり指示を差し挟むものの、その声は班長の声量の半分もなく、班員たちはあからさまに無視の態度を取っている。「どうも、いけませんね」とため息混じりに言ったのは、隣で同じ光景を観察中のレイアム副長だ。

「真面目なのは結構ですが、覇気というものがない。あれでは曹士たちはついてきません」

厚ぼったい瞼《まぶた》の下の目を砲雷長に据え、レイアムは淡々と言う。この愛想の欠片《かけら》もない大女と意見が合うとは。ひそかに苦笑しつつ、「ま、無理もなかろうさ」とオットーは応《こた》えた。

「こいつをぶっ放す日が来るとは、誰も想像していなかっただろうからな」

直径十メートル、全長は二十メートル強に及ぶエネルギー・コンデンサーの先には、これも常識外れに巨大なメガ粒子発生装置があり、ビーム発生機関、八段階の加速・収束リングを経て、口径十八メートルという化け物じみた砲口部に至る。コンデンサーも含めれば、全長五十メートルに達しようという〝大砲〟は、そのあまりの大きさから艦内に収めることができず、第一カタパルト・デッキの直下、艦底部に剝《む》き出しになる格好で《ネェル・アーガマ》にへばりついていた。計四門装備された主砲とは別格の、艦載兵器史上類を見ない常識外れのメガ粒子砲——。

「ハイパーメガ粒子砲。理論上、コロニーレーザーに匹敵する威力を持つ拠点攻撃用の砲《ほう》熕《こう》兵器……ですが、私も実射に立ち会ったことはありません。ビデオでは見ましたが」

「わたしだってそうだ。こんなバカげた代物を装備しているのは、先代の《アーガマ》とこの艦くらいなものだろ？　徒花《あだばな》だよ。前のネオ・ジオン戦争のな」

艦長と副長をして、そろってそう言わしめるハイパーメガ粒子砲は、ようは通常のメガ粒子砲をそのまま大型化・高出力化したビーム兵器だ。一撃で大型戦艦を葬れるのは無論のこと、照射角の変更次第によっては一艦隊を消滅させられるだけの威力を持つ。コロニーの筐体《きょうたい》を砲身に転用した大規模破壊兵器、コロニーレーザーを彷彿《ほうふつ》とさせる究極の砲熕兵器と言えたが、問題は、一回の射撃で艦の全動力を消費し尽くす燃費の悪さだった。

使用の際は艦の主機動力のすべてをコンデンサーに回さねばならず、他のメガ粒子砲が使用不能になるばかりか、操舵《そうだ》すらおぼつかなくなる。当然、連射性能はなく、冷却やら再充塡《じゅうてん》やらに要する時間に鑑《かんが》みて、一度の戦闘で使用できるチャンスは一回限り。宇宙要塞《ようさい》〈アクシズ〉の攻防が勝敗の分かれ目になった第一次ネオ・ジオン戦争においては、突破口を開く第一撃兵器としてそれなりに機能したが、対艦戦では取り回しがきかないこと夥《おびただ》しい。対ジオニズム闘争がゲリラの掃討戦に移行し、拠点攻撃という想定自体がなくなりかけた現在、用途が限定的な金食い虫を量産する理由も余裕も連邦軍にはなく、ほかの艦に配備されることはついになかった。《ネェル・アーガマ》に残ったこの最後の一基も、フラムの予算次第では撤去され、戦争博物館行きになっていたに違いない。空いたスペースをモビルスーツの格納に振り分けた方が、よほど戦力の拡充に繫《つな》がるというものだ。

が、今次作戦では、この時代遅れの化け物が要《かなめ》になる。RX-0奪還作戦――もしくは民間人救出作戦において、事の成否を分ける嚆矢《こうし》の役割を果たす。奇想天外と言っていいダグザのアイデアを反芻《はんすう》し、すでに敵警戒宙域を目前にしている現状も顧みたオットーは、重い胃袋から漏れ出すため息を吐いた。耳聡《みみざと》く視線を寄越したレイアムが、「気に入らないのですか？」と探る声をかけてくる。

「いや。乱暴な作戦だが、理屈は通っている。《ネェル・アーガマ》一隻で〈パラオ〉に仕掛けるのに、これ以上のやり方はあるまい。バナージ・リンクスの救出も望むところではあるが、それにこだわりすぎると……」

なるものもならなくなる。言外に付け足し、オットーはレイアムの視線から顔を背けた。

「《ユニコーン》に加えて彼も救出するとなると、作戦のリスクはそれだけ大きくなる。感情的な問題でクルーを危険にさらすことになるのではないかと、気になってな」

「現状、RX－0を稼働させられるのはバナージ・リンクスだけです。彼とRX－0をセットで救出しなければ、『ラプラスの箱』を奪還したことにはなりません」

「そうだが……」

それこそ屁理屈《へりくつ》というやつだ。どだい、参謀本部の都合につきあい、『箱』の奪還に命を賭《か》ける筋合いは我々にはない。適当な作戦で茶を濁して、尻尾《しっぽ》を巻くという選択肢だってあり得る。無心で立ち働く砲術班員たちを見続けるのが辛《つら》く、オットーは床に目を落とした。レイアムはなにも言わず、ただ士官制服のポケットから一葉の写真を取り出すと、オットーの前にすっと差し出してみせた。

劣化防止シートでコーティングされた写真に、十五、六歳の少年が写っていた。なかなかの男前だが、朴訥《ぼくとつ》とした面差しはどこかレイアムに似ていなくもない。少しどぎまぎしつつ、「お子さんか？」とオットーは尋ねた。レイアムは例によってにこりともせず、「はい。今年で十七になります」と答えた。

「夫はソロモン海戦で戦死しましたので、実家の母に預けています。もう半年も会っていませんが……」

そう続け、写真を見つめたレイアムは、「私の命です」と付け足してそれをポケットに戻した。日頃の朴念仁からは想像外のセリフに、オットーはまるくした目を副長に向け直した。

「私は政治のことはよくわかりません。しかし息子には、母は正義を実践するために軍で働いていると教えています。怪しげな『箱』に正義があるとは思えませんが、救出作戦となれば話は別です。それで帰れなくなったとしても、息子は納得してくれるでしょう」

真顔で言いきったレイアムは、「他のクルーも同様だと思います」と続けて口を閉じた。ぶっきらぼうな態度も、肚《はら》の内が読めない表情も、反りの合わない副長のものに違いなかったが、この時はそのすべてがいとおしく、オットーは「そうか」と微笑していた。

痛めつけられ、寄る辺がなくなった時にこそ、手元にあった宝石の存在に気づかされることもある。まだまだ人生も捨てたものではないなどと思い、目の高さにあるレイアムの肩に手を置こうとした刹那《せつな》、緊急呼集を告げる短いアラームが動力室に鳴り響いた。

（友軍内火艇《ランチ》より緊急通信受信中。艦長、副長、ブリッジ）

最低限の言葉だけを並べた放送に、顔色を変えたレイアムが「ランチ？」と呟《つぶや》く。すでに敵のパトロールが出回っているかもしれない宙域で、友軍がのこのこ接触してくるとは。

「こんな時に……！」と呻《うめ》くが早いか、オットーは床を蹴って動力室の戸口へ体を流した。砲台基部の連絡シャフトをひと息に抜け、艦底部から突き出したハイパーメガ粒子砲ブロックをあとにする。艦内に戻りさえすれば、ブリッジに通じるエレベーターはすぐそこだった。


エレベーターのドアが開くなり、レイアムと先を争う勢いでブリッジに飛び込む。立ち上がりかけたミヒロ少尉を手で制しつつ、「どこの船だ」とオットーは一声を発した。

「は、識別コードは《アラスカ》に所属するランチですが……」

ヘッドセットに手を当てたミヒロは、不自然に言い澱《よど》んだ顔を通信コンソールの方に向けた。モニターはノイズまみれで、通信相手の顔を窺《うかが》うことはできない。眉《まゆ》をひそめた途端、（ミヒロ少尉、聞こえてるんだろう!?）と聞き知った声がスピーカーから流れ、オットーは呑《の》み込んだ息を吐き出せなくなった。

（こっちは推進剤の余分がないんだ。早く着艦許可を。タヌキ親父はそこにいないのか!?)

タヌキの一語に、ブリッジにいる全員の目がこちらに集中する。やはり間違いない。三百余名のクルーの声をすべて記憶している艦長などいないが、この声には聞き覚えがある。間の抜けた空気を咳払《せきばら》いで取り繕い、「誰だ。うちのクルーか?」と言ったレイアムをよそに、オットーはコンソールのマイクをひっつかんだ。

「接近中のランチ、こちらは《ネェル・アーガマ》のタヌキ親父だ。乗員の官姓名を明らかにせよ」

二、三秒の気まずい間を置き、(は! 《ネェル・アーガマ》モビルスーツ隊所属、リディ・マーセナス少尉であります)とスピーカーの声が応じる。つい数日前、艦長室で向き合った〝お坊っちゃん〟の顔が明瞭《めいりょう》に浮かび上がり、オットーはしばし返す声をなくした。

「リディ少尉だと……?」と呻いたレイアムと顔を見合わせてから、ノイズしか映さない通信モニターに所在ない目を向ける。

(現在、民間人二名とともに《ネェル・アーガマ》に接近中。着艦許可を願います)

「どういうことだ。《アラスカ》はどうした」

(《アラスカ》の指示は受けておりません。独断で《ネェル・アーガマ》に戻ってまいりました)

ざわ、とブリッジの空気が揺れた。オットーは咄嗟《とっさ》にマイクを押さえ、「《アラスカ》との通信は？」とミヒロに質《ただ》した。「無理です。暗礁宙域を離れないと」と即座に返ってきた声を聞きながら、正面の航法スクリーンに艦の現在位置を確かめる。

参謀本部が送って寄越した情報を信じるなら、〈パラオ〉の警戒宙域まで直線距離で二万キロ弱。この段階で暗礁宙域を出ると、敵のパトロールに引っかかる恐れがある。センサー画面に捕捉《ほそく》されたランチの船影を見、確信犯だな、と結論したオットーは、「なぜ戻ってきた」とマイクに吹き込んだ。

(自分はネェル・アーガマ隊のパイロットです。艦と運命を共にしたく、戻ってまいりました)

「軍規違反だ。わかっているんだろうな？」

(覚悟の上です。同行する民間人二名については、このまま参謀本部に預けては生命の危険があると考え、自分の勝手で連れてまいりました)

「生命の危険って……」と呟き、ミヒロがこちらを見る。どっぷり機密に浸かった民間人を、参謀本部がすんなり家に帰す道理はない。あり得ることだと思いはしても、簡単に肯定できる話ではなく、オットーは決まり悪くミヒロから視線を逸《そ》らした。代わりにレイアムと目で頷《うなず》きあい、「着艦を許可しろ」と短く言ってから、ミヒロにマイクを手渡す。

戸惑い気味にマイクを受け取った顔は見なかった。「接近中のランチ、着艦を許可する。相対速度合わせ。デッキ・マスターの指示に従い、後部デッキより進入されたし」と続くミヒロの声を背に、オットーはあらためてセンサー画面を見上げた。《ネェル・アーガマ》が生き残ろうが生き残るまいが、これでリディ少尉のキャリアが終わりになることは間違いない。早まったことを……という言い方もあるが、あんな小さな船で《アラスカ》の追跡を振り切り、ゴミだらけの暗礁宙域を這《は》い進んできた根性は生半《なまなか》のものではなく、なにが彼をそうさせたのかという疑念が頭の中で点滅した。

民間人二人の安全を確保したいだけなら、作戦前の《ネェル・アーガマ》に逃げ込むという発想はおかしい。艦と運命を共にしたいと口にしたからには、リディはこれから始まる作戦の危険度を承知している。通信封鎖を見計らって接触してきた狡知《こうち》といい、一時の激情に駆られたとも思えないが——。定まらない思考を巡らせるうちに、「よろしいので？」と航海長が口を開き、オットーはちょっと返答に窮した。レイアムが代わりに前に進み出て、

「作戦開始まで六時間とない。いまから追い返すわけにもいかないだろう。ランチの検査は警備隊に実施させろ」

レイアム艦長の追認に、航海長は納得した様子でコンソールに向き直った。当人に聞けば済むことです、と言っているレイアムの目に無言で頷き、オットーは腕時計を見遣《みや》った。

午前九時七分。作戦の第一段階《フェイズ1》がスタートする十五時まで、確かにあと六時間とない。この椿事《ちんじ》を吉兆と見るか、それとも……。

※

起動スイッチを入れると、電力の通う鈍い音が機械の筐体《きょうたい》を揺らし、年代物のモーターが勢いよく回り始めた。同時にベルトコンベアが動き始め、破砕機のギアがごろごろと快調な音を立てる。

「すげえ！」「動いた！」と子供たちの歓声があがるのをよそに、ティクバが台車に入った石をベルトコンベアにぶちまける。大量の拳《こぶし》大の石は、まず破砕装置で粉微塵《こなみじん》に砕かれたあと、専用グリースを塗ったコンベアに載って洗浄装置に運ばれ、ジェット水流の洗礼を受ける。鉱物は専用グリースに吸着されるので、水流で弾《はじ》かれることはなく、余分な屑《くず》だけがここで取り除かれる。漉《こ》し取られた鉱物は順次運搬され、終点のバケットに吐き出される仕組みだ。

ギルボア家の裏手、車庫ほどの大きさもない作業場に設置された機械だから、決して規模の大きいものではない。採取できる鉱物の量もたかが知れているが、ティクバたちにとっては家計を支える大事な機械なのだろう。「どうやったの？」と勢い込む六歳の次男に、「ギアに油滓《あぶらかす》が溜《た》まってたんだ。掃除しただけだよ」と答えながら、バナージは選別装置のメンテナンス・ハッチを閉めた。首に巻いたタオルで汗を拭《ぬぐ》うと、四歳の末娘が「真っ黒！」とこちらを指さして笑う。

べとつく頬に触れて、タオルが油でべったり汚れていることに気づいた。思わずというふうに吹き出した奥さんが、「助かったわ」と新しいタオルを差し出す。

「これでうんと楽になる。うちの人に修理を頼んでたんだけど、たまに帰ってきても会議やらなにやらで忙しくて。……ティクバ、バナージお兄さんにちゃんと教わって、父ちゃんがいなくても直せるようになるのよ？」

「わかってる。もう見て覚えたよ」

機械油の一斗缶に腰を下ろしたティクバが、ふて腐れた声で応じる。ホリョに教えを請う謂《いわ》れはない……というより、子供扱いには無条件に抵抗を示すのが彼の年頃だ。我知らず口もとを緩めたバナージは、機械の電源をいったん落とした。「ね、ね、これでね、お母ちゃん使える石と使えない石を分けるんだよ」とまとわりついてくる末娘の頭をなでつつ、作業場の軒ごしに空を見上げる。茶褐色の雲ごしにぼんやり差し込む光は、二日目にして見慣れた〈パラオ〉の人工太陽の光だった。

日中、大半の男たちは採掘場に出かけ、女たちは家内工場で鉱石を選《よ》り分けたり、ネジなどの部品を作ったりといった仕事に精を出す。本式の鉱業プラントは〈パラオ〉の外郭に設置されており、精錬から鋳造まで一手に行っているので、全体の生産量に占める割合は微々たるものに過ぎない。居住区の貯石場にある石——巨大なシールドマシーンでもある居住ブロックの円筒が、稼働していた頃に削り出した石だ――を持ち出し、百の屑から一を選り分ける仕事だというから、労多くして得るものの少ない〝内職〟でしかないのだろう。〈インダストリアル7〉の自動化システムに較べればひどく効率が悪く、機械設備も中世紀時代を想起させる古さだが、そうした生活を当たり前にし、長い年月を過ごしてきたのが〈パラオ〉の住民たちだった。そしてその手伝いをさせてもらい、所在ない時間を潰《つぶ》すよりないのが、いまのバナージの現実ではあった。

マリーダとギルボアは出かけてしまい、子供たちも学校があるとなれば、取り残された虜囚の相手をしてくれるのは潰しようのない時間のみになる。意味もなく家の周りをうろつき、故障した選別装置を見つけたバナージは、直せる当てもないまま奥さんに修理を申し出た。祖父の代から使っているという工具一式を借り、骨董《こっとう》品と言っていい選別装置と格闘すること半日あまり。ひとり悶々《もんもん》とするよりはマシ、という程度のことに過ぎなかったが、こうして息を吹き返した選別装置の音を聞き、学校から帰ってきた子供たちの歓声に囲まれれば、未知の充足感を覚えている自分を認めないわけにはいかなかった。

相手が誰であれ、人から感謝されるのは悪い気分ではない。誰かの役に立っていると実感できる仕事は、いまのバナージには命綱だった。その間は余計なことを考えず、目の前の作業に没頭していられる。これからどうなるのか、自分はいったいなにをしているのかと、益体《やくたい》のない不安に煩わされずに済む。現実逃避と言ってしまえばそれまでだが、体を動かし、汗を流すことが、精神を安定させるのは確かだった。学校では身が入らなかった機械整備に、修行僧さながら没頭し続けた数時間——あるいはこれが、なにかにすがるということなのだろうか？　洞窟《どうくつ》の教会で見たマリーダの横顔を思い出し、油で汚れた手のひらに目を落としたバナージは、「こういうの、どこで習うんだ？」と言ったティクバの声に顔を上げた。

「学校だよ。アナハイム工業専門学校。機械の扱い方を勉強するところだ」

「アナハイムなら知ってる。モビルスーツを造ってる会社だろ？　父ちゃんが乗ってる《ギラ・ズール》や、大佐の《シナンジュ》もアナハイムが造ったんだ」

玩具《がんぐ》のグライダーを空にかざしつつ、ティクバは自慢げに言う。大佐という響きに仮面の顔を重ね合わせたバナージは、「《シナンジュ》って、あの赤いモビルスーツ？」と聞き返した。

「うん。でもネオ・ジオンがゴーダツしたって話は嘘なんだ。協力してるのがバレないように、盗まれたって言ってるだけだって」

「……ふーん」

他に応じようがなかった。バナージに咀嚼《そしゃく》する間を与えず、「おれも、その学校に入れる？」とティクバが探る声を重ねる。

「そりゃ……。入りたいの？」

「うん。機械のことに詳しくなれば、ネオ・ジオン軍で使ってもらえるだろ？」

「でも、君まで軍隊に入ったら、お母さんを助けてあげる人がいなくなっちゃうぜ？」

「バカだな。母ちゃんを助けるために軍隊に入るんじゃないか。鉱山の仕事だけじゃ、もう食べていけないってみんな言ってるし。父ちゃんだって、いつなにがあるかわかんないって……」

ぐっと唇を引き結び、ティクバは石でも投げつけるようにグライダーを飛ばした。子供なりの不安と忿懣《ふんまん》に押し出され、風に乗り損ねたグライダーがまっすぐ庭先へと落ちてゆく。人力飛行機《ホモ・アビス》を象《かたど》ったそれを拾い上げ、己の無知を再三嚙《か》み締めたバナージは、「偉いんだな、ティクバは」と背を向けたまま言った。大人ぶった言い方ができる立場ではなかったが、他に正体不明の引け目を取り繕う言葉もなかった。

「でも、やめられないのかな」

「なにが？」

「戦争がさ。君のお父さんだって、マリーダさんだって、好きでやってることじゃないだろ？　さんざん戦って、お互いに痛い目を見てきたんだから、いい加減やめられないのかなって」

「降伏しろってことか？」と言ったティクバの顔が険しくなる。また余計な口を開いてしまった自分を知覚しながらも、「勝ち負けの話じゃないよ」とバナージは続けた。

「お互い譲り合って、仲良くできないのかなって話」

それ以上は言葉が続かず、バナージはグライダーに目を落とした。オードリーのように考える指導者がいて、マリーダのように己を律せられる軍人がいる。それだけで戦争なんてやめられそうなものなのに、現実はティクバのような子供にも戦うことを考えさせ、状況を永続させるように回ってゆく。それが現実だと言われれば、自分の無知を認めて恥じ入る他ないが、これがジンネマンの言う〝勉強〟だろうか。現状を知り、適応するためだけに学ぶ知識は知識でしかあり得ない。その先を考え、現状に働きかける力を持つのが本来の〝知〟であり、勉強とは考える材料を身の内に取り込む作業であったはずだ。

いまを超える力、可能性――知らない記憶がこめかみを脈動させ、バナージはティクバの顔を見た。少し戸惑った様子で見返したあと、一斗缶から下ろした足をぶらぶらさせたティクバは、「……よくわかんないけど」と言って縮れた頭に手をやった。

「でもさ、戦争がなくなったら、父ちゃんたちの仕事がなくなっちゃうよ。他にもたくさん仕事のない人が増えて、もっと困るんじゃないかな」

「それは……」

今度こそ、返す言葉がなかった。これが外にいる者と中にいる者の捉《とら》え方の違い――いや、単に身になっていない知識を現実に粉砕されただけのことだと思い、バナージはティクバから目を逸《そ》らした。知識だけの知識が力を持つことはないという、これもひとつの事例には違いない。いくらこめかみが脈動したところで、現実の自分は子供相手に子供のような口をきくことしかできず、その知識を植えつけた者にはなれないのに……。

無性に恥ずかしく、また腹が立った。バナージはグライダーを持ち替え、ティクバの方に飛ばした。出口のない苛立《いらだ》ちの捌《は》け口《ぐち》になったそれは、ティクバの頭上を飛び越え、敷地の囲いも越えて見えなくなってしまった。

「下手っぴ！」とティクバが野次る。「悪い。取ってくる」と言い置いて、バナージは作業場をあとにした。末娘の調子外れな歌声を聞きながら、家の脇を通って敷地の外に出る。そこかしこに砂塵《さじん》が吹き溜《た》まる道端に、尾翼の取れかかったグライダーが落ちていた。拾い上げようとしたバナージは、すっと差し込んだ影が路上にのび、視界を暗くするのに気づいた。

顔を上げた先に、見知らぬ男が立っていた。中肉中背、汚れた作業着に鳥打帽という出《い》で立ちは、このあたりでよく見かける鉱山労働者のそれだったが、酒焼けした顔に埋め込まれた目には薄暗い緊張が漲《みなぎ》っている。思わずあとずさった途端、「バナージ・リンクスだな？」と男の口が動き、バナージは反射的に頷《うなず》いてしまった。

「午後六時、十四スペースゲートの三番ポート。迎えが来る」

低い、しかし嚙んで含める声がすれちがいざまに耳元をかすめ、なにかが手のひらに押しつけられた。我に返った時には、男はすでに路地を曲がりつつあり、風にはためく上着がちらりと覗《のぞ》くばかりになっていた。「あの、ちょっと……!」と呼びかけても返事はなく、バナージは手渡されたものに目を落とした。

筒状に丸められた紙は、A4大のモニターシートだった。一枚は〈パラオ〉の3D画像で、ワイヤーフレームで描かれた全体図に詳細な内部構造が記されている。もう一枚にはスペースポートの実写映像が映し出され、隠し撮りしたと思《おぼ》しき粗い画像の中、指定場所であろう赤い光点がくり返し点滅していた。

人通りがないことを確かめてから、あらためてモニターを凝視する。顔に近づけた拍子になにかがこぼれ落ち、バナージはボールペンに見えるそれを拾い上げた。ボールペンにしては重い。おそらくは小型の発信機――。直感した体がざわりと総毛立ち、バナージはたまらずに地面を蹴《け》った。

男は路地を抜け、さらに先の角を曲がろうとしている。「ちょっと待ってください!」と叫び、バナージは夢中で男に追いすがった。立ち止まらない肩をつかみ、「迎えってなんです。あなたは誰なんです」とたたみかける。男は腕のひと振りでバナージを払いのけると、「騒ぐな」と鋭い目と声を向けてきた。

「死にたくなかったら指示に従え。じきにここは戦場になる」

ぎょっと息を呑《の》んだ隙を逃さず、男は素早く身を翻して角を曲がった。バナージは慌ててあとを追ったが、古びたユニット家屋が両脇に連なる路上に、その背中を見つけることはできなかった。二十メートルほど先の交差路に立ち、左右を見回してみたものの、男の姿はどこにも見当たらない。腰の曲がった老婆がとろとろ行き過ぎるだけで、男は煙のように消え失せていた。

「戦場になるって……」

ずしりと重みを増したボールペンを握りしめ、午後の曖昧《あいまい》な光に照らされた町並みを見渡す。研磨機の規則的な音が機関砲のそれに聞こえ、バナージは足もとがぐらつくのを感じた。まさか、連邦軍が？　あの男は潜入中のスパイかなにかか？　冗談じゃない。ネオ・ジオン艦隊の寄港地になっているだけで、ここは軍事施設ではないのに。あんなスパイがいるなら、それぐらいのことはわかりそうなものなのに。いったいなんのために連邦軍は——。

そこまで考えて、背筋に電流が走った。ここがどこであろうと関係ない、連邦軍の狙いは『ラプラスの箱』だ。〈インダストリアル7〉でそうしたように、彼らは『箱』を手に入れるための行動を起こそうとしている。『箱』の鍵《かぎ》……《ユニコーン》の奪還がすべてで、それ以外の話は眼中にない。スパイを通じて自分に連絡してきたのも、《ユニコーン》を動かせる現状唯一のパイロットを〝回収〟するために違いなく、連邦軍はもうそこまで来ている。〈インダストリアル7〉を噛み砕いた暴力の牙《きば》が、この〈パラオ〉にも襲いかかってくる。

手のひらをすり抜けたグライダーが、ぽとりと地面に落ちた。モニターシートを握った左手は石のごとく動かず、痺《しび》れた右手でグライダーをつかみ上げたバナージは、つんのめるように走り出した。

まずはいまの男を捕まえることだ。彼を通じて連邦軍と連絡を取り、〈パラオ〉への侵攻をやめさせることだ。できはしないとわかっていても、走り出した体を止める術《すべ》はなく、バナージは闇雲に狭い路地を駆けた。酸化した岩肌を露出させる〝山〟を方位の目印にして、昨日の記憶を頼りに地下鉄の駅へ向かう。土砂を満載したトラックと行き違い、いくつ目かの角を曲がろうとした刹那《せつな》、向こうから歩いてきた人影と出会い頭にぶつかりそうになった。

バナージが足を止めるより先に、素早く動いた人影が道を開ける。転びかけた体を危うく踏み留まらせたバナージは、角に立つ人影と顔を合わせて息を呑んだ。

「どうした。こんなところでなにをしている」

特に驚いた様子もなく、マリーダが澄んだ声をかけてくる。「あの……」と口を開きかけたバナージは、彼女の背後に立つジンネマンとも目を合わせ、咄嗟《とっさ》にモニターシートをうしろ手にした。

ここで打ち明けたら、彼らは全軍に事の次第を伝える。連邦軍は待ち伏せを受け、先刻のスパイの男も狩り出されるだろう。リディ、ミヒロ、ダグザ、名を知る暇もなかった艦長やオペレーターたち。軍人という単位ではない、確かな血肉を持った《ネェル・アーガマ》のクルーの顔が脳裏をよぎり、バナージは口を噤《つぐ》んだ。無論、彼らが来るとは限らない。あれだけの被害を受けた上に、オードリーやタクヤたちを乗せていれば、別の部隊が侵攻してくると見るのが自然だが、ならばいいという話ではなく――。

一瞬の思考だった。「バナージ？」とマリーダが眉《まゆ》をひそめたのを潮に、バナージは我を取り戻した。右手に持ったグライダーをぐいと突き出し、「あの、これ、ティクバに返しといてください」とマリーダに押しつけてから、空を踏む思いであとずさる。

「すぐに戻りますから。それじゃ」

午後三時を告げるサイレンが鳴り始めていた。「バナージ！」と呼びかけるマリーダの声を背に、バナージは再び走り出した。どうしたらいい、どうしたら。くり返し呟《つぶや》く頭にサイレンの音が染み入り、出口のない思考をますます混濁させてゆく。作戦が始まる午後六時まで、あと三時間。握りしめた発信機が刻々と重みを増すのを感じながら、止まらない足が路上の砂塵を蹴り続けた。

※

「接触したか。……いや、いい。ネズミは放っておけ。使い捨ての内通者だ。ろくな情報は持っていないだろう」

午後三時の鐘が鳴っていた。ダウンタウンではサイレンになって鳴り響く小休止の時報が、このアッパータウンではティータイムを告げる瀟洒《しょうしゃ》な鐘の音になる。ここの総督を自称する男が、地球のヨーロッパ地区から持ち込んだものだ。押し付けがましい音色に辟易《へきえき》しつつ、アンジェロは象牙《ぞうげ》飾りが施された受話器を握り直した。

「それより、《ユニコーン》の移送は予定通りだな？……それでいい。目立つ場所に立たせておけ。奴は必ずそこに来る」

案の定、電話の向こうの声が疑義を申し立てる。背後に視線を流し、ティーカップを口に運ぶフル・フロンタルを視界に入れたアンジェロは、「大佐の指示だ。余計なことは考えるな」と押しかぶせて受話器を置いた。アンティークの電話がチンと軽やかな音を立て、鳴りやんだ鐘の余韻に溶けてゆく。

「御用はお済みかな？　アンジェロ大尉」

対照的に耳障りな声が発し、アンジェロは舌打ちを堪《こら》えて顔をめぐらせた。人工太陽の光が燦々《さんさん》と注ぎ込む応接間の奥、ソファに収まるフロンタルの肩ごしに、浅黒い顔をにたりと歪《ゆが》めるペペ・メンゲナンの姿があった。

たっぷり脂肪を蓄えた巨体に、トーガ風のぞろりとした衣装をまとい、いかにも好色そうな顔をこちらに向けている。彼の祖先の地、地球は南方の民族衣装だというが、金色に輝く太いブレスレットといい、芋虫のような指に鈴なりにした指輪といい、俗悪な成金趣味の一環としか見えない。贅《ぜい》を凝らすことにのみ執着し、気品は置き去りにしてきた公邸の主に似つかわしい、〈パラオ〉総督のいつもの出《い》で立《た》ちではあった。

これでジオニズムの信奉者とはお笑い種《ぐさ》なのだが、『袖付《そでつ》き』のスポンサーのひとりである以上、露骨に嫌悪の情を向けるわけにもいかない。「はい。お話し中に失礼しました」と殊勝に答え、アンジェロはフロンタルの背後に戻った。予定通りか？　と問う仮面ごしの視線に目で頷《うなず》き、表情を拭《ぬぐ》い去った顔をペペに向ける。「お若いのに、しっかりしておられる」と、〈パラオ〉の総督は多分に皮肉のこもった声を投げつけてきた。

「彼のような若者がいれば、ネオ・ジオンの将来にも希望が持てますな？　フル・フロンタル大佐」

「ペペ総督のような支援者があったればこその話です。予断は許されません」

「なんの。わたしなんぞ、しょせんは成り上がりの山師です。ジオンの再興にお力添えできるだけで光栄というもの。強制移民で先祖の土地を奪われ、アステロイド・ベルトで朽ち果てた父祖の無念にも報いられましょうしな」

ブルゴーニュ産のワインに口をつけながら、ペペは表皮だけ笑みの形にして言う。その言葉の真偽はともかく、彼の祖先がアステロイド・ベルトの開拓に生涯を費やしたことは事実だった。宇宙放射線病で早くに父を亡くし、母や兄弟たちと泣く生活を強いられてきた彼は、やがて組織されて間もない労働組合の代表に就任。劣悪な労働環境の改善に努める一方、デモやストライキを巧みに煽動《せんどう》して、政財界筋に自分の存在価値をアピールすることに成功した。特に戦時中、艦艇修理業で財を成したペルガミノ一族との関係は深く、修理業に用いられた鉱物資源の大半はペペが横流ししたものだとも言われる。当時、中立の立場を取っていたサイド6に多数の浮きドックを擁し、連邦とジオンの双方を顧客にしていたペルガミノ造船の背景には、アステロイド・ベルトの労組を自在に操れるペペの存在があったというわけだ。

戦後、ペルガミノは隠遁《いんとん》したが、ペペとサイド6政府との腐れ縁は続いており、この〈パラオ〉の政治的安定を維持する上で一役買ってもいる。その意味では、現在のネオ・ジオン軍を支える実力者であることに違いはなく、強制移民から成り上がった立志伝中の人物という言い方もあったが、もとより山師の気質《かたぎ》が強いのがペペという男だ。アステロイド・ベルトの労働環境改善に傾けた情熱もいまは昔、こうして権力の座にあぐらをかき、搾取する側に回って恥じない厚顔ぶりは、〝政治の季節の終わり〟というマスコミの論調を想起させずにはおかない。一年戦争と、二度のネオ・ジオン戦争を経て、スペースノイド独立の気運は過去のノスタルジーに変容しつつあるが、その陰にはペペのような商業主義の権化があった。かつての闘士が運動を軟着陸させ、その報奨に搾取側に取り立てられた結果が、現在のしらけきった地球圏を造り上げたのだから。

ペペにとっては、『袖付き』への協力も投資の一環に過ぎず、軍産複合体を構成する魑《ち》魅魍魎《みもうりょう》の一匹であることはこちらも了解している。新生ネオ・ジオンの深部に立ち入らせていい男ではなく、定例の顔合わせでも気を許さぬよう心がけているアンジェロは、「しかし、この〈パラオ〉の安全を預かる身として、最低限の要望はあります」と続いたペペの声に、ぴくりと眉を跳ねさせた。

「特に〈インダストリアル7〉で起こった騒動のようなことは、事前に知らせていただかないと困ります。サイド6に対する当方の体面もありますからな」

「先ほども説明した通り、あれは不慮の事故でした。ペペ総督のご尽力には感謝していますが、軍の行動を逐一お教えするというわけにはいきません」

「それは了解しています。こうして定期的に雑談をしてくださるだけで結構。軍の行動に口を挟む気は毛頭ありません」

フロンタルの返答に、ペペも予定調和の声を重ねる。『ラプラスの箱』をめぐる騒動の顚末《てんまつ》を、この男はどこまで理解しているのか。アンジェロが思った途端、ペペの目がすっと細くなり、深部に斬《き》り込む声がその口から発せられた。

「ですが、気になるのはミネバ様のご病状です。まだご回復なされない？」

この男の厄介なところだった。安楽な生活に浸っていながら、山師らしい勘のよさも失ってはいない。「残念ながら、ここにお伺いできるほどにはまだ。長年の逃避行の疲れが出たのでしょう」と機械的に答えたフロンタルの声を聞きながら、アンジェロはペペの挙動に注視した。「そうですか。わたしにも掛かり付けの医者はいます。長引くようでしたら、お声がけを」と返したペペは、ミネバの不在を確信している抜け目のない顔だった。

「ジオン再興の星に万が一のことがあってはいけません。今日のネオ・ジオン軍……連邦をして『袖付き』と恐れられる軍組織を造り上げたのは大佐ですが、その中心にはミネバ様という求心力が働いてもいる」

くわえた葉巻に火をつけ、ペペはおもむろにソファから立ち上がった。「ザビ家の忘れ形見が控えているからこそ、ならぬものもなる。通らぬものも通ってきたのです。ミネバ様がお隠れになるようなことがあれば、こちらも考えをあらためねばならない」

露骨な脅し文句を口にしてから、ちらとこちらを見る。我知らず拳《こぶし》を握りしめたアンジェロの前で、「気をつけましょう」と応《こた》えたフロンタルは文字通りの鉄面皮だった。分厚い唇をふっと歪め、ペペは壁一面の窓ごしに公邸の中庭を見下ろす。

「とはいえ、象徴は象徴です。多くの兵士の目に映っているのは、赤い彗星《すいせい》の再来たるあなただ。トップに立つ者が前線で旗を振ってこそ、組織には結束力と貫徹力が生まれる。……いや、これは商売の話ですが」

「軍とて同じことです」

「そうでしょう。それゆえ、現在のネオ・ジオン軍の強さがある。しかし残念なのは、それが外部からは見えにくいことです。全地球圏的な支持を取りつけない限り、ジオンの真の再興はならない。わたしは旧公国軍を信奉する者ですが、ザビ家の名前に拒否反応を示す愚民が多いことも事実です。その点、ミネバ様を中心とする組織作りには限界があるやもしれません」

「総督はなにをおっしゃりたいのでしょう？」

「言ったでしょう？　わたしは山師で、商売人なんです。投資対象が飛躍の種を含んでいるなら、個人的な趣味を抜きにして開花させたいと思うだけです。……シャア・アズナブル」

独白とも、呼びかけたともつかない声音だった。思わず振り向いたアンジェロをよそに、フロンタルは微動だにしない顔を正面に向け続ける。

「あるいは、キャスバル・ダイクン。ジオン・ダイクンの遺児である彼が、仮面を取って再び大衆の前に姿を現せば……。そう願っているのは、わたしだけではありません」

中庭の噴水を見下ろし、ペペは深々と紫煙を吐き出した。ミネバの不在に対する疑念を並べ立てたのは、この話をするための膳立《ぜんだ》てか。理解したアンジェロは、『シャアの再来』と呼ばれる仮面の男の反応を窺《うかが》った。その仮面をぬぎ、ジオン再興の矢面に立つ覚悟はありやなしや――。数秒の沈黙のあと、「シャア・アズナブルは敗北した男です」とフロンタルの口が動き、微《かす》かに頬をひきつらせたペペの顔が窓に反射した。

「そして死んだ男でもある。わたしがこんなマスクをつけているのは、死がシャアの名前を伝説にしたと知っているからです。だから道化と割りきってやれる。生きている彼には興味がありません」

「では、あくまでその仮面を取るつもりはない、と?」

「その必要を感じません」

あなたの前では、と言外に付け足された声が聞こえるようだった。ぺぺはそれとわからぬほどに口もとを歪《ゆが》め、「残念なことです」と低く応じる。

「姿を現さないミネバ様に、幻でしかない赤い彗星……。これはやはり、投資対象を見誤りましたかな」

「総督。お戯《たわむ》れが過ぎるかと」

さすがに堪《こら》えきれず、アンジェロはとがった声を差し挟んだ。動じる気配もなく、「これは失礼」とぺぺは肩をすくめてみせる。

「寝不足で、神経が立っていましてな。なにしろ昨夜から〝入り江〟の方が騒がしいようで」

返す刀で斬られる、とはこのことだった。連邦の奇襲に備えた艦隊行動を、この男は鋭い嗅覚《きゅうかく》で嗅《か》ぎつけている。「謀《はかりごと》は密なるをもってよしとする……。軍の理屈はわかります」と続けたぺぺの声を、アンジェロは皮肉とは聞かなかった。

「しかし先ほども申した通り、わたしは〈パラオ〉の責任者です。住民の安全を守る義務がある。無論、住民一同危険は覚悟しておりますが、その対価となる確証は欲しい。巻き込まれてもいいと思えるだけの確証が」

すなわち、あなたはシャアなのか。じっとり熱を帯びるペペの視線を前に、フロンタルは冷静だった。「あなた方を巻き込むつもりはありません」と発した声も氷のように冷たく、アンジェロは秘《ひそ》かに肌を粟立《あわだ》てた。

「我々はここを出て行きます」

真紅の制服をまとった長身を立たせ、なんの高揚もなく言う。予定通りの言葉でも、この場でする話とは想像していなかったアンジェロは、動揺を嚙《か》み殺した顔をフロンタルに向けた。ペペも完全に虚をつかれたという顔つきで、「これは……。大佐らしくもない冗談ですな」と上ずった声を出す。

「そう。冗談ではありません。今日ここに伺ったのも、お別れの挨拶《あいさつ》をするためです」

ぽかんと口を開けたペペの指先から、葉巻の灰がぽろりと落ちた。ふっと微笑した顔を不意に引き締め、フロンタルはペペが立つ窓ごしに〈パラオ〉の空を見上げた。

「……もう始まっているようだ」

人工太陽が茫洋《ぼうよう》と輝く向こう、分厚い岩盤を隔てた先にある宇宙に、敵の息づかいを捉《とら》えているらしい横顔が言う。連邦の奇襲——思ったより早い。贅《ぜい》を凝らした室内の調度も、呆然《ぼうぜん》と立ち尽くすぺぺも急速に色をなくし、膨れ上がる戦闘の予感がアンジェロの体を満たしていった。

※

ミノフスキー粒子の発見以後、レーダー兵器は無用の長物と化したと言われるが、電子戦そのものが消滅したわけではない。急速に拡散してしまうその性質から、ミノフスキー粒子は戦闘のたびに散布されなければならず、いったん拡散した粒子が電子機器に重大な障害をもたらすことは少ない。つまり、平時における電子兵装は依然として有効な装備であり、軍事施設ではいまだに電波に頼った警戒システムが採用されている。散布されたミノフスキー粒子の濃度と拡散具合から、散布源を探知するミノフスキー・レーダーも実用されて久しく、基本はレーダー時代と変わらない哨戒《しょうかい》活動が行われているのが実情だった。

〈パラオ〉とて例外ではなかった。小惑星の表面に複数のレーダーサイトが置かれ、警戒宙域では早期警戒機《EWAC》の役割を果たすモビルスーツ、RMS－119《アイザック》が複数遊弋《ゆうよく》してもいる。レーダーサイトと連携するアラートサイトには迎撃用のミサイルも配備され、民間の鉱物資源衛星にしては厳重すぎる防衛網が敷設されていたが、定期的に行われる連邦軍の監査がこれを問題にしたことはなかった。レーダーサイトは一年戦争時、連邦軍が敷設したものをそのまま流用したものだし、ミサイル類もスペースデブリの迎撃用ということで審査が通っている。頭部にレドームを戴《いただ》いたEWAC機だけは言い訳できないが、それについては監査の時だけ〝入り江〟に隠しておけば済む話だ。

四月十二日、十五時二十八分。その《アイザック》の一機が、警戒宙域に侵入するデブリを捕捉《ほそく》した。同機のパイロットは速やかに現場に急行し、当該フィールドを担当するレーダーサイトに一報を送った。

「ローネット3よりビッグアイ。ヤップ管制区にてイレギュラー一。警戒されたし。座標データを転送する」

戦後、連邦軍が制式採用したRMS－106《ハイザック》をベースに、電子戦に特化した機体として生まれ変わった《アイザック》は、旧公国軍の主力モビルスーツ《ザク》に酷似した形状を持つ。ネオ・ジオンが用いるに相応《ふさわ》しいシルエットの機体と言えたが、モノアイ式の頭部と一体化したレドームは直径十メートルを下らず、遠目にはバカでかい帽子をかぶった人のようにも見える。パイロットはライトグレーに塗装されたその機体を駆り、問題のデブリの周囲をぐるりと回ってみた。コロニーの残骸《ざんがい》から漂ってきたらしい岩塊は、最大直径十五メートル強。〈パラオ〉に衝突しても害はない小質量の石ころだったが、いまは全軍に警戒態勢が敷かれている時だ。パイロットは《アイザック》にマシンガンを構えさせ、デブリの表面に狙いをつけた。射撃モードを単発《シングル》に設定し、アームレイカーの発射ボタンに指をかけたところで、（やめとけ。弾の無駄だ）と僚機のパイロットの声が無線を走った。

「しかし……！」

（また始末書を書かされるぞ。通報はしたんだから、アラートサイトに任せておけばいい）

同じパトロール編隊に所属する《ギラ・ズール》のパイロットに、他の見解はなかった。一発の砲弾を買う金で〈パラオ〉の住民ひとりを一ヵ月食わせられる、というのが連隊長の口癖で、部下たちは演習に使う模擬弾にも事欠く日々を強いられている。そのくせ、問題があった時はきっちり責任を取らされるのだから、平時の軍隊ほど割に合わぬものもない。《アイザック》のパイロットはしぶしぶその場を離れ、デブリの監視はアラートサイトに移行した。億分の一の確率で、デブリが惑星表面上の施設を直撃しないとも限らない。その時は迎撃ミサイルか、施設警備につくモビルスーツからの射撃で、デブリのコースを変えてやる必要があった。

が、そのデブリは〈パラオ〉との衝突コースにすら乗らなかった。同一の移動軌道上にあるため、相対的にはのろのろと〈パラオ〉に接近したデブリは、主軸たる〈カリクス〉の北天面をかすめ、そのまま行き過ぎるコースをたどった。コースが判明した時点でデブリは警戒対象から外され、レーダーサイトは通常配備に戻った。それゆえ、デブリがほんの一瞬減速したことも、その内奥で熱源が目を覚ましたことも、彼らには知る由がなかった。

三角錐《さんかくすい》の形状を持つ〈カリクス〉の頂点、獣の頭蓋骨《ずがいこつ》にも見える〈パラオ〉の鼻先には、マス・ドライバーの発射レールが角のように突き出しており、その周辺には射出の際にネットから漏れた岩石群が滞留する光景がある。デブリはその岩石群の中に分け入り、岩肌を模したダミー・バルーンの表皮を破砕させた。中から現れた二機の《ロト》は、バルーンの消失と同時に散開し、その機体を素早く岩石群に紛れ込ませた。

両肩に長大な砲身を装備した一機が〈パラオ〉の表面に取りつく間に、四連ガトリング砲を装備したもう一機が姿勢を制御し、腕の多目的サイロから新たなダミー・バルーンを放出する。それは瞬時に膨脹し、先刻まで二機を包んでいたバルーンとまったく同じ形状を展開させると、方位も速度も違《たが》えずに〈パラオ〉の鼻先をかすめていった。二機の《ロト》は、互いをカバーし合いながら〈パラオ〉の岩肌に身を潜め、背部の兵員輸送室から複数のノーマルスーツを解き放った。

ランドムーバーとも呼称される携帯用バーニアを背負い、エコーズの隊員たちが次々に虚空に流れ出る。岩肌と見分けがつかない茶褐色のノーマルスーツに、消炎器付きのランドムーバーを背負った彼らは、塵《ちり》ほどの気配も立てずに〈パラオ〉の表面を滑った。アラトサイトの監視窓の下をすり抜け、〈ヘカリクス〉と三つの〈ヘカローラ〉を繋ぎ留める連結シャフトへと向かう。岩肌に堆積《たいせき》した細粒物《レゴリス》が時おり舞い上がる以外、その移動の痕跡《こんせき》を伝えるものはなく、彼らは三十分あまりでシャフトの基部に取りついた。

砲台代わりに置かれた《ガザD》の足もとをくぐり、隊員たちは複数のシャフトに分散してゆく。ＡＭＸ－００６《ガザＤ》は、メガ粒子砲の砲身をそのままボディにしたような可変モビルスーツで、変形時は両腕が背部に折り込まれ、猛禽《もうきん》さながら突き出た足が砲身を支える格好になる。まさに砲台となった《ガザＤ》の異形を背に、十六人からなるエコーズ７２９の隊員たちは所定の作業を開始した。シャフトの要所に取りつき、粘土状の高性能爆薬を仕掛けてゆくのが、彼らに課せられた作業の中身だった。

大質量の小惑星を繋ぎ留めるシャフトは直径三十メートル、リニアカーの線路や車道を擁する外殻の厚みは一メートル近くあり、その全長は最大のもので三キロメートル。外郭に設置された鉱業プラントの支持柱も加えれば、上下線が１セットになったシャフトの総数は十本に及ぶ。まるごと破断するには巨大すぎる代物だったが、要所に適切な量の爆薬を仕掛け、最大の破壊効果を連鎖させれば、あらゆる構造物は自らの質量によって瓦解《がかい》する運命をたどる。シャフトの連結部、気温調節用の循環水パイプ、予備発電装置に近接する外殻の薄い部分。長大なシャフトの外殻にへばりつき、隊員たちは所定箇所に爆薬をセットする作業に没頭した。

爆薬は絶対零度に近い温度でも使用可能なプラスチック爆薬・SHMXタイプで、設置箇所に応じて形を整え、期待される破壊効果を引き出すことができる。切断したい箇所には、薄い菱形《ひしがた》に成型したダイヤモンド・チャージを。誘爆させたい箇所には、貫徹力に優れたプラッター・チャージを。それは爆薬の威力と、建築工学とから算出される精緻《せいち》な数学的作業であり、エコーズの隊員たちはそのやり方を心得ていた。折り重なる小惑星の裏側、ネオ・ジオン艦隊が錨泊《びょうはく》する〝入り江〟の大空洞を眼下にしながら、彼らにしかできない地味で危険な作業が密《ひそ》やかに続けられた。

岩陰に潜む二機の《ロト》のうちの一機、双肩に長距離砲を携えた《ロト》の機内に収まるナシリ・ラザー中佐にとっては、とてつもなく長い時間だった。作業の完了予定は二時間後、無線を封鎖していれば進捗《しんちょく》状況を確かめることもできない。すべての隊員たちが仕事を終え、無事に帰還するまで、身動きひとつ取れない時間がまだまだ続く。

「ドジるなよ。ダグザが見ているのだからな……」

車長席の潜望鏡《ペリスコープ》に目を当て、緑がかった暗視映像を凝視する。彼方《かなた》に鉱業プラントの円筒群が見えるだけで、連結シャフトの様子は窺《うかが》えない。ナシリはペリスコープを巡らせ、デブリが滞留する虚空に目を転じた。先刻、敵のパトロール機に銃口を向けられた時は、さすがに肝が冷えた。ダミー・バルーンがない以上、二度目の幸運を期待することはできない。

ここでドジを踏んで、部下たちの帰る場所をなくしてしまうわけにはいかない。汗ばむ手でペリスコープのグリップを握りしめ、ナシリは周囲の観察に神経を集中した。配置交代に向かう途中なのか、モビルアーマー形態の《ガザD》が一機、《ロト》の頭上を音もなく滑り抜けていった。

※

〈達する。こちら艦長。エコーズ先遣隊の目標到達が確認された。これより作戦はフェイズ2《ツー》に移行する。モビルスーツ隊、発進準備。各員の健闘を期待する〉

モビルスーツ・デッキに響き渡るオットー艦長の声は、日頃のタヌキ親父らしからぬ凜々《りり》しさだった。増援のマンハンターどもは、無事に〈パラオ〉に取りつけたらしい。リディはノーマルスーツのヘルメットをかぶり、足首からワイヤーガンを引き抜いた。右舷《うげん》側の最奥にある自機のハンガーに狙いをつけ、引き金を搾る。

巻き上げワイヤーに牽引《けんいん》された先に、スマートな人型の機体があった。MSN－001A1、《デルタプラス》。アナハイム・エレクトロニクスの倉庫でお蔵入りになっていたと目される、まだ制式採用の目途《めど》も立っていない試作可変モビルスーツが、リディに割り当てられた新しい乗機だった。本来なら慣れている《リゼル》の方が望ましいが、今度の出撃ばかりはこの機体でなければならない。素姓の定かでない試作機のこと、担当に立候補すれば譲ってもらえる目算があったとはいえ、すんなり自分にあてがわれたのは幸運なことだった。ハンガーに収まる濃灰色の機体を見、腹部のコクピットに群がる整備兵らの様子を窺ったリディは、ひとつ息を吸い込んでからそちらに体を流した。

半壊した《リゼル》八番機は工場ブロックに下ろされ、ギブニー機付長ら八番機の整備チームが《デルタプラス》の面倒を見ている。「《リゼル》のパーツはなにひとつ使えねえぞ。備品はコンテナから出して並べとけ!」と怒鳴り散らすギブニーの声を聞きながら、リディはハンガーの背後にあるキャットウォークに目を走らせた。

思った通り、整備陣はマニュアル片手に右往左往しており、周囲に気を回す余裕はない。これならうまくいくか……。

(R《ロメオ》009とJ《ジュリエット》5はエコーズ後続隊とともに先発、待機域に進出してフェイズ3《スリー》の発動を待て。ロメオ008、010、011も順次発進。本艦の直掩《ちょくえん》に入り、不測の事態に備えよ)

ミヒロの緊張した声がデッキ内に響き渡る。同時に油圧駆動の唸《うな》りと金属パーツのロック音が連続し、リディはカタパルト・デッキに続くリフトの方を見遣《みや》った。扁平《へんぺい》な装甲車形態を垂直に立ち上がらせ、モビルスーツ形態に変形したエコーズのタンクもどきが、手のひらのない不格好な機体をリフトに移動させつつある。《リゼル》より二回りは小さいタンクもどきがよちよちと歩く向こう、ハンガーから離れた機体はジュリエット5のコードを与えられた《ジェガン》で、こちらは双肩に三連装ミサイル・ランチャーを担い、オプションのブースター・ユニットも背負った特務仕様。通称《スタークジェガン》と呼ばれる重装型だった。腰部と脚部にも追加装甲が施された機体が巨軀《きょく》を前進させる一方、発艦申告のやりとりが無線を賑《にぎ》わせ、カタパルトが射出されるリニア駆動音がデッキの空気を微震させる。先陣を切って出撃したロメオ009の《リゼル》は、発艦と同時にウェイブライダー形態に変形し、続いて発艦するタンクもどきの運搬役を務める手はずだ。

ジュリエット5とロメオ009はエコーズを護衛して先発し、《デルタプラス》と二機の《リゼル》は《ネェル・アーガマ》の直掩につく。『ビリヤード作戦』と名付けられた〈パラオ〉奇襲作戦における、それがリディたちモビルスーツ隊の行動手順だった。戦力不足をとんちで補ったような作戦ではあるが、うまく運べばネオ・ジオン艦隊の反撃は封殺できる。こちらの計画のためにも、なんとしても成功してもらわなければ——。リフトに乗る《スタークジェガン》を見送り、再びキャットウォークに目をやったリディは、ノーマルスーツを着た小柄な人影を視界に入れた。

ヘルメットのバイザーを下ろしていても、所在なげな挙動は〝彼女〟のものだとすぐにわかった。無事にたどり着いてくれたことにほっとしつつも、リディはさりげなく手を上げ、その場に留まるよう小柄なノーマルスーツに合図した。そのままハンガーのプラットフォームに取りつき、整備兵たちの動きを観察しようとしたところで、「来たな、出戻り野郎」と野太い声が振りかけられた。

大型レンチを金棒のように握りしめ、にたりと笑ったギブニーが天井の方を指さす。まさか、見つかったのか？　跳ね上がった心臓に押されてキャットウォークを見上げると、〝彼女〟の姿はなく、黙然と佇立《ちょりつ》する《デルタプラス》の上半身だけが見えた。わからないという顔を向け直したリディに、「肩だよ、肩」とギブニーがだみ声を押しかぶせる。

腕部とスラスター・ユニットを挟み込む肩の装甲に、〈R008〉のマーキングが施されていた。「おまえさんが乗るっていうんでな。ネェル・アーガマ隊で唯一撃墜を免れた栄えあるナンバーだ」と説明したギブニーは、見たことのない親身な笑みでこちらの反応を待っている。機体コードがなんであろうと特段の感慨はなかったが、リディは「あの、なんて言うか、感激です」と愛想笑いを返しておいた。ギブニーは満足げに笑い、リディの肩に手を回した。

「やれるだけのことはやったが、操作系は恐ろしく敏感だし、スラスター推力も《リゼル》の比じゃない。いつもと同じつもりでいると怪我《けが》するぞ。気をつけろ」

「じゃじゃ馬ってわけですか」と応じつつ、リディは再びキャットウォークの方を見遣った。「そういうこった」と背中を叩《たた》いたギブニーをよそに、手すりから漂い出た小柄なノーマルスーツを注視する。周囲の整備兵たちは気づいていない――。

「すまんな、不慣れな機体で出させちまって」

「出戻りですからね。出撃できるだけで御の字だと思ってます」

「こいつ、言うじゃねえか」鼻の下をごしりとこすり、ギブニーは感極まったという目をリディから逸《そ》らした。「せっかく逃げられたのに、戻ってきちまってよ。一丁前の男になりやがって」

艦と運命を共にしたく……と言ったリディの弁を、全面的に信じている機付長の声だった。さすがに胸が痛んだものの、ここまで来て計画を取りやめるわけにはいかない。やんわりギブニーから遠ざかったリディは、「あの、機付長。出撃前に、いつものやついいですか？」と窺う目を向けた。

「あ？」

「愛機との一体感を深めたいんで」

ベルトに引っかけた袋から複葉機のプラモを取り出すと、洟《はな》をすすったギブニーの顔に苦笑が浮かんだ。「こんな時にもそれか。おまえさんは本物だよ」とリディのヘルメットを小突いてから、「おい！」と部下たちに呼びかける。

「出撃前に、少尉殿が瞑想《めいそう》をされる。総員待機！」

鬼兵曹の一声に、整備兵たちがわらわらと機体から離れてゆく。ギブニーが体の向きを変えた瞬間を見計らい、リディは〝彼女〟に合図を送った。角のないガンダム・タイプといった《デルタプラス》の頭部を蹴《け》り、小柄なノーマルスーツが素早くコクピット・ハッチに滑り込む。誰も見ていないことを確認し、リディもあとに続こうとしたが、

「ちょっと待った!」

デッキ中に響き渡ったギブニーの怒声に、ハッチに手をついた体が動かなくなった。恐る恐る背後を振り返ったリディは、いつの間にかこちらを注視していた整備兵らと目を合わせた。

「リディ少尉の健闘を祈って、全員敬礼!」

ギブニーの号令一下、無重力を漂う整備兵たちがざっと挙手敬礼をする。思い思いの角度で浮かぶ整備兵たちの視線は熱く、こちらも姿勢を正して答礼したリディは、痛みを増した胸を抱えてコクピットにもぐり込んだ。少し充血しているギブニーの目を見たのを最後に、ハッチを閉める。

閉じたハッチの裏面がディスプレイになり、すでに作動しているオールビューモニターの視界を完全にする。息をつこうとしてつけず、とりあえず額の汗を拭《ぬぐ》ったリディは、

「もう大丈夫だ。ヘルメットもぬいでいい」と背後に呼びかけた。リニア・シートのうしろに潜んでいた人影がそっと頭を出し、ヘルメットのバイザーを開ける。ミネバ・ラオ・ザビの白い細面が視界に映り、リディはいまさらながら全身に震えが走るのを感じた。

首尾よく《ネェル・アーガマ》に収容されてから六時間あまり。余計な手紙を書かせた

引け目のある艦長を説得し、リディがモビルスーツ隊に復帰する段取りを整える間、ミネバはランチの船底に隠れて時が来るのを待っていた。警衛隊の臨検はやり過ごせたものの、その後は顔を合わせるチャンスもなく、結局は彼女にひとりで艦内を横断させる羽目になってしまった。事前に綿密なタイムスケジュールを組み、艦内経路図も渡してあったとはいえ、誰にも発見されずにたどり着けたのは奇跡に近い。普通なら足が竦《すく》むか、道に迷うかして、怪しい素振りを見咎《みとが》められそうなものだ。

もっとも、その程度の度胸がなければ、そもそもこんな場所で顔を合わせる道理もなかったか。落ち着いて見えるエメラルド色の瞳《ひとみ》を横目に、リディはシート脇のモニター・パネルを一枚外し、教習用の補助席を引き出した。ミネバはヘルメットをぬぎつつ、「いいのですか？」と静かな声をかけてくる。

視線の先に、三々五々待機区画に向かうギブニーたちの姿があった。まだ引かない痛みを胸に、リディは肩をすくめてみせた。

「平気って言えば嘘になるけど、仕方がない。こうする以外、君を連れ出すチャンスは作れなかったからな」

「タクヤくんとミコットさんは？」

「大丈夫。ミヒロが面倒を見てくれるさ。今度の作戦は一撃離脱が基本だから、艦が戦闘に巻き込まれる可能性は低い」

設え終わった補助席をぽんと叩き、「うまくいけばの話だけどな」とリディは付け足した。ミネバは複雑な顔で席に収まり、「軍事施設だけを奇襲するのですよね？」と確かめる目を寄越す。

「そのはずだ。〈パラオ〉には情報局の内通者が入り込んでるらしいから、物の配置やら工場のスケジュールやら、みんな把握した上で作戦を立てている。居住ブロックに被害が出るようなやり方はしない」

言ってから、誰と話をしているのか思い出した。「やっぱり、気になる？」と探る声をかけたリディに、ミネバは「〈パラオ〉の総督は欲得ずくの男です」とむっとした顔で答えた。

「でも住民は無関係です。〈パラオ〉の住民に被害が出るような作戦なら、容認はできません。このモビルスーツを奪ってでも知らせに戻ります」

やりかねない目だった。少し気圧《けお》された視線を逸《そ》らし、リニア・シートに収まったリディは、「そう怖い顔しないでくれよ」と意識して気楽な声を出した。

「こっちもヤバい橋を渡ってるんだ。下手すりゃ銃殺刑になるかもしれないんだぜ？」

ぐっと詰まった顔を伏せ、ミネバは押し黙った。そうしている横顔は、まだ感情を抑制する術《すべ》を知らないハイティーンのものでしかない。大人たちを相手に凄《すご》みをきかせるかと思えば、こんなふうに驚くほど率直に自分の内面を晒《さら》しもする。不思議な娘だなとあらためて思い、奇妙に浮き立っている胸の鼓動を自覚したリディは、内心に舌打ちした。ミネバの横顔を視界から外し、「ま、ここまできたら心配しても始まらない。ツキが続くことを祈っててくれ」と、故意に投げやりな口調で言う。

「ツキ？」

「ここまで来れたこともそうだし、地球最接近時に作戦が始まるタイミングのよさ。それにこの《デルタプラス》だ。こいつはオプションなしで大気圏を突破できる。この機体が搬入されてこなけりゃ、こんな無茶な計画は思いつかなかった。君のツキか、おれのツキかは知らないけど、とにかくツイてるんだよ。いまのおれたちは」

半分は自分にも言い聞かせたつもりで、リディは口を閉じた。この調子で無事に目的地にたどり着けたとしても、事が期待通りに運ぶという確証はない。ひたすら避けてきた〝家〟の力を頼ることにも抵抗を覚える。が、いまは他に方法がないのだ。ツキを信じて前に進むしかない。たとえ裏切り者の誹《そし》りを受けても、その場にある者の義務と責任を果たすために——。また滲《にじ》んできた額の汗を拭い、リディは思いきるように操縦桿《そうじゅうかん》を握った。《リゼル》より高いエネルギーゲインの数値を確かめ、ハンガーの接合解除を確認した刹那《せつな》、「わかりました」と不意にミネバの声が流れた。

「信じます。私たちのツキと、あなたの勇気を」

リニア・シートの右隣、やや後方に位置する補助席の上で、微《かす》かに笑ったエメラルド色した。


の瞳がこちらを見ていた。どくんと鼓動が高鳴った途端、（ロメオ008、カタパルト・デッキへ）とミヒロの声が発し、リディは「了解」と応じた顔を正面に向けた。フットペダルをゆっくり踏み込みつつ、「発進する。ヘルメットをつけて」と短く言う。不自然に
　視線を合わせないこちらを気にする素振りもなく、ミネバは無言でヘルメットをかぶり直した。

　機体の右腕を軽く上げ、ギブニーたちに別離を告げてから、ハンガー脇に固定された専用シールドを左腕部に装備する。壁の装備架から専用ビームライフルも取り出し、ぐんと質量の増した機体を前進させたリディは、もう戻ることはないだろう《ネェル・アーガマ》のモビルスーツ・デッキをあとにした。

　リフトに載ってカタパルト・デッキへ上り、艦首を形成する第一カタパルトを面前にする。開放したシャッターの向こう、虚空に突き出すカタパルトを点々と彩る誘導灯の光は、この時は帰らぬ者を送り出す篝火《かがりび》に見えた。

「フェイズ3の成功を見届けてから、戦線を離脱する。作戦がうまくいけば、敵機との交戦にはならない。味方機が追ってくるかもしれないけど、こいつの加速性能なら十分に振り切れる。あとは目的地まで一直線だ」

　バカなことをやろうとしている。ふと頭をもたげた弱気を押し殺し、リディは言った。

「はい」とミネバが応じる。

「最接近してるとは言っても、向こうまでは二日近くかかる。水と食糧は準備したけど、覚悟しといてくれよ」

「かまいません。やってください」

教習用の狭い補助席に身を委《ゆだ》ねたミネバは、とうに覚悟を固めている目だった。張り詰めたエメラルド色の瞳をちらと見遣《みや》り、やはりきれいだと思ってしまってから、リディは軽く頭を振って正面の虚空に視線を逃がした。

気を許してはいけない。彼女はネオ・ジオンの重要人物、おれたちの敵だ。同時に、この事件の中核にあって、混乱を収める鍵《かぎ》を握る存在でもある。だから助けると決めた——闇に葬られようとしている事実を世に知らしめ、死んでいった者たちの魂に報いるために。青臭い正義感と言われようが、自分はたまたまそれができる立場にいる。ノーム隊長も言っていたではないか、おまえにはやらなければならないことがある、と。これはひとり生き残ってしまった自分に課せられた責任だ。その場にある者が果たさねばならない義務なのだ。彼女に対する個人的な感情は、いっさい関係がない……。

(ロメオ008、カタパルト装着。発進準備よし)

ミヒロのアナウンスが耳朶《じだ》を打ち、リディは遊離しかけていた意識を引き戻した。了解、と応じようとして、無線が個別回線に切り換わったことに気づく。

(リディ少尉、幸運を。映画の約束、忘れてませんからね)

通信ウインドに映るミヒロの瞳が、バイザーごしにも微熱を帯びていた。咄嗟《とっさ》に機内カメラの位置を反芻《はんすう》し、ミネバが向こうのカメラに映っていないことを確認したリディは、裏切りという言葉の苦味が口中を満たすのを感じた。「了解」とくぐもった声を返してから、スモール・タンクのつぶらな瞳をウインドの中に見つめる。

「……いつか、必ず」

え？　と眉《まゆ》をひそめたミヒロの顔は、見なかった。リディは操縦桿を握り、未練を断ち切る声を張り上げた。

「リディ・マーセナス、ロメオ008。《デルタプラス》、行きます！」

カウント・ダウン表示が0を指す。リニア駆動のカタパルトが弾《はじ》き出され、どっと押寄せるGが全身を包む。大破した左舷《さげん》カタパルトの断面が瞬時に後方に過ぎ去り、滑走路が終点に近づくと、自らのスラスターを焚《た》いた《デルタプラス》がカタパルトを蹴《け》り、濃灰色の機体を虚空へと飛翔《ひしょう》させた。

「変形機構を試す。堪《こら》えてくれよ」

その性能如何《いかん》が計画の成否を分ける。ミネバの返事を待たず、リディはトランスフォームを実行した。跳ね上がった胸部ブロックが頭部ユニットを包み込み、折りたたまれた脚部が左右に展開する。背部のバインダーが九十度折れ曲がり、機体の両翼を形成するや、機体下面にスライドしたシールドが流線形の機首に転じた。

基本は《リゼル》と変わらないウェイブライダーへの変形機構。が、ゼロコンマで姿を変えた機体は、大気下で用いられるジェット戦闘機を想起させるフォルムを持ち、その視覚的な鋭さは《リゼル》の比ではない。左右に展開した主翼はまさに有翼機のそれで、空力を制御するフラップまで備えている。先に発艦した二機の《リゼル》の位置を確かめつつ、リディは軽くフットペダルを踏み込んでみた。予想以上のGがのしかかってくると同時に、《ネェル・アーガマ》の船体がたちまち後方に遠ざかり、五臓が臍《へそ》の下に落ちてゆくような戦慄《せんりつ》が体中を駆け抜けた。

「すごい……！」

スラスターにはまだまだ余力がある。あまりにもピーキーな機動に、乗りこなせるのか？ と不安を感じたのは一瞬だった。（008、先行しすぎだ。防御隊形を崩すな）と僚機のパイロットが怒鳴るのを聞いたリディは、慌てて変形を解き、機体を反転させた。無線の送信をオフにしながら、「大丈夫か？」と背後を振り返る。補助席にはリニア・シートほどの耐G性能はない。ミネバはぐったりと補助席に沈み込んだまま、

「平気です。私のことは気にしないで」

苦しそうに腹を上下させながらも、しっかり目を開いて言う。気丈な声に、胸の圧がまたひとつ高まるのを知覚したリディは、返す言葉もなく前方に視線を戻した。散漫にデブリが漂う虚空に、まだ〈パラオ〉の影は見えない。じきに警戒宙域に差しか

かるはずだが、先発したモビルスーツ隊は無事なのか。〈パラオ〉に取りついたエコーズは予定の作業を終えられたのか。ひとつでも手順が狂えば、こちらの計画も御破算になる。失敗に至る山ほどの要因を頭から追い出して、リディはグリニッジ標準時を刻むデジタル時計を見つめた。十七時四十四分。『ビリヤード作戦』の本命とも言えるフェイズ3の発動まで、あと――。

※

十分後、十七時五十四分。最後のひとりがハッチをくぐり、《ロト》の兵員輸送室の扉が閉められた。

「チーム・オメガ、撤収完了。仕掛け花火に変更なし」

前部座席に収まる副司令が報告する。予定時刻より四十秒前。全員の無事帰還に息をつく間もなく、「よし、《ネェル・アーガマ》に信号送れ」とナシリは命じた。

「発信後、現地点より離脱。《ネェル・アーガマ》より進出するモビルスーツ隊と連携し、920の突入を援護する」

復誦《ふくしょう》の声と同時に、操縦席のパイロットが操縦桿を引く。岩陰に伏せていた《ロト》の機体が立ち上がり、臑裏《すねうら》にキャタピラを覗《のぞ》かせた脚部が岩肌を蹴る。僚機も離脱するのを確認したナシリは、ペリスコープの視界を〈パラオ〉の虚空に転じた。定期便の輸送船が行き交うばかりで、敵機の存在を示すスラスター光は見えない。宇宙はまだ静かだが、無線信号を発した以上、発見されるのは時間の問題と見た方がいい。時刻は十七時五十五分、『ビリヤード作戦』の本命まであと五分。これまでの二時間半にも匹敵する、長い長い五分間が始まる。

「滅多に見られない天体ショーだ。撃ち損じるなよ、《ネェル・アーガマ》……」

小惑星同士を繋《つな》ぎ留める連結シャフトを見据えつつ、ナシリは乾いた口中に呟《つぶや》いた。異常電波の探知が通達されたのか、数機のガザ・タイプが地表を離れ、移動する気配が感じ取れた。

※

「エコーズ729より入電。オブジェクト・ボールはピラミッド・スポットに置かれた、です」

張り詰めたミヒロ少尉の声に、フェイズ2完了の安堵《あんど》を感じる余裕はなかった。オブジェクト・ボールー的玉の配置は完了した。もはやゲームから下りることは許されない。速やかにキューを繰り出し、狙いすました手玉を確実に的玉へヒットさせる必要がある。

「よし!」とブリッジ中に響き渡る声を出したオットーは、その勢いで考えるのをやめた。艦長席の肘掛《ひじか》けから艦内電話を取り上げ、全艦放送のスイッチを押す。

「艦長より達する。フェイズ3発動。これより本艦は敵警戒宙域に突入、敵拠点に対してハイパーメガ粒子砲による攻撃を実施する」

砲雷長、航海長に並んで前部コンソールに収まるレイアム副長が、緊張した視線をちらとこちらに流す。左面のコンソールにはセンサー長、右面のコンソールにはミヒロ少尉が収まり、第二通信室でエコーズとの連絡役を務めるボラード通信長に代わって通信任務を取りしきる。艦長席の隣、万年空席の司令席にはアルベルトが陣取り、オブザーバーというには頼りない顔を青ざめさせていたが、いまさら安全な居住区に待避させる余裕もつりもなかった。ごくりと生唾《なまつば》を飲み下したその顔を意識の外にして、オットーは続けた。

「知っての通り、ハイパーメガ粒子砲の充塡《じゅうてん》には艦の全動力が必要とされる。これより本艦は最大戦速で警戒宙域に突入するが、充塡開始後は慣性航行に頼らざるを得ない。変針も姿勢制御もままならず、主砲も副砲もいっさい使用できなくなる。艦の行き足に任せるまま、敵の警戒網を突破するしかない」

つまり、いったん走り出したら止まることはできない。手も足も出せない状態で射程圏内まで突っ走り、目標にハイパーメガ粒子砲を照射。艦の動力が復旧するまで、無防備で敵陣を突破することになる。じっと聞き入る三百余名の息吹きを肌身に感じながら、「危険な賭《か》けではある」とオットーは重ねた。「が、作戦の成否はこの一撃で決まる。全乗組員の奮起を期待する」

艦内電話を置き、ブリッジにいる全員の頭を見渡す。ノーマルスーツのヘルメットに遮られ、個々人の顔は判別できなかったが、そのひとつひとつに詰まった命の重さをこれほど実感させられたこともなかった。鼻から息を吸い込み、生で吸える最後の空気を肺に溜《た》め込んだオットーは、「総員、気密確認」と令したのを最後にヘルメットのバイザーを閉じた。

「全艦、加速防御。前進強速」

復誦があって間もなく、機関の振動が高鳴り、ブリッジ全体ががくんと揺れた。計十基のスラスター・ノズルが一斉に火を噴き、全長四百メートル弱の巨艦を蹴り出した衝撃。《ネェル・アーガマ》が加速を開始したのだ。オットーは肘掛けをしっかりと握りしめ、正面の航法スクリーンを睨《にら》み据えた。

ブリッジの窓から見える星の光は微動だにせず、速度計の表示以外に加速を証明するものはないが、前方から押し寄せるGは刻々と圧力を増し、脇の下にへばりつく汗を背中の方へ這《は》わせてゆく。秒速一キロの加速を一分で行う〝安全運転〟から始まり、五十秒、四十秒、三十秒へ。三十秒を切ると、のしかかるGは3Gを超え、顔じゅうの皮膚がひくひくと波打つようになった。

ノーマルスーツの重量も加算された体は鉛と化し、もはや背もたれから引き剝《は》がすことができない。両腕は誰かにぶら下がられているかのように重く、気を抜けば肘掛けからすっぽ抜けそうになる。艦内オープンの無線を行き過ぎる複数の呻《うめ》き声《ごえ》を耳に、オットーは航法スクリーンを睨み続けた。間もなく最大加速――毎分加速、秒速三キロ。

ぎしぎしと船体が軋《きし》み、連続加速のモニターに注意灯が点《とも》る。微細な宇宙塵《うちゅうじん》が衝突し、砂嵐さながら船体を叩《たた》く音がブリッジ内に響き渡る。体感G、6G突破。重力圏離脱に等しいGを白亜の船体に受け止め、三機の護衛機を従えた《ネェル・アーガマ》が矢のように暗礁宙域を滑る。（間もなく敵警戒宙域）（ミノフスキー粒子、戦闘濃度散布）と、呻き声に近いレイアムたちの報告を無線に聞き、加速モニターの数値が予定値に達するのを見たオットーは、「ハイパーメガ粒子砲、発射用意！」と全身を声にした。

機関の振動が急速に遠のき、体を押しひしげるGが次第に収まってくる。（座標固定、ブリッジ指示の目標）（機関停止、慣性航行始め。全動力をハイパーメガ粒子砲へ）（全艦、予備電源に移行）と無線の声が連続し、ブリッジの照明が予備電源の赤色灯に切り換わると、今度は背中からくる衝撃が全員の体を揺らした。加速が終わり、体感Gが0になったため、重圧から解放された体が前のめりになったのだ。

スラスターの噴射を止め、推進力を失った船体が慣性に任せて虚空を飛ぶ。本当の危険はこれからだった。船体の軋みは収まったものの、微細なデブリの衝突音は依然として艦の外装を叩き続けている。ノーマルスーツ内の気囊《きのう》が萎《しぼ》み、痺《しび》れた下半身に血がめぐるくすぐったさを知覚しながらも、オットーは息を詰めてセンサー画面を凝視した。最新の海図に照らし合わせて航路を設定してあるが、イレギュラーのデブリが行く手にないとは限らない。ミノフスキー粒子を散布した現在、センサーの有効半径は二十キロ強。針路上にデブリの影が捕捉《ほそく》されたが最後、それは0コンマの時間で《ネェル・アーガマ》と激突することになる。

不意に黒い影が視界をかすめ、背中の汗が凍りついた。窓の外でぱっぱっと小さな白色光が閃《ひらめ》き、斜め前方に位置する味方機——リディ少尉の《デルタプラス》が姿勢制御したことを伝える。イレギュラーのデブリが船体のすぐ脇をかすめ、後方に過ぎ去っていったらしい。(ひ……)というミヒロの微《かす》かな悲鳴は、一秒後、デブリがセンサー圏外に遠ざかった頃に発せられた。

(こんなの、でたらめだ……!)

両手で頭を抱え込んだアルベルトが呻く。誰のせいだ、と喉《のど》まで出かけた声を押し留め、オットーは再び高鳴り始めた機関の振動を全身に感じた。(対空機銃は使える。イレギュラーの小石は撃ち落とせ!)と怒鳴るレイアムの声を圧して、ハイパーメガ粒子砲に注ぎ込まれる動力の音が高まってゆく。《ネェル・アーガマ》が生み出す全動力を吸い尽くし、不穏に脈動する巨大な化け物。艦底から張り出した全長五十メートルの大砲が、その身に蓄積したエネルギーの律動を艦内じゅうに伝播《でんぱ》させる。

十七時五十九分。タイムスケジュールは誤差五秒以内で進行している。あとは運を天に任せるしかない。射程圏内に近づく〈パラオ〉の輝点をスクリーン上に確かめ、オットーは肘掛けを握る手の力を強くした。エコーズ729の仕掛け花火が打ち上がり、ピラミッド・スポットに並べられた的玉を照らし出す十八時まで、あと3、2、1……。

※

0。宇宙世紀0096《ダブルオーナインティシックス》、四月十二日十八時ジャスト。

この時刻に、〈パラオ〉の連結シャフトを通行する車両は少ない。工場は二十四時間三交替制を取っており、遅番の交替時刻は二時間前に終わっている。早番の者は帰宅し、夜勤番の者はまだ眠りの中にいる頃合だから、リニアカーもろくに運行していない。長大なチューブトンネルを行き来するものと言えば、鉱石をピストン輸送する無人列車か、食糧や日用品を配送するトラックぐらいで、それらにしても一本のシャフトに二十台とは走っていなかった。

突然、トンネル内に激震が走り、轟音《ごうおん》が長さ三キロに及ぶハイウェイを吹き抜けた。その場に居合わせたトラックの運転手は、慌ててブレーキを踏み、四車線道路の路肩に車を停めた。連結シャフト内は無重力だが、タイヤと呼応する磁力が路面に作用しているため、運転の感覚は重力ブロックにいる時と変わらない。隕石《いんせき》が衝突でもしたのか？　運転席から漂い出し、靴底のマグネットを路面に着けようとした運転手は、しかし中空に浮き上がったまま二度目の轟音を聞くことになった。

磁力が働いていない。停電か、と思う間もなくトンネル内の照明が消え、赤色灯に切り換わった。同時に前方で閃光《せんこう》が膨れ上がり、ごうと唸《うな》る突風が広大なチューブを吹き抜ける。風にさらわれ、あっという間に五十メートルも流された運転手は、次いで作動した隔壁のシャッターに背中を打ちつけた。その衝撃で気絶した彼は、それから三時間後、すべてが終わったあとに駆けつけた消防隊に救助されるまで、なにが起こったか知ることなく眠り続けた。

エコーズの〝仕掛け花火〟が起爆したのだった。もっとも交通量が少ない時間帯を狙い、各連結シャフトの継ぎ目付近で爆発したSHMXは、想定通りの破壊効果を連結シャフトにもたらした。音速を超える爆風は衝撃波となり、起爆で生じた断裂を致命的に押し拡げ、さらに誘爆した発電装置が反対面から亀裂《きれつ》を深めてゆく。爆発のエネルギーは一分の無駄もなく相乗し合い、シャフトの外殻をずたずたに引き裂いていった。ガスと炎を噴出させる亀裂が瞬く間に拡がり、直径三十メートルに及ぶシャフトを一周すると、総計十本の連結シャフトは中央から破断されたも同然の状態になった。

鉱石を運ぶ無人リニアカーが緊急停止し、破断箇所の前後で非常隔壁が下りる。断裂箇所から炎が噴き出し、四つの小惑星の接合面に無数の光を瞬かせたが、〈パラオ〉全土からすれば針の先でつついたほどの爆発でしかなかった。核爆弾でも用いない限り、膨大な質量を持つ小惑星の軌道が変わるものではない。主軸たる〈カリクス〉は無論のこと、三つの〈カローラ〉も微動だにせず、〈パラオ〉は爆発前と寸分変わらぬシルエットを暗礁宙域に浮かべ続けた。しかしすべての連結シャフトが破断した以上、四つの小惑星は個々に分断されたと言ってよく――〈パラオ〉の歴史が始まって以来、それぞれに孤立することになった四つの小惑星は、いまや慣性に従って〈パラオ〉の形状を保っているのにすぎなかった。そしてその事実の重大性が顧みられる間もなく、二つ目の変事が〈パラオ〉を襲った。

　爆発と同時に、二機の所属不明機が警戒宙域に侵入してきたのだ。正しくは三機だったが――ウェイブライダーに変形した《リゼル》と、その背に乗るエコーズ920の《ロト》は、一個の熱源としてレーダーサイトに探知された――、直後に始まった電磁波障害がそれ以上の観測を不可能にした。先発隊に続いて、警戒宙域に侵入した、《ネェル・アーガマ》が散布するミノフスキー粒子の干渉だった。

　同時多発した爆発に期を合わせ、〈パラオ〉に接近し始めた複数の未確認機《アンノン》。敵襲であることに疑いはなく、四機の《ギラ・ズール》が〝入り江〟の軍港からスクランブルした。

パトロール中の《アイザック》が敵の侵攻方位を観測する一方、アラートサイトで警戒につくモビルスーツ隊も地表を離れ、複数の《ガザD》が〝入り江〟の周辺に警戒網を敷く。爆発が起こる直前、〈パラオ〉から発信された異常電波を探知していた防衛隊には、敵はすでに懐に入り込んでいるという確信があった。アラートサイトのサーチライトが光の輪を走らせる中、〈パラオ〉の地表を徹底検索した《ガザD》のパイロットは、やがてクレーターに潜む茶褐色の機影を捕捉した。

岩肌に馴染《なじ》む塗装が施されていても、至近距離からの観測はごまかしきれない。《ロト》の熱源を探知した《ガザD》のパイロットは、侵入者の機影を追いつつ自機を変形させた。鉤爪《かぎづめ》を備えた腕に見えていたユニットが回転し、脚部を形成すると、砲身状のボディが起き上がって一対のマニピュレーターを展開させる。〝宇宙人の乗り物〟と揶揄《やゆ》される節足動物じみたシルエットを持ちながらも、モビルスーツ形態になった《ガザD》の機動性は《ロト》の比ではない。肩に装備したガトリング砲を撃ち散らし、少ないバーニアで後退するしかない《ロト》に対して、《ガザD》のパイロットは一気に襲いかかった。

刹那《せつな》、まったく別の方向から火線が飛来し、《ガザD》を直撃した。肩のバインダーから引き抜いたビームサーベルを発振できぬまま、《ガザD》は腰を境に二つにちぎれ、膨れ上がる爆光の中にその脆弱《ぜいじゃく》な機体を散らした。岩陰から百二十ミリ低反動キャノン砲を撃ち放ったもう一機の《ロト》――ナシリ・ラザー隊長が搭乗する《ロト》は、撃墜を確認すると同時に岩陰から飛び出し、肩に長大なキャノン砲を担った人型を次の隠れ場所に滑り込ませた。

〈パラオ〉の地形はデータベースに入力されている。他人の庭先だろうと、簡単に見つかるヘマはしない。エコーズの基本は隠蔽作業《コンシールメント》にこそあるのだ。囮《おとり》役の僚機も移動を開始したのを確認しつつ、ナシリは次の獲物を探した。この調子で一機でも多くの敵を墜《お》とし、ダグザたちエコーズ920の突入を支援する。突入後、捕虜になった民間人を救出して離脱する手間を考えれば、派手に暴れて敵の目をこちらに引き付けておく必要もあった。『ビリヤード作戦』の本命――ハイパーメガ粒子砲の照射まで残り数秒。〝入り江〟からわき出す敵機の群れをペリスコープに捉《とら》え、ナシリは痙攣《けいれん》ともつかない笑みを口もとに刻んだ。

破壊工作に続く敵襲、そして味方機の撃墜を告げる爆発の光輪。〈パラオ〉は俄《にわ》かな混乱に包まれたが、〈カリクス〉に埋め込まれた二つの巨大な円筒、シールドマシンの内壁に住む人々がそれを知るのは、まだ先の話だった。連結シャフトの爆発は遠い落雷という程度にしか聞こえず、振動も体感できるほどのものではなかったからだ。二つの居住ブロックは常と変わらぬ夕べを迎えており、重く響き渡るサイレンの音色だけが風音に混じり、変事の予兆を告げるばかりだった。

アッパータウンの中心、総督府に隣接する公邸では、サイレンの音を聞きつけたペペが革張りの椅子を蹴《け》っていた。フル・フロンタルから一方的に三下り半を突きつけられ、ほとんど狂奔の体で関係各位と協議中だった彼にとって、そのサイレンは破滅の始まりを告げる音に聞こえた。一方、ダウンタウンではティクバが食卓の椅子を蹴り、母親が止めるのを聞かずに外に飛び出していた。

急な命令が出たとかで、父とマリーダはキャプテンと一緒に船に戻っている。バナージもあれっきり帰ってこなかった。逃げ出せるはずはない、とキャプテンは言っていたし、あの生っちろい捕虜にそんな度胸があるとも思えなかったが、サイレンの音は奇妙に重く、ティクバの胸をざわめかせ続けた。同様のざわめきを感じる者はダウンタウンには少なくなく、彼らは一様に人工太陽の消えた空を見上げ、ネオ・ジオン軍にやった身内の安全を神に祈った。

バナージにはそんな余裕はなかった。〝入り江〟にある軍港施設の手前で地下鉄を降り、無重力下の通路を移動していた彼は、ティクバたちより間近に爆発の振動を受け止める羽目になった。

どーん、と低い唸りが無人の通路を行き過ぎ、サイレンの音がそれに続く。モニターシートの構造図に記されていたこの通路は、採掘現場の警備担当者が使うサービスルートで、各坑道を網の目のように結ぶだけでなく、一般の立ち入りが制限される〝入り江〟にも通じている。壁に記された地区表記とモニターシートを照らし合わせ、現在位置を確認したバナージは、いまだ余韻を引く振動にざわりとしたものを感じた。時刻は午後六時。〝迎え〟が来ると指定された時刻——。

「始まった……」

連邦軍の攻撃。他の推測はなく、バナージはリフトグリップの速度を上げた。指示された第十四スペースゲートではなく、ネオ・ジオン艦隊の基地がある〝入り江〟へ。攻撃が始まった以上、もはや無駄な行為でしかないのかもしれないが、いまは前に進むよりない。やれるかどうかはともかく、〈パラオ〉の住民を戦火から遠ざける手段はこれ以外にないのだ。追い立てるようなサイレンの音に神経を逆撫《さかな》でされながら、バナージは前だけを見つめ続けた。これは始まりに過ぎないという予感が、リフトグリップを握る手のひらを汗ばませた。

※

小惑星同士の接合面に無数の光が生じ、きらきらと瞬いたのはつかのまだった。爆破箇所に滞留するガスは惑星の陰に入って観測できず、メイン・スクリーンに映し出された〈パラオ〉は平素と変わらない顔をしているように見える。

(〈パラオ〉の連結シャフト部に爆発の光を観測!)

（ハイパーメガ粒子砲、充塡率《じゅうてん》百二十パーセント。発射準備よし）

センサー長に続いて、砲雷長の声が無線を駆け抜ける。オットーは艦長席から身を乗り出し、光学補正された〈パラオ〉の映像をあらためて凝視した。矢尻《やじり》に似た〈カリクス〉を主軸に、ごつごつとした岩の塊を寄せ合う三つの〈カローラ〉——いまやすべての連結シャフトを断裂させ、慣性に任せて寄り集まるだけの四つの石ころ。これで的玉は並んだ。あとはキューのひと突きで手玉を打ち出し、ピラミッド・ゾーンに並んだ的玉を突き崩すのみだ。

一撃必殺。胸中に念じ、オットーは腹に力を込めたが、

（高熱源体接近！　数は二。モビルスーツです）

センサー長の声に、出しかけた命令が喉《のど》に詰まった。こんな時に。オットーはセンサー画面を見上げ、急接近するアンノンのマーカーを見据えた。〈パラオ〉から上がった四機のうち、先行するモビルスーツ隊をすり抜けた二機がこちらに近づいてくる。《ネェル・アーガマ》自体が高速で航行しているため、その脚は恐ろしく速い。方位はほぼ真正面、回避運動も砲撃もできない艦に接触を防ぐ手立てはない。

一秒に満たない思考だった。（直掩《ちょくえん》に迎撃を……）と言いかけたレイアムを遮り、「かまうな！」とオットーは叫んだ。

「味方機を射線から退《さ》がらせろ。ハイパーメガ粒子砲、攻撃始め！」

ままよ。ぎょっとこちらを見たアルベルトを無視して、艦長席にしっかりと体を固定する。復誦《ふくしょう》と伝達の声が錯綜《さくそう》し、味方機のマーカーがぱっと散開すると、〈発射用意……撃てっ！〉と砲雷長の声がヘルメット内に響き渡った。

瞬間、全長四百メートルの船体が身震いし、ブリッジが振動した。窓の向こうに閃光《せんこう》が走り、防眩《ぼうげん》フィルターでも減殺しきれない光がオットーの視界を塗り込めた。

※

臨界に達し、Iフィールドの檻《おり》から解き放たれた膨大なメガ粒子は、八段階の加速・収束リングを経て砲口から迸《ほとばし》った。灼熱《しゃくねつ》した光の帯が虚空を引き裂くと、《ネェル・アーガマ》の全機関動力を一身に引き受け、まずは接近中の《ギラ・ズール》二機がそのエネルギーの奔流に呑《の》み下された。

電気的には中性であっても、メガ粒子ビームは距離を経るにつれて拡散、減衰する傾向を示す。そのため、《ネェル・アーガマ》は最大速度で射程圏内に突入し、宇宙的には至近と呼べる距離からハイパーメガ粒子砲を斉射したのだったが、二機の《ギラ・ズール》はそのさらに手前、二十キロと離れていない空間でその光軸をまともに浴びたのだ。機体の大きさに匹敵する光の帯に呑み込まれ、最初の一機は溶鉱炉に放り込まれた蠟《ろう》になった。

もう一機はビームの光軸から一キロ近く離れていたものの、衝撃波と飛散粒子を避けるには不十分な距離だった。最初の一機が消滅するのとほぼ同時に、その《ギラ・ズール》も装甲という装甲をめくり上がらせ、続いて到達した衝撃波にフレームを粉砕された。

その向こう、散開した《リゼル》と《スタークジェガン》を追撃する別の二機も同様の運命をたどった。通常のメガ粒子ビームと同等の破壊力を持つ飛散粒子を背後に浴び、ぐずぐずになった機体を衝撃波にはね跳ばされた二機は、そろって内蔵する小型熱核反応炉を誘爆させた。Iフィールドで保持されていた熱核エネルギーが爆発的に拡散し、袖《そで》飾りを施された人型が瞬時に四肢を散らすや、巨大な光輪を連続して膨れ上がらせる。ビームの軸線上を花のように飾ったそれらの光は、しかし直後に発した閃光の前では線香花火の火種に等しかった。高速で突進する《ネェル・アーガマ》から放たれた亜光速の矢は、北天面から〈パラオ〉を直撃し、〈カローラA〉の地表を灼熱させた。

直撃面に存在していたアラートサイトが瞬時に溶解し、付近に展開する《ガザD》が粉々に打ち砕かれる。刹那《せつな》、直径一キロあまりの地表が赤熱化し、〈パラオ〉の一画が燃えた。爆心地の岩塊がたちどころに蒸発し、ガス化する一方、灼熱した溶岩が花火さながら四方に飛び散る。衝撃波が円錐《えんすい》状に屹立《きつりつ》し、ガス化し続ける岩盤がその暴威を押し拡げると、ロケット噴射にも似た光の爆発が〈カローラA〉の一面に噴き上がった。それは小惑星の莫大《ばくだい》な質量を身じろぎさせ、加速させるのに十分なエネルギーであり——連結シャフトを破断され、他の小惑星との接合をあらかじめ解かれていた〈カローラA〉は、定置軌道を外れてじりじりと移動し始めた。

百年の昔、アステロイド・ベルトから運ばれてきた時と同じだった。ハイパーメガ粒子砲の直撃が核パルス・エンジンと同等の推力をもたらし、〈パラオ〉の一画を構成する小惑星がゆっくり押し出されてゆく。それはまず〈カローラB〉に衝突し、次いで鉱業プラントを押しひしげながら〈カリクス〉と地表を触れ合わせた。〈A〉の衝突で動き出した〈B〉は〈C〉にぶつかり、〈A〉と足並みをそろえるように〈カリクス〉に追突する。三つの小惑星の質量と運動エネルギーを引き受け、〈カリクス〉もまた大きく軌道をずらし、矢尻の先端をぐらりと傾かせた。

破断した連結シャフトが基部から折れ曲がり、衝突のショックで地表に堆積《たいせき》したレゴリスが虚空に舞い上がる。ハイパーメガ粒子砲という手玉に突き動かされた結果、的玉たる四つの小惑星は連鎖的に追突し、天文的スケールの玉突き《ビリヤード》を暗礁宙域に顕現させた。外から見た場合、それは密集する四つの小惑星がほんの少し動いたということでしかなく、レゴリスの粉塵《ふんじん》に包まれた〈パラオ〉の形状が変わることもなかったが、内部にいる者からすれば文字通りの大地震、天が傾くほどの激動に違いなかった。

〈カリクス〉内の二つの居住ブロックは激震に見舞われ、〝山〟には亀裂《きれつ》が生じた。内壁に堆積する砂塵が一斉に舞い上がり、家々のガラスは割れ、住民たちは数メートルもスライドした地面を転がった。ティクバも例外ではなく、波打つ路面から弾《はじ》き飛ばされた彼は、微震し続ける家の外壁に手をついて空を見上げた。地鳴りが周囲を押し包み、この居住ブロックの筒全体に響き渡っている。〝山〟を削るシールドマシンが動き出したのだろうか？　彼が生まれる以前に刃を撤去され、いまは酸化した岩肌に埋もれかけたカッタードリルの梁《はり》を見上げながら、ティクバは漠然と考えた。家の中では弟と妹が悲鳴をあげ、自分の名を叫ぶ母親の声が微《かす》かに聞き取れた。

総督公邸ではシャンデリアが落下し、ペペが執務机の下に避難する一幕があった。元来、シールドマシンの稼働に耐えるよう堅固かつ質素を旨とする〈パラオ〉の住宅にあって、装飾の限りを尽くした公邸が最大の被害を受けるのは当然のなりゆきだった。無重力下の採掘場も混乱に見舞われ、空中に仮置きされた資材やバケットが人工太陽を直撃した他、パイプラインのいくつかが瓦解《がかい》した地面ごと引き裂かれた。地下の坑道もひとつならず断裂し、避難を急ぐ作業員たちを青ざめさせたが、〝入り江〟を襲った阿鼻叫喚《あびきようかん》はそんなものでは済まされなかった。

直撃面を太陽側に向けていたため、マグマと化した地表の熱は簡単には冷めず、噴出し続けるガスが〈カローラA〉を〈カリクス〉に押しつけるように働いた。結果、小惑星同士の隙間は塞《ふさ》がれ、駐留するネオ・ジオン艦隊は出入口をなくした。軍港施設もろとも、〝入り江〟の大空洞に閉じ込められる格好になったのだ。

連結シャフトをへし折り、ものの数十秒で隙間を塞いだ岩盤に行く手を遮られ、スクランブルしたモビルスーツ隊は立ち往生の憂き目にあった。数機の《ギラ・ドーガ》が塞がれる直前の隙間から抜け出たものの、あとに続く《ガザC》は岩盤に押し潰《つぶ》され、噛《か》み合わされた岩の狭間《はざま》に爆発の光を漏れ出させた。軍港施設も被害を免れず、衝撃で飛散した岩塊が港内の油船や浚渫船《しゅんせつせん》を粉砕し、炎と瓦礫《がれき》の雨をクレーターの底にある工場群に降り注がせた。圧潰《あっかい》したコンビナートが火に包まれ、密閉されつつある大空洞を仄暗《ほのぐら》く照らし出す。繋留中《けいりゅう》の艦艇は次々にもやいを解き、搬入中の備品をまき散らしながら緊急発進したが、急速に押し下げられる岩盤のシャッターをくぐり抜けることはできなかった。

その中の一隻、ムサカ級巡洋艦の艦長は、ブリッジの窓の向こうに押し迫る岩盤を見た。直径五キロ、深さ二キロのクレーターが、窪《くぼ》みの底の軍港施設を炎上させつつ落下してくる光景は、落磐《らくばん》などという言葉では表現しきれない。まさに天が崩れ落ちる光景であり、ムサカ級は大空洞内を飛び交う瓦礫の洪水に呑まれた。間に合わない、と艦長が判断した時には遅く、頭上に覆いかぶさった岩盤の牙《きば》が船体に食い込み、下方から迫ってきたクレーターの縁が艦底を押し上げてゆく。小惑星の質量を引き受けた岩盤を前に、巡洋艦の船体は羽虫ほどの耐久力も持たず、艦底を支える竜骨《キール》がへし折れ、潰されたブリッジが上甲板にめり込むと、熱核反応炉の誘爆が熱と閃光を膨れ上がらせた。ぴっちりと噛み合わされた岩盤から炎が漏れ出し、いまやひと塊になった二つの小惑星の境目を浮き立たせた。

その薄暗い赤色は、レゴリスの粉塵ごしに《デルタプラス》からも遠望できた。ハイパーメガ粒子砲の直撃面を灼熱させる〈カローラA〉の向こう、押し潰された艦艇やモビルスーツの爆発が二度、三度と瞬き、四方に飛び散った瓦礫を間欠的に照らし出す。

「やったのか⁉」

「〈パラオ〉が焼かれている……!」

赤熱する地表をコクピットから望むリディとミネバに、他の言葉はなかった。同航する《ネェル・アーガマ》は、すべての動力を吐き出しきった船体を〈パラオ〉へと直進させている。機関を復旧させ、戦域外に離脱するまでの間、直掩のモビルスーツ隊だけで艦を防御しなければならない。リディは索敵モニターに目を走らせ、衝突前に〝入り江〟から抜け出した敵影を追った。長引かせるわけにはいかない。来る敵は早々に叩《たた》いて、一刻も早く戦線から離脱する必要がある——。

理由は別でも、焦燥の中にあるのはダグザも同じだった。《ネェル・アーガマ》に先んじて〈パラオ〉に接近しつつある彼は、複数の敵影をペリスコープ内に捕捉《ほそく》した時点で、足代わりの《リゼル》との接合を解くよう操縦士に命じた。《ロト》を背負った状態では、十分な応戦ができないと判断したためだ。

グリップに接合していたマジックアームを収納し、《ロト》の機体が《リゼル》から離脱する。《ロト》からすれば巨大なシャチにも等しい機体をひるがえし、ウェイブライダーからモビルスーツ形態に変形した《リゼル》がスラスター光を閃《ひらめ》かせる。〈パラオ〉から上がってきた数機のガザ・タイプは、衝突時に〝入り江〟の外にいたパトロール機だろう。僚機の《スタークジェガン》がビームライフルを撃ち、迫る敵機を牽制《けんせい》する姿を横目にしながら、ダグザは乱舞する瓦礫の向こうに〈パラオ〉の地表を凝視した。

連結シャフトを破断した後、ハイパーメガ粒子砲で〈カローラA〉を直撃。玉突きの要領で〈B〉と〈C〉も押し出し、〝入り江〟に潜む敵艦隊を封殺する『ビリヤード作戦』は、一応の成功を見た。しかしこれは大がかりな陽動に過ぎない。〈パラオ〉の内奥に突入し、RX－0とそのパイロットを掠《かす》め取れるか否かに、作戦の成否はかかっている。先発したエコーズ729が各個撃破してくれているとはいえ、いまだ健在なパトロール機の数は少なくない。塞がりきらなかった〝入り江〟の隙間からも、迎撃のモビルスーツがぽつぽつと上がり始めている。大本を潰したとはいっても、全部の艦艇が錨地《びょうち》にいたということはあるまい。出港中の敵艦が事態に気づき、周辺の宙域を包囲する前に、《ユニコーン》とバナージ・リンクスの回収を完了させなければならない。

ピンク色の光軸がぱっと閃き、飛散する瓦礫に当たって爆光を膨張させた。敵の迎撃機が撃ってきたのだ。ここでやりあったところで、対空用の機関砲しか持たない《ロト》に勝ち目はない。すかさず回避行動を取り、敵機の所在を確認しようとした操縦士を、ダグザは「無視しろ！」と怒鳴りつけた。

「護衛機に任せればいい。目標からの信号は!?」

（探知できず！）と前部座席に収まるコンロイ副司令が無線ごしに応じる。バナージ・リンクスに持たせた発信機は、ミノフスキー粒子下でも二十キロ圏内に信号を飛ばすことができる。探知されないということは、まだ〈パラオ〉の内奥にいて回収ポイントに到達していないのか。なにかの手違いがあって……という最悪の想像だけは押し殺し、ダグザはペリスコープのグリップを握り直した。

幽閉中でないことは、内通者の提報で確認が取れている。回収ポイントのスペースゲートにいれば、衝突の被害にも巻き込まれなかったはずだ。なにをしている——。じわりと嫌な汗が滲《にじ》むのを感じつつ、いまや視界全部を覆うようになった〈パラオ〉の地表を見据える。飛び交う瓦礫を巧みに回避し、《ロト》は急速に〈パラオ〉との距離を縮めていった。

※

汗で湿ったボールペンに目を落とし、ぎゅっと握りしめる。指定時刻になったら発信スイッチを入れるべし。モニターシートに記載されていた一文を思い返しながら、バナージは腕時計に時刻を確かめた。午後六時七分。指定時刻は過ぎている。

攻撃が始まってしまった以上、下手に足掻《あが》いても始まらない。発信機を作動させるべきか？　少し考えてから、いやと思い直す。自分の回収はついでのことでしかない。連邦軍の狙いは『ラプラスの箱』の回収にこそある。自分がすんなり指示に従ったところで、作戦は終了しない。『箱』の鍵《かぎ》であるらしいモビルスーツを発見するまで、彼らは〈パラオ〉の中を捜し回るだろう――それが軍人であろうと民間人であろうと、障害になるものは排除しつつ。

だから、おれもおまえもここにいてはいけない。一刻も早く〈パラオ〉から立ち去るべきだ。バナージは、中空に投げ出された無数の資材ごしに工廠《こうしょう》の一画を見つめた。サイレンと整備兵らの怒号が錯綜《さくそう》する中、それはハンガーに収まった機体を黙然と立ち尽くさせていた。

天地がひっくり返るほどの衝撃が、なにによってもたらされたのかは定かでない。ここに来る途中に横聞きした兵士たちの声を総合すると、連結された小惑星同士が衝突したということのようだったが、真相を追及する余裕も必要もバナージにはなかった。混乱に乗じて、軍港施設に入り込めた僥倖《ぎょうこう》。目的のものが艦から降ろされ、入ってすぐの工廠区画に置き去られていた偶然。いまという時に、それ以上の事実は必要ない。発信機の問題にしても、外に出てから作動させればいいことだ。

他に方法はない。そう自分に言い聞かせたのを最後に、バナージは考えるのをやめた。コンテナの陰から周囲の様子を見渡し、飛び出すチャンスを窺《うかが》う。どこかで火災が起こったのか、煙が出始めている。消火と負傷者の搬送に追われて、工廠内を飛び交う兵士たちはこちらの存在に気づく素振りもない。奥に佇立《ちょりつ》する白亜の機体に目を向ける者もなく、不自然なまでの空白がそれを取り巻いているように見える。ここからの距離は五十メートル弱、ワイヤーガンがなくても十分に取りつける。ノーマルスーツがないのは心もとないが、コクピットに予備の一着もあろうと手前勝手な判断をして、とにかく取りつくことだと腹を決めた。

ひとつ深呼吸をしてから、床を蹴《け》ってコンテナの陰から離れる。漂う鉄骨を飛び石の要領で蹴り、バナージは広大な工廠を斜めに飛んだ。一本角を天に突き出した《ユニコーン》は、主人の無謀な行動を否定も肯定もせず、バイザーに隠された双眼を遠くに注いでいた。

3

マグマのそれに似た赤黒い光は、〝入り江〟の内奥で爆発が連鎖している証拠だった。脈動する赤熱光が亀裂《きれつ》の底から滲《にじ》み出し、いまやひと塊になった四つの小惑星の境目を朧《おぼろ》に浮かび上がらせる。飛散した瓦礫《がれき》やレゴリスも輻射光《ふくしゃ》で薄紅に染まり、遠目には〈パラオ〉全体が燃えているように見えた。

同じ輻射光を満身に浴びつつ、亀裂の底から数機のモビルスーツが飛び立ってゆく。激突した小惑星の界面をすり抜け、わらわらと這《は》い出してくる一つ目の巨人たちは、まさに地獄の悪鬼と表現するのが相応《ふさわ》しい。そのうちの一機、旧式の《ギラ・ドーガ》を車長用ペリスコープに捕捉《ほそく》したナシリは、低反動キャノンの発射トリガーに指をかけた。肩に729の部隊ナンバーを記した《ロト》が岩陰から頭を突き出し、双肩の百二十ミリ砲をじりと持ち上げる。

機体を貫く微震とともに、二門の低反動キャノンから滑腔弾《かっこう》が射出される。亜光速のメガ粒子弾に比すれば亀の歩みに等しい弾速だが、二キロ程度の距離では問題にならない。大気下での運用も想定した有翼弾は、一秒と経たずに《ギラ・ドーガ》を直撃し、腰から上を吹き飛ばした。生き別れになった上半身と下半身が相次いで爆光に呑《の》まれるまでに、バーニアを噴かした《ロト》が岩陰から離脱する。ペリスコープの照準を亀裂に移動させたナシリは、「クラックにレーザー照射！」と間を置かず叫んでいた。

《ロト》の頭部に装備されたレーザー・スポット・ディジグネーターから、近赤外線レーザーが照射される。亀裂口に反射したそれは、レーザー・コーンと呼ばれる逆円錐《えんすい》形の不可視光を聳立《しょうりつ》させ、上空から飛来する《スタークジェガン》に目標の在《あ》り処《か》を伝えた。

両肩のミサイルランチャーに外付けされた対艦ミサイルを放出するや、背部のブースト・ポッドを点火させた《スタークジェガン》が亀裂の上を行き過ぎる。近距離の上、光学センサーに頼ったレーザー誘導であるなら、ミノフスキー粒子がミサイルの目を惑わせることはない。核弾頭も装備可能な大型ミサイルは、迷わずレーザー・コーンの中に飛び込み、その反射波の頂点——敵機の脱出口になっている亀裂《クラック》を打ち据えた。

白熱光が膨れ上がり、衝撃波で吹き飛ばされた土砂が亀裂の奥に流れ込む。脱出途中のモビルスーツがその奔流に巻き込まれ、四肢を散らしながら誘爆すると、新たに発した衝撃波が亀裂の壁面を突き崩す。炎と一緒にモビルスーツの手足を噴き出させ、亀裂口は煮えたぎる溶鉱炉と化した。絶対零度の真空が瞬時に覆いかぶさり、溶け崩れた岩肌を急速に冷やし固めてゆく。

これで大きめの亀裂はあらかた塞《ふさ》いだ。あとは小さな隙間から這い出してくる敵機を各個撃破するのみ――。氷結した水蒸気とガスが滞留する岩肌を横目に、ナシリは次の敵をペリスコープ内に探した。〝入り江〟の主力部隊を封殺できたとはいえ、まだ安心できる状況ではない。坑道からスペースポートに抜ける道は遮断できていないし、こちらの弾数にも限りがあるのだ。

離脱のタイミングを見誤れば、包囲されて身動きが取れなくなる。僚機の《ロト》が眼下を行き過ぎ、〈パラオ〉の北天面に向かうのを見たナシリは、「９２０から信号弾は⁉」と何度目かの督促をかけた。「確認できず」と応じた副司令の焦《じ》れた声に、喉《のど》まで出かけた悪態を危うく呑み下す。

エコーズ９２０の《ロト》が、第十四スペースゲートに突入してから十二分が経つ。ダグザはまだ目標を回収できていないのか。いつになく感情的だった旧友の顔が脳裏をよぎり、ナシリはふと胃が締めつけられる感覚を味わった。あのエコーズ一の堅物が、目標たる民間人の救出にはひどくこだわっていた。私情で判断を誤るような男ではないが、一方にＲＸ－０の奪還という主任務が控えている以上、現場は常以上に冷厳な決断を要求される。場合によってはこちらも〈パラオ〉内部に突入して、奴の尻《しり》を叩《たた》く必要が……。

「南天面に敵影多数！　急速に接近中」

唐突に発した副司令の声に、先の思考は霧散した。敵の増援にしては早すぎる。息を呑んだのも一瞬、センサー圏内に押し寄せる敵機のマーカー群を目の当たりにしたナシリは、

「《ネェル・アーガマ》に発光信号！」と反射的に叫んでいた。

「〈カローラ〉方面に待避。敵の正確な数を——」

「来たっ！」

操縦士が呻《うめ》いた途端、メイン・カメラのモニターが白色光で塗り潰《つぶ》された。振動が機体を突き上げ、アラートのブザーが操縦席に充満する。ナシリはペリスコープのグリップをつかみ、アイピースに目を押し当てた。ビームの残粒子が拡散する虚空に、複数の敵機のマーカーが重なり、先頭の一機に該当ありの表示が重なった。

型式番号のない、《SINANJU》とだけ記されたマーカーが後続機を引き離し、みるみるこちらとの距離を詰めてくる。低反動キャノンの照準をそこに重ね合わせつつ、ナシリはCG補正された機影を網膜に焼きつけた。翼を想起させるスラスター・ユニットを閃《ひらめ》かせ、赤い残像を引く機体が〈パラオ〉の地表をかすめ飛ぶ。

「赤いモビルスーツ……!?」

口中に搾り出すや否や、発射トリガーを引く。百二十ミリ砲が射出されたのと、赤い機体が視界から消えたのはほとんど同時だった。勝てない、はめられた。瞬時に体を貫いた直感を顧みる間もなく、ナシリはペリスコープをめぐらせて敵機を捕捉しようとした。刹《せつ》那《な》、暗視モニターがブラックアウトし、先刻に倍する衝撃が《ロト》の機体を揺さぶった。

コンディション画面に表示された《ロト》のCG線図が、双肩の砲身を赤く点滅させる。真下に回り込んだ赤い奴が、ビームサーベルで低反動キャノンの砲身を溶断したのだ。AMBACのプログラム修正が間に合わず、バランスを崩した《ロト》の機体が岩肌に叩きつけられる。操縦席にショートの火花が散り、コンソールから噴き出したエアバッグがナシリの頭を包み込んだ。

「回避だ！　ダグザたちが離脱するまでは――」

やられちゃならん。舌を噛《か》む激震の中で吐き出されたナシリの声は、直後、操縦席に吹き荒れた灼熱《しゃくねつ》に呑み込まれた。

《シナンジュ》が振り下ろしたビームサーベルは、《ロト》の肩口から脇腹へと抜け、操縦席にいるナシリたちを蒸散させた。背部の兵員輸送室に収まる八人のエコーズ隊員も、鋼鉄を溶かす粒子束の刃の前では塵《ちり》に等しく、一瞬で火がついたノーマルスーツを虚空に散らした。袈裟《けさ》斬りにされた《ロト》が爆発すると、消し炭と化した遺体は爪も残さずに蒸発し、爆光の照り返しを受ける赤い機体だけがあとに残された。

※

爆散した小型の機体は、特殊部隊が使用する可変タイプと知れた。コロニーの床下を這いずり回り、対テロ攻撃《カウンター・テロリズム》という名のテロを実践するマンハンターどものモビルスーツ。当然の報いという他に感想はなく、アンジェロは爆光に浮き立つ《シナンジュ》の機体を注視した。〈パラオ〉の地表を蹴《け》って流れるように先行するや、反撃の狼煙《のろし》となる光輪を打ち立てたフロンタルのモビルスーツは、すでに次の獲物を求めて赤い機体をひるがえしていた。

手に手にビームマシンガンを携えた《ギラ・ズール》の一団が、スラスターの尾を引いてそのあとに続く。フロンタルの戦場に、親衛隊以外の機体が介入するのは不愉快だが、組織戦とあっては仕方がない。ブースト・ポッドを背負った自機を追随させつつ、アンジェロは後方に控える艦艇群を見遣《みや》った。

旗艦たる《レウルーラ》を中心に、ムサカ級巡洋艦や偽装貨物船が隊列を組み、灯火を消した船体を闇に沈める姿がある。この一両日中に〝入り江〟を離れ、デブリの海に身を隠していた艦艇の数は、〈パラオ〉に駐留する全艦隊の八十パーセント——いや、戦力的数値に換算すれば九十五パーセントに及ぶ。〝入り江〟に閉じ込められた艦艇やモビルスーツは、大半が耐用年数切れのロートルで、兵員も食い詰めた反政府ゲリラの寄せ集めに過ぎない。日和見主義の出戻り組たちといい、いずれは淘汰《とうた》されるべき〝古い血〟だ。〈パラオ〉との腐れ縁を断ち切り、ネオ・ジオン軍を真に新生させるには、切り捨てても惜しくはない尻尾《しっぽ》といったところか。

そうとも知らず、奇襲を成功させたつもりになっている連邦軍は、これから地獄を見ることになる。アンジェロは編隊から離れ、〈パラオ〉の南天面から戦場の宇宙を俯瞰《ふかん》した。散乱した瓦礫《がれき》とミノフスキー粒子に阻害され、対物感知センサーはほとんど役に立たないが、直径四十キロ圏内であれば敵機の動きは捕捉《ほそく》できる。〈パラオ〉の防空圏に侵入した敵機は、特務仕様のジェガン・タイプが一機と、RGZ－95の型式ナンバーを持つ可変機が一機。他には――。

「なんだ？　たったこれだけの数で……」

機体を移動させ、いまだ表面を赤熱化させる〈カローラA〉の上に回る。強力なメガ粒子砲を撃ち込んできた敵艦はまだ捕捉できないが、直掩機《ちょくえんき》の数が進攻部隊より多いということはあるまい。〈パラオ〉に取りついたマンハンターのモビルスーツを勘定に入れても、わずか十機足らず。後方に別動隊が控えている可能性は否定できないとはいえ、大部隊を送り込むタイミングはいまを置いて他にないはずだ。三つの〈カローラ〉を横目に機体を流し、対空火線が錯綜《さくそう》する戦場を見渡したアンジェロは、〈カリクス〉の上空に定位する《シナンジュ》と相対速度を合わせた。足もとに近づくと、《シナンジュ》の左マニピュレーターがすっと差し出され、人がそうするようにアンジェロ機のマニピュレーターをつかんだ。

「大佐、敵の戦力が読めません。〈パラオ〉を陥《お》とすには数が少なすぎます。どこかに本隊が……」

（彼らの狙いは《ユニコーン》だ。奪還の隙を作りたいだけなら、小戦力での侵攻はあり得る。予定通りだ）

接触回線ごしの声に、腹の底で燻《くすぶ》りかけた疑心は速やかに消失した。そう、連邦軍には全面戦争を引き起こす度胸もメリットもない。複数のしがらみに縛られ、ろくに身動きが取れない相手だからこそ、奇襲を逆手に取った今回の計画が実行に移されたのだ。予定通り、という言葉を反芻《はんすう》したアンジェロは、「では、奴はもう《ユニコーン》に？」と確かめる声を継いだ。フロンタルの視線を引き移した《シナンジュ》のモノアイがぎろりと動き、

（動き始めている。こちらは部隊を損耗させない程度に相手をすればいい。適当なところで後退しろ）

すべてを見通している声音とともに、接触を解いた《シナンジュ》の機体がスラスターを閃かせる。アンジェロは索敵中の親衛隊機にレーザー通信を送り、部隊を後方に待機させるよう命じた。手信号で了解の合図を示し、踵《きびす》を返した親衛隊機の挙動を見届けてから、スロットルを開いてフットペダルを踏み込む。背部のスタビライザーを尻尾のごとく揺らめかせ、ビームランチャーを腰だめにした紫の《ギラ・ズール》が弾《はじ》かれたように加速を開始した。

そうとなれば、無駄に戦力を展開する必要はない。この程度の敵は、大佐と自分だけで蹴散《けち》らしてみせる。散乱する瓦礫を右に左に避け、アンジェロは特務仕様のジェガン・タイプに最初の狙いを定めた。ミサイル・ランチャーの外郭に大型ミサイルを装備し、激突した〈カリクス〉と〈カロ－ラ〉の上空を流す重装型。脱出口となる小惑星の界面にミサイルを叩《たた》き込み、〝入り江〟を完全に塞《ふさ》ぐのが奴の役目か。

「姑息《こそく》なのだよ。玉突きみたいなやり方で〈パラオ〉に仕掛けようなどと……！」

飛び道具で仕留めるつもりはなかった。瓦礫を蹴って一気にジェガン・タイプに肉迫したアンジェロは、相手が回避運動に入る前にビームホークを抜き放った。ビームランチャーを一射し、ジェガン・タイプの頭を押さえてから、機体を横ロールさせて背後に回り込む。AMBAC機動で振り向いた敵機が撃ち放ったビームライフルは、アンジェロ機の頭をかすめて虚空に霧散し、すれ違いざまに一閃《いっせん》したビームホークがジェガン・タイプの腹部にめり込んだ。

複合装甲がたちどころにめくれ上がり、高熱にさらされたパイロットとコクピットが溶融する。返す刀で肩のミサイル・ランチャーも切り裂いたアンジェロは、誘爆の火球が膨れ上がる前に機体を離脱させた。大型ミサイルが連鎖して爆発し、〈パラオ〉の一画に白熱した光球を顕現させる。周囲の瓦礫を吹き飛ばし、急速にガス化してゆく敵機の骸《むくろ》を背に、アンジェロは次の獲物に目を走らせた。

「新生ネオ・ジオン決起の露払いだ。一機たりとも生きては帰さん……！」

※

ブリッジの窓ごしに膨れ上がった光は、通常のモビルスーツの爆発とは規模が異なっていた。思わず艦長席から身を乗り出し、「なんだ……!?」と呻《うめ》いたオットーの耳に、（ジュリエット5、レーザー信号途絶！）とミヒロの声が突き刺さる。

（後続の敵機多数。先発隊が包囲されます）

続いてセンサー長が叫び、オットーはこわ張った顔を正面のメイン・スクリーンに向けた。小惑星同士の衝突で大量の瓦礫が散乱しているため、対物感知センサーはほとんど役に立たないが、光学観測で敵機の動きを読むことはできる。先発隊が〈パラオ〉に取りつくや、どこからともなく押し寄せてきた大量の敵モビルスーツ。これだけの数が出てくるからには、後方に控える艦艇の数は二隻や三隻ではない。〝入り江〟に繋留《けいりゅう》された艦艇群の他に、主力部隊が潜んでいたのだ。こちらが奇襲を仕掛けるのを予期して、てぐすね引いて待ち構えていた主力部隊が。

〝入り江〟に残っていたのは囮《おとり》に過ぎない。これは罠《わな》だ。その理解が手足を痺《しび》れさせるのを感じながら、「直掩を増援に回せ！」とオットーは声を張り上げた。

「対空砲火開け。ダミー隕石《いんせき》放出しつつ、本艦も直進。エコーズからの連絡は？」

（通信途絶中。〈パラオ〉に突入以後、レーザー発信も途絶えています）

第二通信室にいるボラード通信長の返答を中継して、ミヒロが蒼白《そうはく》な顔をこちらに向ける。遅い。艦から放たれたダミー・バルーンが次々に展開し、無数のダミー隕石を現出させる光景をよそに、オットーはノーマルスーツに覆われた手のひらを握りしめた。バナージ・リンクスと《ユニコーン》、どちらか一方を回収した時点で連絡が届く手はずだ。《ユニコーン》の方はともかく、まだバナージとも接触できていないというのはおかしい。彼は回収ポイントに来ていなかったのか？　作戦開始から十五分が経過した時刻を確かめ、対空火線を打ち上げる〈パラオ〉に目を戻したオットーは、（はめられたんだ！）と耳元に発した声に顔をしかめた。

（『袖付《そでつ》き』はこちらの行動を読んで、罠を張っていたんだ。正面からぶつかって勝てる相手じゃない。艦長、早く後退を）

司令席に押し込んだ巨体をよじり、こちらに首をのばしたアルベルトが言わずもがなのセリフを重ねる。このでたらめの原因が自分にあることを、彼は完全に失念しているらしい。「味方機が展開しているのに、できるわけないだろう！」と怒鳴り返したオットーは、もう永遠に合わせたくない目をアルベルトから逸《そ》らした。

「作戦のタイムリミットは三十分と決めてある。じきにエコーズから連絡が届くはずだ。

それまで……」

持ち堪《こた》えられるか？　続く言葉を渇《かわ》いた喉《のど》に呑《の》み下し、オットーは肘《ひじ》かけを握る手に力を込めた。機関動力はすでに復旧している。生残する味方機を回収し、最大戦速で逃げきる手もないではない。引き際を見誤れば、全滅の憂き目に遭うことだって——。音もなく瞬くビーム光を見つめ、オットーがぎりと奥歯を嚙《か》み鳴らした瞬間、〈パラオ〉より新たなレーザー信号を探知！）とミヒロの声が無線を駆け抜けた。

（エコーズか⁉）と叫んだレイアムが通信コンソールの方に振り返る。（いえ、これは……）と声を詰まらせ、受信パネルを操作するミヒロの背中を注視したオットーは、不意に振り向いたその顔が驚愕《きょうがく》に塗り込められるのを見た。

（《ガンダム》です！）

※

後方で起こった爆発の炎が、亀裂《きれつ》の断面を抉《えぐ》り飛ばしながら噴き上がってくる。衝撃波が機体を押し包み、灼熱《しゃくねつ》する炎がオールビューモニターを閉ざしきる直前、亀裂から抜け出した《ユニコーン》が宇宙へ飛翔《ひしょう》した。

焼けた岩肌を背に、姿勢制御バーニアを噴かして滞留する瓦礫を回避する。プログラムにないオプション装備——工場から適当に見繕ってきたビームガトリングガンとかいう携行兵器——を持たせているため、ＡＭＢＡＣ機動がうまくいかない。修正プログラムを走らせたバナージは、〈パラオ〉周辺に瞬く対空火線の光を見渡した。思ったよりビームの数が少ない。瓦礫《がれき》ごしに戦闘の光が見え隠れするものの、展開するモビルスーツはネオ・ジオンの機体ばかりであるように見える。

「大部隊が攻めてきてるんじゃないのか……？」

ヘルメットをかぶり、バイザーを下ろす。機体との連動を調査するためか、専用パイロットスーツがコクピット内にあったのは僥倖《ぎょうこう》だった。岩陰に機体を寄せたバナージは、ディスプレイ・ボードをいじって敵味方識別信号《ＩＦＦ》のウインドを開いた。瓦礫とダミーが入り乱れるウインドに、確認できた連邦軍機は二機。ＲＧＺ－95のマーカーは、どちらもネオ・ジオン機に取り囲まれている。

連邦の劣勢は素人目にも明白だった。そう言えば、〝入り江〟にはろくな艦艇が残っていなかったとバナージは思い出す。連邦軍は罠にはめられたということか？　思った途端、レーザー信号受信のアラームが鳴り響き、新たに開いたウインドに見知った艦の位置座標が表示された。

「《ネェル・アーガマ》が来ている？　どういうんだ……！」

母艦登録されたマーカーは見間違いようがなかった。船体を損傷した上、オードリーたち非戦闘員を乗せている艦が、奇襲攻撃の先頭に立つ――いや、展開するモビルスーツの数からして、一隻で攻め込んできたのかもしれない。あり得ないと思い、北天面から接近する艦影をセンサーで捕捉《ほそく》しようとしたバナージは、ふとざわりとした圧迫感が背後から迫るのを知覚した。

総毛立つ体が勝手に動き、機体をその場から移動させる。刹那《せつな》、上空から飛来したメガ粒子の光弾が岩肌を直撃し、爆砕した無数の瓦礫が《ユニコーン》の背中に降りかかった。地表を離れて姿勢を制御し、飛散する瓦礫の向こうに接近する機影を捉《とら》える。AMS－119の型式ナンバーと、《ギラ・ドーガ》の名称で登録されたネオ・ジオン機。「やめてくれ、そういうつもりはない！」と叫びながらも、バナージは無意識に武器セレクターを操作し、携行兵器のセイフティを解除した。マグナム・カートリッジを使いきった専用ビームライフルの代わりに、長銃身のビームガトリングガンを保持した《ユニコーン》が、四連装の銃口を《ギラ・ドーガ》に向ける。猪突《ちょとつ》するモノアイの機体に照準用レティクルが重なり、ロックオンのアラームが鳴る。

「行かせてくれよ。《ユニコーン》を回収しないと、連邦軍だって退《さ》がれないんだ」

呼びかけたところで、相手のパイロットに伝わる道理はない。ぎらりと光ったモノアイから殺気が立ち昇り、バナージは左腕に装備したシールドを前面に突き出した。オートで展開したそれがIフィールド・バリアーを形成し、《ギラ・ドーガ》が撃ち放つビームマシンガンの弾道をねじ曲げる。飛散した光弾が足もとの地表を連続して打ち据え、噴き上がった瓦礫とレゴリスが《ユニコーン》の機体を包み込む。オールビューモニターが粉塵《ふんじん》に閉ざされる中、《ギラ・ドーガ》が背後に回り込む挙動を感じ取ったバナージは、ガトリングガンの銃口をそちらに向け直した。正面にビームを受けない限り、Iフィールド・バリアーは機能しない。横合いから撃たれたら確実に殺られる――。

「〈パラオ〉を戦場にしていいのか、あんたたちはっ！」

叫んだ勢いで、トリガーにかけた指に力を込める。四連装の銃身が回転し、マシンガンより出力の高い光弾を立て続けに撃ち散らす。姿勢制御の途中にメガ粒子の集中豪雨を浴びた《ギラ・ドーガ》は、文字通り蜂の巣になり、焦げ跡だらけになった機体を爆散させた。バナージは、ちぎれ飛んだその腕が炎の照り返しを受け、虚空をつかむように手のひらを広げるのを見てしまった。

「なんでこうなる……！」

敵も味方もない。ただ戦闘の火種を排除しようとした結果が、新たな犠牲を生み出してゆく。胃《い》の腑《ふ》を衝《つ》き上げる不快感を声にして吐き出し、バナージは瞬時にガス化した爆発から目を背けた。おまえも状況の一部、と言ったマリーダの声が脳裏をよぎり、粟立《あわだ》つ肌に冷気を押し拡《ひろ》げた。

※

視界を覆い尽くした〈パラオ〉の全景は、両軍がしのぎを削る戦場というのとは違っていた。対空砲火は頻繁に上がっているものの、着弾の光を爆《は》ぜらせるのは瓦礫やダミー・バルーンばかりで、モビルスーツの爆発光はほとんど観測できない。待ち伏せの敵編隊も散開する気配はなく、活発に動き回る二機のみが突出し、包囲陣に飛び込んでしまった《リゼル》を嬲《なぶ》っているように見える。こちらに向かって動き出した六つの機影は、センサーに捕捉した《ネェル・アーガマ》を沈めにかかるつもりか。他の直掩機《ちょくえんき》は先発隊の援護に回っているため、ここには自分しかいないというのに——。

事前に想定した事態の中でも、これは最悪の部類に入る。リディはディスプレイ・ボードを殴りつけ、「クソ！」と呻《うめ》いた。

「まんまと罠《わな》にはまっちまって……！」

これでは退《ひ》くに退けない。エコーズ機を含む三機の味方機を喪失し、《ネェル・アーガマ》は個艦防御もままならない状況に追い込まれている。本来なら自機を前進させ、侵攻する敵機に対して防衛線を張らねばならないところだが、ここで前に出たら最後、戦線から離脱する機会はなくなるという理解が、リディに起こすべき行動をためらわせていた。

逆に言えば、計画を実行に移すチャンスはいまを置いてないのだが、この上《デルタプラス》までがいなくなったら《ネェル・アーガマ》はどうなる。モビルスーツ一機で戦況が覆るものではないとはいえ、そのぶん艦が生残できる可能性は実に低下する。軍の資産を預かるパイロットとして、一個の人間として、決して容認できない行為――だが、その一方で、自分には自分にしかできないこと、やらねばならないことがある。

堂々巡りだった。その場にある者としての義務、責任。理念でしかなかった言葉が現実の重みを持ち、リディは無為に操縦桿《そうじゅうかん》を握りしめた。「行ってください」という声が背後で発したのは、接近する敵編隊が二つに散開した時だった。

「私に遠慮は無用です。あなたの務めを果たすべきです」

ミネバだった。すべてを見透かした声音が胸に突き立ち、リディは「だけど……！」と返した声を詰まらせてしまった。

「ここで余分な推進剤を使ったら、目的地にたどり着けなくなる。それじゃ《ネェル・アーガマ》に戻ってきた意味がない」

ミネバはなにも言わず、動かさない目を返事にした。言い訳をしている胸苦しさに、リディは視線を逸《そ》らさずにいられなくなった。

「……相手はネオ・ジオンだ。君の軍隊なんだぞ。それと戦って、平気なのか」

「平気ではありません。でもそれは私の問題です。あなたにはあなたの義務と責任がある」

お互い、相手を言い訳に使うのはやめようと言われたように思い、リディはもう一度ミネバと視線を合わせた。背筋をのばして補助席に収まる彼女は、とうに事態を受け入れている。一生分の呵責《かしやく》を背負う覚悟で、その命を自分に預けているように見える。失望されたくない——いや、嗤《わら》われたくない。その思いが急速に立ち上がり、足踏みする体をひと揺れさせた。後先のことを考えて、いま必要な行動をためらう男をミネバは嫌うだろう。彼女ほどの度胸は持てないし、剛毅《ごうき》に振る舞ってみせる自信もないが、見損なわれない男でありたいとは思う。それこそ彼女の術中、ジオンの女にたぶらかされているのかもしれないと承知の上で、リディはミネバの瞳《ひとみ》を見つめ続けた。

「ここで背を向けたら、多分あなたは一生後悔をすることになります。自分の心に従ってください。その結果であるなら、どのようなものであっても私は受け入れます」

言いきったエメラルド色の瞳は、まるで天宮を支える不動の石だった。もはや勝ち目はない。どだい、相手はひとりでビスト財団のもとに乗り込み、連邦の人質にされた時も大見得を切ってみせた少女だ。「……まいったな」と呟《つぶや》き、リディはヘルメットのバイザーを下ろした。これはとんでもない女に惚《ほ》れてしまったぞ、とあらためて覚悟をする。

「補助席の耐G性能は十分じゃない。今度はジェットコースターなんてものじゃ済まないぞ」

「はい」

「友軍が退却を開始したら、すぐに戦線を離脱する。悪いが、それまでつきあってくれ」

ミネバは補助席に体を固定し、息を詰めて戦場の宇宙を見据えた。たぶらかされている、と言わば言え。義務と責任なんて重たいものを、理屈だけで背負える奴がいるものか。思いきった胸がすっと軽くなり、リディは正面に顔を向けた。やるだけだ、と腹の底に呟いてから、フットペダルを踏み込む。

どん、と爆発に近い衝撃が背後で発し、スラスターに押し出された機体が前進を開始する。敵機の予想侵攻曲線をモニターに読み取ったリディは、操縦桿を前に倒して急俯角《きゅうふかく》を取りつつ、《デルタプラス》の機体にトランスフォームを促した。横ロールした人型が瞬時に形を崩し、航空機のフォルムを持つウェイブライダーを再形成する。急激な角度変更に体が慣れ、落下の感覚が前進感覚に落ち着くまでに、敵編隊の先鋒《せんぽう》が対物感知センサーに捕捉された。

《ギラ・ドーガ》のマイナーチェンジと思《おぼ》しき、『袖付《そでつ》き』の新型主力機。《ネェル・アーガマ》にまっすぐ猪突してくる先鋒機の後方には、二機の同型機が控えており、ロメオ010の《リゼル》と戦火を交える光景がある。入り乱れるマーカーから状況を読み、この《デルタプラス》ならいける、と判断したリディは、まずは後続の二機に狙いをつけた。機体を一回転させ、先鋒機が撃ち放つビームマシンガンの火線を回避したあと、機体上面にセットされたビームライフルのトリガーを引く。

モビルスーツが手持ちにする時と違って、ウェイブライダー形態では機首方向にしか射線が定められない。ビームの光軸は先鋒機を素通りし、後続機の左上方をかすめるに留まったが、注意を引き付けるには十分だった。そのまま僚機の援護に向かうと見せかけて、リディは急旋回させた機体を先鋒機に相対させた。

足もとから突き上げるGが全身を苛《さいな》み、ミネバが苦悶《くもん》の呻《うめ》き声《ごえ》を漏らす。押し上げられる頬の肉に視界を遮られながらも、リディは先鋒機のモノアイを真正面に捉《とら》えた。減速せずに突っ込み、衝突の直前にモビルスーツ形態に変形する。同時にビームサーベルを発振させ、照準レティクルがロックオンを告げるや否や、攻撃のトリガーを引き搾った。

すれ違いざまの斬撃が、先鋒機の両腕を得物ごと切断する。肘《ひじ》から先を失い、バランスを崩して回転する先鋒機がたちまち後方に遠ざかり、リディは一拍遅い気合の息を吐き出した。「それで言い訳つくだろ。帰っちまえ!」と叫びつつ、次の敵に狙いを定める。後続の二機が散開し、片腕をなくしたロメオ010から離れると、ビームホークを引き抜いた一機がこちらに迫ってくるのが見えた。

下から斬りつけると見せかけて、背後に回り込もうとする。敵パイロットの思惟《しい》がずんと額のあたりに突き刺さり、リディは咄嗟《とっさ》に急制動をかけた。《デルタプラス》の機体が半回転し、左マニピュレーターに握ったビームサーベルが敵の斬撃を受け止める。斬り結んだ粒子束の刃がスパークの火花を散らしたのも一瞬、《デルタプラス》は弾《はじ》かれた勢いで身を翻し、返す刀を敵機の腰に突き立てた。複合装甲を溶解させ、ムーバブルフレームの骨を断ち切ったサーベルの振動がコクピットを揺らし、それ以上に重く鋭い殺気の蠕動《ぜんどう》がリディの知覚を揺さぶった。

残る一機が、動きの止まったこちらに仕掛けてきたのだ。押し寄せる殺気に衝《つ》き動かされ、リディは照準を定める間もなくビームライフルを一射した。放たれたメガ粒子の光軸が『袖付き』の機体を正面から貫き、膨れ上がった火の玉が《デルタプラス》の濃灰色の機体を照らし出す。飛散した破片が衝撃波とともに振りかかり、リディはビームサーベルの発振を収めてその場から離脱した。サーベルの貫通痕《こん》から火花を散らす敵機が、衝撃波に押されてゆるゆると虚空を漂ってゆく。

「すごい……！　これ、おれがやったの？」

たちどころに三機撃墜。《デルタプラス》の性能のお陰か、強運な女神に見守られたこの体がやりおおせたことか。冗談のようななりゆきに呆然《ぼうぜん》となった瞬間、「また来ます。上！」とミネバの声が弾け、リディは咄嗟に回避運動に入った。直後、太いビームの光軸が真上から振り下ろされ、灼《や》けた飛散粒子が《デルタプラス》の機体に降りかかった。

二撃、三撃と続く火線は、ビームライフルのものではなく、ランチャークラスの高出力ビームと知れた。ロメオ010に後退を指示したリディは、応射のトリガーを引き搾り、飛来する火線の向こうに敵機の位置を見定めた。光学センサーが接近する敵機を捉え、CG補正された紫色の機体を拡大ウインドに映し出す。前回の戦闘でインプットされた、ブースト・ポッドを背負った『袖付き』の特務仕様機。「アンジェロ大尉の《ギラ・ズール》……！」と呻いたミネバの顔色が変わる。

「知ってる奴か？」

「親衛隊の隊長ですが、危険な男です。気をつけて」

その言葉を裏づけるかのごとく、こちらの回避パターンを読んだビームが立て続けに振り下ろされる。変形の操作をする暇もなく、リディは執拗《しつよう》な火線をくぐり抜けるので精一杯になった。行く手を遮る亜光速弾が光の残像を引き、射程の檻《おり》に捕らえた《デルタプラス》をじわじわと追い詰めてゆく。敵意より粘着質な害意が機体ごしに降りかかり、リディは全身の肌を粟立《あわだ》たせた。

※

次の獲物を探しつつも、そろそろ後退の潮時と思い始めた矢先に邂逅《かいこう》した敵機だった。それがデータベースにない、スペシャルな雰囲気の機体であったことが、アンジェロの血を沸き立たせていた。

「ガンダムもどきなど……！」

ビームの弾道に乗って機体を滑らせ、一気に相対距離を詰める。すれ違った一瞬に光学センサーが捉えた敵機の面相は、やはり角のない《ガンダム》に見えた。カラーリングこそダークグレーでまとめられているものの、ガンダム・タイプの亜種であることは間違いない。尾ひれのついた白い悪魔の伝説を持ち出して、連邦は何度でも我々に屈辱を思い起こさせてくれるというわけだ。昂《たかぶ》る神経に促され、アンジェロはビームランチャーのトリガーを引き続けた。距離を取ろうとした敵機の体勢が揺らぎ、応射されたビームが虚《むな》しい光軸を常闇に刻む。

「変形して逃げようったって、させないよ。《ガンダム》なら《ガンダム》らしく——」

シールド裏に装備した四基のグレネード・ランチャーを一斉射し、敵機の進路上で起爆させる。連続して咲いた火球に戸惑い、敵機の足が鈍った隙に、ビームホークを引き抜いたアンジェロ機がブースト・ポッドを閃《ひらめ》かせた。

「戦って逝《い》っちまいな！」

斧《おの》状に形成された粒子束の刃が、敵機の腹部を目がけて振り下ろされる。直撃コース。痙攣《けいれん》する頬が笑みの形にひきつった瞬間、アンジェロは眼前を横切った閃光《せんこう》に視界を塞《ふさ》がれた。同時に降りかかってきた飛散粒子がばりばりと爆《は》ぜ、衝撃波の暴威にさらされた機体が後方に弾き飛ばされる。

「なんだ……!?」

すかさず姿勢を制御し、回転の収まったオールビューモニターに目を走らせる。同じく後方に弾き飛ばされた敵機の先に、スラスター光を背に急接近する白い機影が見えた。オートで撮影されたスチルが拡大ウインドに投影され、CG補正された一本角のモビルスーツをアンジェロの網膜に焼きつける。ビームガトリングガンを両手で携え、それは二射目の間合を計っているように見えた。

「……そうかい。そうやっておまえは、このわたしをコケにしてくれるのか」

フロンタルの素顔を見た少年が、二度までも自分の顔に泥を塗る真似をする。RX-0のマーカーにバナージ・リンクスの顔が重なり、アンジェロは他のすべてを忘れた。

「いい度胸だよ……!」

テール・スタビライザーを尾のように逆立て、《ギラ・ズール》の手にするビームランチャーが《ユニコーン》に狙いを定めた。

※

紫色の機体から放射される敵意と悪意は、ほとんど物理的な硬さをもってバナージの芯《しん》を震わせた。インテンション・オートマチック・システムがその感応波を拾い上げ、マニュアル操作を無視した《ユニコーン》が右へ左へと横ロールする。一拍遅れてメガ粒子弾が飛来し、皮一枚で躱《かわ》したビーム光を白い装甲に反射させる。

「あの紫の奴、怖いぞ……！」

殺意の発露から攻撃に至るまでのタイムラグが、限りなくゼロに近い。少しでも気を散らすと、《ユニコーン》のインターフェイスをもってしても回避し損なうことになる。ビームガトリングガンを応射する暇もなく、バナージは紫の機体に意識を集中させた。先刻まで紫と交戦していた連邦の機体が、視界の端をすっと流れる。

「あっちは連邦の新型か？」

未登録の機体だが、スマートで直線的なシルエットは連邦軍のものとわかる。ビームライフルを即時射撃位置に保持しながらも、どこか戸惑うように機体を漂わせ、こちらの出方を窺《うかが》っていると思えるモビルスーツ。なぜか心の底が波立ち、バナージの意識がコンマ数秒そちらに引き寄せられた刹那《せつな》、（どこを見ている！）と発した無線の声が鼓膜に突き刺さった。

足もとに回り込んだ紫の機体が、真下からすくい上げてくる。一直線の敵意に反応した《ユニコーン》が縦に半回転し、シールドのIフィールド・バリアーを展開させたが、バナージの意識がついていかない分、その動きは鋭敏さを欠いたものになった。紫の機体からビーム光が迸《ほとばし》り、正面に受け止め損ねたシールドが上方に跳ね上がる。衝撃でマウントが引きちぎれ、シールドを失った《ユニコーン》が体勢を崩す間に、モノアイを閃かせた紫の機体がゼロ距離の位置に押し迫った。

ぐるぐると回転する視界に、ビームの光刃が映る。姿勢制御の間はない。瞬時に判断したバナージの感応波が、回転し続ける《ユニコーン》にビームサーベルを引き抜かせた。

「ちっ……！」

舌打ち、あるいは気合の声だったのかもしれない。吐き出された息とともにマニピュレーターがグリップをつかみ、光の刃を紫の機体に振り下ろす。紫の機体も同時に斬りかかったが、斧状に形成された粒子束はすんでのところで空を切り、代わりに《ユニコーン》のサーベルが紫の機体に吸い込まれるのをバナージは見た。

楯《たて》代わりに突き出されたビームランチャーに、超高熱の刃が食い込む。長大な砲身が真っ二つに溶断されるや、紫の機体はすかさず得物を手放したが、誘爆の衝撃波から免れるには近すぎる距離だった。弾帯のように見えるコネクターがランドセルから切り離され、二つに切られたビームランチャーが虚空を舞ったのも一瞬、爆発した内蔵ジェネレーターが巨大な火球に姿を変える。紫の機体はその熱と衝撃波をまともに浴び、ブースト・ポッドの噴射も虚しく吹き飛ばされていった。

やった――が、致命傷ではない。自機の体勢を立て直したバナージは、センサー圏外に離脱した紫の機体を目で追った。内通者から受け取った発信機はすでに作動させてあるが、戦闘空域にいて受信してもらえる確証はない。一刻も早く《ネェル・アーガマ》と接触しなければならないが、紫の機体を退けねばできない相談だった。完全に振り切らない限り、何度でも襲いかかってくると思える執拗さが奴にはある。殺気というには粘着質すぎる気配を思い返し、耳に残るパイロットの声を反芻《はんすう》したバナージは、不意に鳴った接近警報の音にぎょっとなった。

ＩＦＦレスポンドのウインドが開き、連邦軍機のサインを表示する。さっきの新型機かと理解する間に、(バナージ！　バナージ・リンクスよね!?)と聞き知った声が耳朶《じだ》を打ち、バナージは頭が真っ白になるのを感じた。

「オードリー……？」

背後から接近してくる新型機を振り返り、かすれた声を搾り出す。ガンダム・タイプに似た新型機の造りが明瞭《めいりよう》になり、胸中のざわめきも明確にするのを感じたバナージは、我知らず《ユニコーン》の機体をそちらに向けた。大型のシールドを装備した新型機の左腕がゆらりと持ち上がり、《ユニコーン》の左腕をつかむ。

(無事なのね、バナージ。私です。ミネバ……オードリー・バーンです)

接触回線から流れ込んでくる声音を、聞き違える道理はなかった。「オードリー……オードリーなのか!?」と叫び、バナージはリニア・シートから身を乗り出して新型機の顔貌《がんぼう》を見つめた。(よかった、無事でいてくれて……！)と応じた声が、角のない《ガンダム》に見えるモビルスーツの顔から発し、巨人が喋《しゃべ》っているような錯覚をバナージに与えた。

「どうしてこんなところに……。君が操縦してるのか？」

（違う。パイロットはおれだ。リディ・マーセナス少尉。プラモの飛行機、キャッチしてくれたよな？）

男の声が接触回線に割り込み、複葉機の模型と、それを追いかけていた青年士官の瞳《ひとみ》が脳裏をよぎったが、現状を把握する役には立たなかった。事態が呑《の》み込めず、ただ呆然《ぼうぜん》と見返すしかないバナージをよそに、《ユニコーン》と向き合った新型機が腹部のコクピット・カバーを開放していた。

奥のハッチが開き、コクピットの明かりを背にしたノーマルスーツが這《は》い出してくる。重装タイプでは体型が判然とせず、ヘルメットのバイザーに覆われた顔も判別がつかなかったが、バナージにはその中身の息吹きが明確に感じ取れた。戦場の宇宙で生身をさらすなんて。「オードリー、無茶だ！」と怒鳴りつつも、バナージは咄嗟《とっさ》に拡大ウインドを開き、カーソルをノーマルスーツのヘルメットに合わせた。

バイザーの奥で、鮮烈な生気を宿した瞳が微《かす》かに光って見える。すべての始まりを告げたエメラルド色の瞳。神経という神経を共振させ、この心身に熱を呼び覚ましてくれるオードリーの瞳——。

（バナージ、時間がないからよく聞いて。私はこれから、この《デルタプラス》に乗って

リディ少尉と地球に行きます）

　その瞳がはっきりとバナージを見据え、決然とした声音を響かせる。なんでそうなる？

再び白紙に立ち返ったバナージの反応を待たず、（考えて決めたことです）とオードリーの声が続いた。

（少尉のお父上は連邦中央議会の議員で、スペースノイド政策の中枢におられる方です。私はその人に会って、今回の事件のことをなにもかも話すつもりです。ザビ家の血を継ぐ者として、事態を平和裡《へいわり》に解決する方法を――）

　瞬間、背後からのびた手がオードリーを抱きすくめ、強引にコクピット内に引き込んだ。ハッチが閉じるのを待たず、バナージも操縦桿《そうじゅうかん》を引いて《デルタプラス》と呼ばれた新型機から離れる。直後、高速で飛来する物体が二機の間をすり抜け、百メートルと離れていない距離で爆発の光が膨れ上がった。

　あの紫の奴。同じく察したらしいリディの《デルタプラス》を背に、バナージはセンサー圏内に捕捉《ほそく》した敵機に牽制《けんせい》の弾幕を張った。ビームガトリングガンの連射をひらりと躱し、紫の機体はシールド裏から取り出したロケット弾を発射筒に装填《そうてん》する。腰だめに構えた発射筒から小さな火花が散り、射出されたロケット弾が《ユニコーン》の足もとに迫ると、近接信管を作動させたそれが再び起爆の閃光《せんこう》を押し拡げた。

　体勢を崩した《ユニコーン》をかばい、《デルタプラス》がビームライフルを応射する。

するすると火線を躱しながら、ロケット弾を再装填した紫の機体が衰えぬ殺気を放つ。姿勢を制御し、ビームガトリングガンを構え直したバナージは、(急な話で、混乱するのはわかる)と発したリディの声をノイズの中に聞いた。

(だがミネバ……オードリーは、おれが責任をもって守る。簡単な話じゃないが、なんとか最善の解決方法を見つけるつもりだ。わかってくれ)

(あなたは《ネェル・アーガマ》に戻って。あなたと《ユニコーン》が戻れば、連邦は軍を退《ひ》きます。いまは……)

爆発の火球が間近で膨脹し、ひどくなったノイズがオードリーの声をかき消した。衝撃がコクピットを揺さぶり、装甲に当たった飛散物が乾いた金属音を連続させる。いったいなにがどうなっているのか。知らぬ間に進展した事態に戸惑い、裏切られたような腹立ちを覚えながらも、バナージはノイズの底にオードリーの声を求め、彼女を乗せた《デルタプラス》を視界の端に留め続けた。

すぐそこにいるのに、触れられない。目と目を合わせて、真意を質《ただ》すこともできない。なんでこちらもコクピットから出て、彼女と触れ合おうとしなかったんだ？　その後悔が胸を締めつけ、絶え間ないGにさらされる体を苛《さいな》んだ。

※

ビームランチャーを失った分、紫の《ギラ・ズール》の動きは先刻より軽い。長距離支援に特化した機体らしく、巨大なブースト・ポッドを背負った人型が縦横無尽に跳ね回り、いくら引き離そうとしてもたちまち食らいついてくる。放出したダミー・バルーンが膨脹し、モビルスーツ大の人型を展開させたところで、粘着質な敵パイロットの目をごまかせるものではなかった。行く手を遮るダミーを次々に斬り裂き、額に隊長機のブレードアンテナを立てた《ギラ・ズール》が追い上げてくる。対モビルスーツ用の大型ロケット弾、スツルムファウストがその手にする発射筒から射出され、爆発に巻き込まれたダミー・バルーンが瞬時に蒸散する。

あおりを食って姿勢を崩しつつも、《ユニコーン》はビームガトリングガンを撃ち放ち、敵機の牽制に努めている。素人臭い弾幕の張り方だが、その挙動に腰の引けたところはない。むしろ少しでも前に出て、敵の気を引き付けようとする気配が窺《うかが》える。怖いくせに、意地を張りやがって。一本角の機体を横目に、リディは砂を噛《か》む思いでビームライフルを連射し、バナージの後衛に甘んじ続けた。

ミネバを乗せているため、存分に戦えない《デルタプラス》の状況をあいつは理解している。せめてこちらの思いを伝えたいものだが、こんな状況、限られた言葉で、事態のすべてが把握できる道理はない。あいつにだけは全部を理解しておいてもらいたいのに——。

出所不明の感情に衝《つ》き動かされ、リディはビームライフルのトリガーを引き搾った。交差する火線を回避した紫の《ギラ・ズール》から、新たなスツルムファウストが射出される。

起爆の衝撃波が押し寄せ、吹き飛ばされた《ユニコーン》の機体が《デルタプラス》に接触する。接触回線がオートで開き、（オードリー、ひとつだけ教えてくれ）と言ったバナージの声がリディの耳朶を打った。

（それは、やらなければならないことか？　それとも、君がやりたいことか？）

予想外に落ち着いた声音に、補助席に収まるミネバがぴくりと肩を震わせる。一瞬の沈黙のあと、ミネバは「やりたいこと……だと思う」と答え、（わかった）と返したバナージの声が接近警報に混ざった。

ダミーをビームホークで切り裂いた《ギラ・ズール》が、足もとから背後に回り込んでゆく。巧みなAMBAC機動で姿勢を変え、《デルタプラス》と背中合わせになった《ユニコーン》は、（リディ少尉）とあらたまった声を押しかぶせてきた。

（男と見込んだ。オードリーを頼みます）

聞き返す暇はなかった。《ユニコーン》はすかさず《デルタプラス》との接触を解き、背部のスラスターを全開にして敵機に突進していった。ビームガトリングガンが鋭い光軸を描き、紫の《ギラ・ズール》を退ける。爆光が閃《ひらめ》き、ビームサーベル同士が干渉するスパーク光が瞬くさまを、リディは半ば呆然と見つめた。目の前の戦場も、傍らで息を呑むミネバの存在もつかのま遠くなり、全身を痺《しび》れさせる言葉だけがわんわんと頭蓋《ずがい》の奥に反響した。

陳腐な、しかし無条件に心を縛りつける言葉。子供のくせに、なんてことを言う。どうしてそんなふうに思いきれる。おれは、見込まれるに値するなにも示していないのに——。

「殺し文句だな……。これじゃ、勝ち目がない」

ふつふつとたぎり始めた胸が、感じたことのない熱を体中に漲《みなぎ》らせてゆく。え？　と眉《まゆ》をひそめたミネバをよそに、リディは《デルタプラス》の機体を反転させた。

間を置かずウェイブライダーに変形し、戦域から離脱することだけを考える。「少尉、バナージが……！」とミネバが抗議の声をあげたが、かまうつもりはなかった。

利発な少女でも、こればかりはわかるまい。バナージは、同じ男にしかできないやり方で自分を呪縛したのだから。「わかってる」と低く応じて、リディは正面を見据えた。

「これは男同士の話だ。君は黙っていてくれ」

命令と言っていい口調を振りかけられたのは、彼女の立場では初めての経験だったのかもしれない。開きかけた口を閉じたミネバは、押し黙った顔を微かにうつむけた。もはや自分の思いでは進むも退くもままならない、バナージという名の宿命を背負った我が身を実感しつつ、リディは粉塵《ふんじん》を滞留させる〈パラオ〉に機首を向けた。対空火線の数は減っており、後方監視ウインドの中で閃く戦闘の光が嫌でも網膜を刺激した。

※

戦闘機に変形した連邦の新型が、機体後方に収束させたスラスターを噴かして急速に遠ざかってゆく。咄嗟《とっさ》に追撃しようとして、扇型に張られたビームの弾幕に遮られたアンジェロは、腹を立てるより先に戦慄《せんりつ》した。

自機を回転軸にして、スプレー状にビームを散布する。理想的な弾幕の張り方だった。会敵して一分弱、《ユニコーン》はビームガトリングガンの使いようをマスターしつつある。プログラムにないオプション装備を最適に操り、新型のガンダムもどきが離脱する時間を稼ぎさえしている。

「ガンダム同士が示し合わせて……!」

両機が接触したわずかな時間に、手ほどきを受けたなどという冗談はない。あの小僧のどこにそれほどの余裕があるのか。最後のスツルムファウストを使い果たし、発射筒を《ユニコーン》に投げつけたアンジェロは、それを目眩《めくら》ましにして《ギラ・ズール》を突進させた。ビームホークを発振させ、スロットルを全開にしようとした刹那《せつな》、(アンジェロ大尉、聞こえるか)と涼やかな声が無線を流れた。

(おまえは《レウルーラ》に後退しろ。《ユニコーン》の相手はマリーダ中尉に任せる)

ノイズの底から立ち上がるフロンタルの声に、頭に上りきっていた血が押し下げられた。

「しかし……！」と抗弁の口を開いたのも一瞬、（予定は伝えたはずだ）と議論を断ち切る声を突きつけられたアンジェロは、舌打ちとともにビームホークの発振を収めた。

《クシャトリヤ》がそちらに向かっている。これは彼女にしかできない仕事だ）

フットペダルを踏み込んだまま、アームレイカーを引く。弾幕を張る《ユニコーン》の頭上をパスしながら、アンジェロは対物感知センサーに味方機のマーカーを確認した。

NZ－666、《クシャトリヤ》。他の友軍機が後退を始める中、ただ一機こちらに接近してくるマーカーが、電気的な信号以上の存在感を放ってセンサー画面を席捲《せっけん》してゆく。急な後退に戸惑った様子の《ユニコーン》を振り返り、獲物を掠《かす》め取られた怒りを新たにしたアンジェロは、「了解」と搾り出した顔を正面に戻した。

「……強化人間には似合いの仕事か」

腹立ち紛れに口にして、不快感を覚えた。軍事的に特化したニュータイプ研究の所産、強化人間。ニュータイプを人工的に創り出す研究だったというが、実際にはあとくされのない被験体――多くは年端もいかない戦災孤児だったと言われる――を使い、倫理を無視した人体実験をくり返しただけのことだった。

薬物投与、強迫観念による刷り込みと記憶操作から、果ては細胞レベルの組成変更を促す心肺機能の強化まで。人間の脳をもてあそび、肉体と精神を好きなように切り刻んだ結果は、クスリ漬けの廃人を量産したのに過ぎない。先のネオ・ジオン戦争ではそれなりに成果を挙げたとはいえ、情緒不安定な類人兵器は容易に両刃の剣と化す。連邦、ネオ・ジオンともに研究開発を中断して久しく、公式資料にも残されていないという意味では、存在そのものが抹消された戦後史の恥部と言えた。

殊にマリーダ・クルスは、遺伝子レベルの〝改良〟を受けた最上級モデルであり、高機動戦闘に特化した身体能力は他の強化人間の比ではないという。遠ざかるRX－0のマーカーを一瞥《いちべつ》し、化け物には化け物か、と独りごちたアンジェロは、機体の針路を〈パラオ〉の南天面に定めた。

フロンタルの《シナンジュ》も、南天面の艦隊集結ポイントに引き返しつつある。すべては予定通り——そう、もとよりここはフロンタルによって演出された戦場だ。『ラプラスの箱』を呑《の》んだ魔物がどんな本性をさらけ出すか、こちらは高みの見物を決め込めばいい。多少は溜飲《りゅういん》を下げたつもりで、アンジェロはその役を担う異形のモビルスーツをモニターの一画に眺めた。通常機の倍はあろう大質量のボディをものともせず、軽やかに一回転した《クシャトリヤ》が《ギラ・ズール》の足もとを流れていった。

※

修復されたばかりのバインダーを駆動させ、機体の回転を制御する。四基のバインダーのうち、左前部に装備したバインダーだけが羽根のように羽ばたき、横ロールする《クシャトリヤ》の機体がぴたりと回転を止めた。

少し軽いが、悪くはない。修正プログラムを走らせるまでもなく、AMBACの癖を体に馴染《なじ》ませたマリーダは、続いてバインダーに内蔵されたサブ・アームを起動させた。前回の戦闘でバインダーごと破壊され、基部ユニットもろともすげ替えられたサブ・アームが素早く展開し、フックと形容した方が相応《ふさわ》しい指先を稼働させる。カチカチと鳴る音が振動になってコクピットに伝わり、修復が完全であることをマリーダに伝えた。

サイコフレーム部分に損傷を受けなかったのは幸運だった、とあらためて思う。現在のネオ・ジオン軍にサイコフレームを製造する技術はなく、《クシャトリヤ》の予備部品は通常パーツに限定されている。コクピット周りに配置されたサイコフレームが損傷すると、それだけで機体の反応速度は半減し、以後の修復はままならなくなる。自分という〝部品〟も含めて、失われた技術によって造られたワンオフの機体――全身がサイコフレームで造られた敵機を相手に、今度はどこまで渡り合えるか。拡大モニターのウインドを開き、CG補正された一本角の機体にカーソルを合わせたマリーダは、慎重に《ユニコーン》との相対距離を詰めた。

迂闊《うかつ》に背を向ける愚は犯さず、ビームガトリングガンを携えた機体をじりじりと後退させ、

《ユニコーン》はこちらの出方を窺《うかが》う素振りを見せる。あれはこの《クシャトリヤ》用に新造された火器なのに。視界から外れようとする白い機体を正面に捉《とら》えつつ、マリーダは微《かす》かに苦笑した。工場から機体を持ち出す際、ついでに物色してきたのだろう。抜け目なく強力な武器を選んでいくところは、ぼんやりしているようで目端がきくあの少年のやることらしい。

(あの小僧がどうして《ユニコーン》に接触できたのかはわからん。わかっているのは、あれを連邦の手に渡すわけにはいかんということだ)

後方で艦隊の一翼を担う《ガランシェール》から、ジンネマンの声がノイズ混じりに届く。マリーダは苦笑を吹き消した。

(コクピット・コアさえ残っていれば、他は破壊してもいい。まずは機体の確保が最優先だ。パイロットのことは考えるな)

噛《か》んで含める声音は、ジンネマンこそパイロットのことを気にしている証明だった。あるいは、彼と戦わねばならないこちらの心理を慮《おもんぱか》ってでもいるのか。「了解。機体の確保を優先する」と無表情に返して、マリーダは詮《せん》ない思考を打ち消した。可能なら無傷で捕獲するし、できなければ中のパイロットが潰《つぶ》れてもコクピット・コアを抉《えぐ》り出す。誰が乗っていようと、もとより躊躇《ちゅうちょ》するつもりはない。造り物にそんな気遣いは無用だ。

バナージ・リンクス。あの子犬のようにまっすぐな目をした少年が、《ユニコーン》のパイロットであるとはいまだに信じがたい。彼がなにを考え、どうやって〝入り江〟にたどり着けたのかも不明だが、《ユニコーン》が戦闘に介入している事実は事実だった。マシーンの性能差に鑑《かんが》みて、本気でかからねばこちらがやられる。このようにめぐってしまった事態を受け入れて、対処するしかない。首尾よくやりおおせれば、〈インダストリアル7〉での失態も帳消しにできるだろう。自分には守るべき名誉も尊厳もないが、ジンネマン《マスター》に振りかかる汚名は返上しなければ。

「正しい戦争なんてない、か……」

なにを言い繕ったところで、結局はそうした個人の思惑が先に立つ。人間だけが神を持つというなら、神は人の数だけいるのだ。そこに正義はない。そして正しさが人を救うとも限らない。それがなんであれ、拠って立つものにすがる他ないのは、造り物の強化人間も変わるところがない――。礼拝堂の薄闇で見た少年の面差しを遠ざけ、マリーダは敵を見る目を正面に据えた。スラスターを全開にした《クシャトリヤ》の機体が加速し、《ユニコーン》との相対距離がみるみる縮まり始めた。

※

巨大なバケツに輸送物を詰め込み、電磁カタパルト式のレールを走らせて、終点に達したところで中身を宇宙に放り出す。乱暴に言ってしまえば、それがマス・ドライバーの原理だ。

放り出された輸送物は、慣性に乗って宇宙空間を突っ切り、目的地のマス・キャッチャーに受け止められる。マス・キャッチャーは直径百メートル、全長百五十メートルに及ぶ円錐《えんすい》形の構造物で、ようは漏斗《ろうと》型の網だと思えばいい。グラスファイバー製の袋に包まれた輸送物は、マス・キャッチャーに飛び込むと同時に包装を剝《は》ぎ取られ、内容物だけが漏斗の空洞に蓄積される。結果、設備の運営費と使い捨ての袋の代金を除けば、コストゼロの宇宙輸送が可能になる。無論、人間や精密機械の輸送には適さないが、たとえば鉱物資源なら多少乱暴に扱っても問題はない。それゆえ、スペースコロニー建設の前線基地となった月はもちろん、〈ルナツー〉などの鉱物資源衛星では必需品となっているのが、マス・ドライバーを構成する長大なレールだった。

〈パラオ〉も例外ではなく、矢尻《やじり》に似た〈カリクス〉の先端にマス・ドライバーが設けられ、全長十キロに及ぶレールを虚空に突き出している。採掘された鉱石は順次このレールに載せられ、サイド6領内に浮かぶマス・キャッチャーに向けて射出される仕組みだ。アンジェロ機の追撃を振り切ったあと、粉塵《ふんじん》に覆われた〈パラオ〉に直進した《デルタプラス》は、そのレールを支えるトラス構造の柱を目前にしていた。

採掘場に続くトンネルからのびるレールは、傾斜する岩肌に突き立つ無数の柱に支えられ、無辺に通じる高架を闇の中に屹立《きつりつ》させている。その前では塵《ちり》にも等しい機体を慎重に流し、リディの操縦する《デルタプラス》はレールとの相対距離を縮めていった。飛散したレゴリスの霧は深く、浮遊する瓦礫《がれき》やモビルスーツの残骸《ざんがい》を遠目に視認するのは難しい。射出し損ねた岩塊が滞留し、ただでさえデブリが多いのがマス・ドライバーの周辺だ。最大で二キロにも達する高さの柱に沿って這《は》い進み、リニア・レールの側面に到達した《デルタプラス》は、メンテナンス用のアクセス・パネルの前で相対速度を殺しきった。

左マニピュレーターをパネル面に突き出し、ひとさし指の付け根に相当する部位からセンサーケーブルを射出する。鞭《むち》のごとくしなるケーブルが接近すると、ユニバーサル仕様のアクセス・パネルは自動的にコネクターを開き、ケーブル先端のセンサーがそこに接続された。すぐに読み取りが開始され、《デルタプラス》のコクピットにマス・ドライバーのデータが転送される。射出加速度、貨物バケット発射のスケジュール、現状の軌道。スクロールする数値の羅列を読みきることはできず、「どうなのです」とミネバは問うた。無視してデータを凝視し続けて数秒、「よし、行けそうだ」と応じたリディが、ぱっと明るくなった顔をこちらに向ける。

「思った通り、ハイメガ砲の直撃で軌道がずれてくれている。これなら地球までたどり着ける」

本来、サイド6のマス・キャッチャー方面に設定されたレールが、軌道がずれたことで地球方面に向いている。いまの戦闘で推進剤を消費し、地球への自力到達が不可能になった《デルタプラス》にとって、それはなくした乗車券を取り戻したに等しい福音だった。あとは貨物バケットに機体を載せ、地球に打ち出させる算段を整えればいい。アクセス・パネルにロックがかかっていないなら、ここから管制システムに働きかけることができるはずだ。

さすがに安堵《あんど》の息が漏れた。これで再び《ネェル・アーガマ》に連れ戻されたら、今度こそ脱出のチャンスはなくなる。ヘルメットのバイザーを開け、額の汗を拭《ぬぐ》ったリディもほっとした顔で、「あいつのツキも分けてもらったかな」などと言っていた。あいつ——バナージ・リンクス。意識して退けていた痛みがちくりと胸を刺し、ミネバはレールの向こうに戦場の宇宙を見上げた。

散発的に対空火線が上がる程度で、ビームや爆発の光はほとんど見えなくなっている。その中、星よりも鋭い光がちかちかと瞬き、虚空の一点に殺気を凝集させるのを知覚したミネバは、オールビューモニターに手をついてそちらに目を凝らした。

細いビームの光軸を縦横に錯綜《さくそう》させながら、星の海を駆け巡る殺気の塊。ただのモビルスーツ同士の空戦ではない。あれはファンネルの光だ。そしてその攻撃を躱《かわ》しつつ、応射のビーム光を閃《ひらめ》かせるのは《ユニコーン》——元来、対ニュータイプ用に造られたという《ガンダム》だろう。そうでなければ、ファンネルの全包囲《オールレンジ》攻撃をああも避けられるはずはない。

『袖付き《そでつ》』でファンネルを駆使するパイロットと言えば、知る限りひとりしかいない。モニターに触れた手をこわ張らせ、ミネバはできれば背けたい目を光の瞬きに据え続けた。マリーダがバナージと戦っている。心の息を止め、一途《いちず》に戦闘マシーンであろうとする者の押し殺した気配が伝わってくる。その〝力〟を正しく使えば、私がここにいることも感知できるだろうに……。

「どうした？」

リディが言う。マス・ドライバーの設定を変更する手を止め、こちらを振り返った目には探る色があった。やはり気の回りすぎる人だ。少しうっとうしく思いながら、ミネバは「いえ……」と視線を逸《そ》らした。

「先を急ぎましょう。他に私たちができることはありません」

ひりつく殺気から意識を引き剝がし、正面を見る。長大なレールの先に、無辺の闇が広がっていた。窺う目を残しつつも、作業を再開したリディの横顔は見ず、ミネバは己の行く末を定めるレールだけを注視した。《クシャトリヤ》と《ユニコーン》の鍔《つば》迫り合《あ》いは収まる気配がなく、冷たく鋭い光が視界の片隅で瞬き続けた。

※

ザーッと音を立てるようにして、小型砲台の群れが機体を取り囲む。まるで磁石に吸い寄せられる砂鉄だった。いくら振り切ってもぴたりと張りつき、四方から蜂の一撃を繰り出してくる。

「こいつらっ!」

狙いを付けずにビームガトリングガンのトリガーを引き、《ユニコーン》の機体を縦ロールさせる。死角に滑り込んだ自動砲台もビーム光を迸《ほとばし》らせ、扇状に拡がった弾幕と干渉しあったメガ粒子弾がスパークの光を連鎖させる。ストロボに似た閃光《せんこう》が連続して咲く中、自動砲台の親機が頭上を行き過ぎるのをバナージは見た。四基のバインダーを花弁のごとく展開し、それは瞬く間にリニア・シートの直下に潜り込んでいった。

「四枚羽根か……」

〈インダストリアル7〉に惨禍をもたらした異形のモビルスーツ。後退した紫の機体と入れ替わるように、《ユニコーン》の前に立ち塞《ふさ》がったのがこの機体だった。一刻も早く《ネェル・アーガマ》に接触しなければならないのに。焦りに任せてトリガーを引いたバナージを嗤《わら》い、背後に回った自動砲台が仕掛けてくる。シールドをなくし、Iフィールド・バリアーの守りを失った《ユニコーン》の機体が揺らぎ、真下から突き上げる殺気がバナージの全身を貫く。

インテンション・オートマチック・システムが感応し、機体を九十度ひねった《ユニコーン》がビームガトリングガンの銃口を殺気の源に向ける。刹那《せつな》、斜め下に回り込んだ自動砲台から一撃が加えられ、直撃を受けたビームガトリングガンがぐにゃりとひしゃげた。バナージは咄嗟《とっさ》にそれを手放したが、ほとんどゼロ距離で膨れ上がった爆発の暴威から逃れることはできなかった。防眩《ぼうげん》フィルターでも減殺しきれない閃光がコクピットを照らし、衝撃波を浴びた機体がみしみしと軋《きし》む。

「このっ！」

その閃光を突き破って、モノアイを点《とも》した四枚羽根が下から斬りかかってくる。殺気がコクピットを吹き抜け、頭皮が引っ張られるような風圧をバナージは知覚した。オートで引き抜かれた《ユニコーン》のビームサーベルが粒子束を噴き出し、四枚羽根のサーベルを横合いから払いのける。干渉のスパーク光が爆《は》ぜ、四枚羽根のぼってりした巨体が頭上をすり抜けた一瞬、ふっと甘い香りが殺気の風に入り混じった。

「なんだ……？」

肌を粟立《あわだ》たせる殺気とは相容《あいい》れない、ふわりと全身を包み込む甘い香り。そう、女の汗は甘いのだから——。

「マリーダさん……なのか？」

思いもよらぬ言葉が自分の口からこぼれ落ち、バナージは喉《のど》がひきつるのを感じた。なぜかはわからない。が、この甘い香りはマリーダのものだと断言できる。戦艦の独房や、しんと静まり返った礼拝堂で嗅《か》いだ彼女の匂い。取りつく島がないようでいて、どこか無防備な背中があの四枚羽根の中に在る。地球の深海に繋《つな》がっていると思わせる蒼《あお》い瞳《ひとみ》、笑うと柔らかな光が灯《とも》る彼女の瞳が、分厚い装甲の奥からこちらを見ている——。

「マリーダさん⁉ マリーダさんなら聞いてくれ！ バナージ・リンクスだ」

全長二メートル強、あまりにも小さいため対物感知センサーでは捕捉《ほそく》できない自動砲台が、殺気を漲《みなぎ》らせて押し寄せてくる。その隊列が乱れ、全包囲の球形陣に隙が生じるのを察知したバナージは、ビームサーベルを振りつつフットペダルを踏み込んだ。

自動砲台が戸惑ったかのように散開し、その向こうにある四枚羽根の機体があとずさる気配を示す。「やっぱり……！」と呻《うめ》いた勢いで操縦桿《そうじゅうかん》を引いたバナージは、四枚羽根の足もとに《ユニコーン》を猪突《ちょとつ》させた。

下からのGを感知したパイロットスーツが、全身を取り巻くジェル状の液体金属を瞬時に硬化させる。上半身がぎゅっと締めつけられ、それでも抑えきれない血流が首から上の血管を膨脹させる。毛穴から血が噴き出しそうな圧迫にさらされながら、バナージは自動砲台の追撃を振り切って四枚羽根の懐に入り込んだ。《ユニコーン》の左腕がその踵《かかと》に触れかけた直前、素早く身を翻した四枚羽根が背後に回り、ビームサーベルを振り下ろしてくる。

こちらのビームサーベルを発振させる間はなかった。振り向いた時には遅く、目の前に迫る光刃がバナージの視界を塞ぎ、舌を噛《か》みそうな衝撃がコクピットを揺さぶった。やられた？　目を閉じる神経さえ働かず、ただ下半身がふわっと弛緩《しかん》するのを感じたバナージは、オールビューモニターの向こうに四枚羽根の一つ目を見た。

鶏冠状《けいかんじょう》に尖《とが》った頭部の下で、表情のないモノアイがこちらを覗《のぞ》き込むようにする。ビームサーベルで斬りかかると見せかけて、四枚羽根は《ユニコーン》の機体を拘束したのだった。いつの間に展開させたのか、バインダーからのびた隠し腕に四肢をくわえ込まれ、完全に身動きを封じられた機体の現状を確かめたバナージは、「マリーダ――」と震える唇を開きかけた。瞬間、四枚羽根の手にするビームサーベルのグリップが《ユニコーン》の腹部に押し当てられ、金属のぶつかる鈍い音が装甲ごしに伝わった。

（投降しろ、バナージ・リンクス。でなければコクピットを焼く）

抑揚のない声とともに、再度押し当てられたサーベルのグリップがごとんとコクピットを揺らす。「マリーダさん……！　どうしてあなたが」と搾り出したバナージは、（言ったはずだ）と応じたマリーダの声の冷たさにひやりとした。

（モビルスーツに乗って戦場にいれば、それはパイロットという戦闘単位でしかなくなる。

誰であろうと関係ない)

アイドリング状態にあるサーベルのグリップが、コクピットを不穏に共振させる。(メイン・ジェネレーターを切って、コクピットから——)と続いた声を遮り、「そうだとしても!」とバナージは押しかぶせた。

「そうだとしても、あなたはマリーダさんだよ。勝手に逃げたことは謝るけど、こうするしかなかったんだ。あなただって、〈パラオ〉を戦場にしたくはないでしょう? この《ユニコーン》を取り戻しさえすれば、連邦軍は退却するんだ」

(それは敵の理屈だ)

甲殻類を想起させる四枚羽根のバインダーが蠢《うごめ》き、四肢に絡みつく隠し腕が機体を揺さぶる。がくがくと振動するリニア・シートにしがみつきながら、「聞いてくれよ!」とバナージは叫んだ。

「オードリー……あなたたちの姫様だって来ているんだ。この戦闘をやめさせるために、モビルスーツに乗って——」

そこまで言って、背筋が凍りついた。バカ、余計なことを。胸中に罵《ののし》った途端、(姫様が、ここに?)と言ったマリーダの声が鋭さを増し、バナージは思わず舌打ちした。

(ならば姫様も回収する。どこにいる)

巨体の質量を軸にして、四枚羽根の隠し腕が二度、三度と《ユニコーン》の機体を揺さぶる。脳が攪拌《かくはん》されるような振動にさらされつつ、バナージはなんとか離脱しようと操縦桿を引き、フットペダルを踏み込んだ。背部のスラスターが間欠的に火を噴き、ムーバブルフレームが悲鳴に似た軋みをあげる。《ユニコーン》の腕がじりと持ち上がり、昆虫の脚を思わせる隠し腕を押し返しかけたのも一瞬、すかさず動いた四枚羽根のメイン・アームが《ユニコーン》の頭部をわしづかみにした。

五指を持つマニピュレーターにがっしりとつかまれ、一本角を突き出した頭部が後方に押しひしげられる。オールビューモニターにノイズが走り、機能不全のウインドが立て続けに開く。このままでは機体が引きちぎられてしまう。「マリーダさん！」と絶叫したバナージの声は、鳴り響く警報の中に半ば埋もれた。

「いまは戦闘を終わらせることだけを考えてくれ。ティクバたちだって巻き込まれるかもしれないんだぞ！」

（ならば投降して、姫様の居所を教えればいい。そうすれば我々も軍を退《ひ》く）

それはできない。咄嗟に考え、なぜだ？　と自問したバナージは、（ほら見ろ）と言ったマリーダの声をなす術《すべ》なく聞いた。

（戦闘を終わらせたいだけと言いながら、敵の立場に立って考えている。おまえもすでに状況の一部というわけだ）

「違う！　それは違うよ。あなたたちは直線的すぎるんだ。だからオードリーもいられなくなったんだよ。そういう人たちには、『箱』もオードリーも渡せないって思うのが……」

(敵の理屈だと言っている！)

四枚羽根の腕に力が入り、過負荷のサインがコンディション・モニターに表示される。ぎりぎりとフレームが軋み、本気で《ユニコーン》を潰《つぶ》そうとしているマリーダの意思を感じ取ったバナージは、恐怖より強い怒りを激発させた。見えているのに見ようとしない、心を押し固めた者の頑迷な力。力押しで解決できることなど、なにもないと知っているくせに——！

「この、わからず屋ぁっ！」

装甲の継ぎ目から赤い燐光《りんこう》が噴き出し、ぐんとフレームを拡張させた腕が四枚羽根の隠し腕を押し退ける。同時に蹴《け》り出された脚部のフレームものび、スライドした装甲が隠し腕のフックをはね除《の》けた。

一本角が二つに裂け、跳ね上がったフェイスカバーが四枚羽根のマニピュレーターを弾《はじ》く。背部ランドセルから展開したスラスター・ノズルが一斉に火を噴き、隠し腕の拘束を振り払うと、回転しながら変形を終えた機体が一対の〝目〟を閃《ひらめ》かせた。

(《ガンダム》……!?)

マリーダの呻き声が遠ざかり、ヘッドレストから張り出したアームがヘルメットを固定する。手首と足首に軽い衝撃が走り、耐G用薬剤投入システム《DDS》の作動を知覚したバナージは、《ユニコーンガンダム》を四枚羽根の頭上に回り込ませた。

　つんとした痛みが鼻の奥に拡がり、脈動する脳髄の熱を全身に押し拡げる。どす黒い衝動が腹の底で膨れ上がり、機体と同調する神経をタールさながら塗り込めてゆく。まずい、と思いはしたものの、なにがと考える理性は働かず、バナージは目前の四枚羽根に〝敵〟を見る目を向けた。力押ししか考えられない相手に、言葉を重ねても無意味だ。オードリーを無事に行かせ、《ネェル・アーガマ》に戻るために、こいつはここで倒す。おれだけが貧乏籤《びんぼうくじ》を押しつけられてたまるものか――。

　明滅する〈NT－D〉のサインがヘルメットのバイザーに映り込み、視界を血の色に染める。仄《ほの》かに漂っていた甘い香りが霧散し、マリーダの匂いを急速に消し去っていった。

※

「NT－D発動、確認。《クシャトリヤ》との交戦に入りました」

　その声は、《レウルーラ》の通常ブリッジの一画、通信コンソールの前に収まるオペレーターの口から発せられた。「よし」と応じたフロンタルの声が高い天井に跳ね返り、真紅の制服をまとった長身が艦長席の横に並び立つ。

「サイコ・モニターと言っても万全ではない。受信に全力を挙げろ。いいな、艦長」

「了解しております」艦長席に収まるヒル大佐が、神妙な顔で頷《うなず》く。戦闘ブリッジを開く機会すらなく、後方から戦場を眺めるよりなかった《レウルーラ》の艦長には、それが唯一の腕の見せどころには違いない。「主機は暖めておけ。受信状況次第で、本艦は〈パラオ〉の陰から出る。敵艦への警戒も怠るな」と声を張り上げたヒル艦長をよそに、アンジェロはブリッジの戸口をくぐった。汗臭いパイロットスーツのままで来てしまったことを気にしつつ、メイン・スクリーンを見上げる赤い背中の傍らに立つ。

光学監視映像を投射するスクリーンには、死闘を演じる二機のモビルスーツの様子が映し出されている。粗い画像に時おりビーム光が爆《は》ぜるだけで、機体のシルエットは判然としない。《クシャトリヤ》と《ユニコーン》、どちらが押しているのかも定かでないが、戦闘の詳細はこの際どうでもよかった。

必要な情報は、《ユニコーン》のサイコミュに取りつけられたサイコ・モニター――感応波傍受装置が伝えてくれる。NT－Dの発動と同時に機能し、機体のデータを細大漏らさず送信する〝盗聴〟装置は、サイコミュが発信する感応波を搬送波に用いているため、ミノフスキー粒子に通信を阻害される心配はない。送信範囲に限界はあるものの、この距離なら完全な転送が期待できるはずだ。実際、通信コンソールのサブ・モニターは受信データを高速でスクロールさせており、NT－Dと連動するラプラス・プログラムのトレースを開始していた。

『箱』の位置座標と思《おぼ》しきデータは、すでに開示されている。次に解かれる封印の中身はなにか——。汗で額に張りついた前髪をかき上げ、バイナリ・ファイルをスクロールさせるモニターを注視したアンジェロは、「どういうことだ！」と発した大声にぴくりと瞼《まぶた》を震わせた。ノーマルスーツを着こんだジンネマンが、ヘルメットを片手にブリッジに飛び込んできたところだった。

ぎょっと振り返ったヒル艦長とは目も合わせず、無重力を流れる体がこちらに近づいてくる。やはり来たか。怒気を孕《はら》んだ黒い瞳《ひとみ》を見、咄嗟《とっさ》に前に出たアンジェロを押し退けるようにして、ジンネマンはフロンタルの面前に立った。仮面の顔を心持ち動かし、「キャプテン。《ガランシェール》はどうした」と言ったフロンタルを睨《にら》みつけ、「なぜマリーダを孤立させるんです！」と鋭い怒声を突きつける。ブリッジ中に響き渡った野太い声に、その場にいる全員の目がジンネマンに集中した。

「全軍に帰還命令が出ていると聞きました。どうしてうちのマリーダだけが——」

「NT－Dを発動させるには、ニュータイプと思われるものをぶつけるしかない。これはマリーダ中尉にしかできない仕事だ」

過程を省いた説明に、少し気勢を削《そ》がれた顔になったジンネマンが眉《まゆ》をひそめる。フロンタルはメイン・スクリーンに視線を戻し、「《ユニコーンガンダム》にはサイコ・モニターを取りつけた」と静かに重ねた。

「発動後、新たに開示されたデータはここで傍受することができる。ラプラス・プログラムの解析ができない以上、順当にシステムの封印を解いてゆくのが早道だ。そのために、あのバナージという少年を《ユニコーン》に導きもした。キャプテンにも内密にしていたことは、すまないと思っている」

連邦の内通者を利用して、バナージが《ユニコーン》に乗るよう仕向け、NT－D発動の段取りを整える。部内に燻《いぶ》る〝古い血〟を一掃し、ネオ・ジオンに真の新生を促す結果になった今回の奇襲だが、その段取りを完成させるために敢《あ》えて甘受した側面もないではなかった。模擬戦で騙《だま》しおおせられるほど単純なシステムでないことは、これまでの調査が明らかにしている。生死が交錯する真実の戦場でなければ、NT－Dの発動が促されることはない。

すべてフロンタルによって演出された戦場――。理解したらしいジンネマンの顔から血の気が失《う》せ、「しかし、マリーダは……」とかすれた声がこぼれ落ちる。「わかっている」と応じて、フロンタルは微《かす》かに顔を伏せた。

「神経の伝達系を人工的に発達させただけで、強化人間は純然たるニュータイプとは言えない。が、な、キャプテン。では純然たるニュータイプとはなんだ？」

言葉に詰まった口をぐっと引き結びながら、不審を湛《たた》えたジンネマンの視線が仮面の顔を射る。風と受け流した目をスクリーンに据え、「答えられる者はいない」とフロンタルは続けた。

「勘がよくて、サイコミュ兵器を稼働させられるだけの感応波を持つ者。現象的には、マリーダ中尉はニュータイプだと言える。そしてNT－Dは、その現象をもって対象をニュータイプと認識し、本来の力を発動させる」

仮面の視線の先に、望遠映像に捉《とら》えられた硬質な光の錯綜《さくそう》があった。それを仕組んだ者の意図を知ることなく、互いを滅ぼさんと死の舞を演じ続ける二人の巨人。つられてスクリーンを凝視したジンネマンをよそに、フロンタルは魔的な笑みを口もとに刻んだ。

「あの《ガンダム》は、まだ本当の姿を見せていない。マリーダ中尉には、奴の本性を引き出す役目をやってもらう」

※

撃破されたファンネルが火球と化し、衝撃波を四方に拡散させる。マリーダは直前で機体を翻したが、爆発後に生じたガス雲を引き裂き、急激に肉迫する《ユニコーンガンダム》を躱《かわ》しきることはできなかった。

その機体からバルカン砲が撃ち散らされ、二軸の火線が《クシャトリヤ》を擦過する。回避運動を取りながらも、マリーダは展開中のファンネルの位置を確かめ、《ガンダム》

を背後から狙撃《そげき》するイメージをサイコミュに送り込んだ。付近にいたファンネルがすかさず姿勢制御バーニアを噴かし、筒先からビームを射出する。その時には機体を縦ロールさせ、次いでバーニア光を閃かせていた《ユニコーンガンダム》が、映画のコマ落としのように視界から姿を消す。ファンネルのビームが虚《むな》しく交錯し、《クシャトリヤ》の濃緑色の機体を浮かび上がらせる。

「ちょこまかと……!」

呻《うめ》き、フットペダルを踏み込む。スロットルを全開にした《クシャトリヤ》が《ガンダム》に追随し、真上から押し寄せるGがマリーダの肉体を脈動させる。血管を収縮させ、遠心力で押し下げられる血流を引き留める強化筋肉。脳に血を安定供給するべく、体内十二ヵ所で鼓動し続ける心臓支援器官。高機動戦闘用にデザインされた肉体が脈打ち、情報を高速処理する神経伝達系が《ユニコーンガンダム》の軌道を読む。尋常ではない加速と急ターン——だが、次第に目が慣れてきた自分がいる。素人臭い直線的な動きは、〈インダストリアル7〉で向き合った時からさして進歩していない。落ち着いてかかれば勝てる、とマリーダは判断した。

どだい、普通の人間が長くこの状況に耐えられるわけがない。相手はプロのパイロットですらないのだ。その素人が咄嗟に口走ったことなら、ミネバの件は出任せではあるまい。一刻も早く《ユニコーンガンダム》を無力化して、近くにいるらしいミネバも回収する必要がある。その存在にジオン再興の夢を託して、ジンネマンが守り抜いてきたミネバ・ザビ。口にこそ出さないものの、ジンネマンは彼女の奪回を最優先課題にしている。ジオンの再興に興味はないが、マスターの願いは自分の願い、マスターの敵は自分の敵だ。命に代えてもやるべきことをやらねばならない。造り物として生を受けた身に、それ以上の道義は存在しない。

そう言えば、違うとジンネマンは言うだろう。造り物なんかじゃない、おまえは人間だ。自分の先行きは自分で決めろ、と。だからこそ、私は造り物であらねばならない。戦闘用に遺伝子設計された身体を十全に活《い》かし、マスターを守護する類人兵器に徹しなければならない。他に報いる術《すべ》がないから。こんな私を救ってくれた、マスターという〝光〟に報いる術が——。

「……これで終わりだっ！」

一秒に満たない思考だった。《ユニコーンガンダム》の軌道を見切ったマリーダは、総計十六機のファンネルを統《す》べる思惟《しい》を声にして放出した。感応波の指令を受けた自動砲台の群れが弾《はじ》かれたように動き、同時に《クシャトリヤ》の胸部とバインダーから拡散メガ粒子砲が放たれる。Iフィールドに偏向された亜光速弾は、栓をされた蛇口から迸《ほとばし》る水のごとく四方に噴き出し、高速で機動する《ユニコーンガンダム》に降りかかった。

全身に設置されたバーニアが瞬き、《ガンダム》の機体が急ターンする。先回りしていたファンネルの一機が囮《おとり》の光弾を放ち、残りのファンネルが球陣を形成する空域に白い機体を追い込む。殺気の網に感づき、《ガンダム》が次にターンをかけた瞬間が勝負だった。スラスター光が連続して閃《ひらめ》き、《ユニコーンガンダム》が読み通りの方位にターンするのを見て取ったマリーダは、待機中のファンネルに攻撃の思惟を飛ばした。

ピンク色の光軸が一点に交錯し、《ガンダム》の臑裏《すねうら》を覆うスラスターベーンを抉《えぐ》り飛ばす。体勢を崩した機体に二撃目が突き刺さったかと思うと、右肩の装甲が粉砕され、剝《む》き出《だ》しになったサイコフレームから血のような燐光《りんこう》が迸る。その勢いで回転し、つかのま制御を失った機体をファンネルが包囲するのに、一秒以上の時間は必要なかった。ジェネレーターは狙わず、バーニアとスラスターだけを潰《つぶ》して機体を無力化する。十六のファンネルの視覚を取り込み、肥大したマリーダの知覚が攻撃を意思した時だった。突然、《ユニコーンガンダム》の機体から〝気〟が放出され、ほとんど物理的な力を持ったそれが強風になってコクピットを吹き抜けた。

中にいるパイロットのものとは思えない、強烈な敵意を孕んだ〝気〟がパイロットスーツを透過し、汗で濡《ぬ》れた肌を嬲《なぶ》りながら後方に過ぎてゆく。腐ったナメクジが全身を這《は》い回り、股間《こかん》に侵入してくるあの感じ——。封印した記憶が喉元《のどもと》にこみ上げ、ほんの一瞬、前後不覚に陥ったマリーダは、慌ててファンネルに攻撃の思惟を送った。が、ファンネルは微動だにせず、その包囲陣の中にある《ユニコーンガンダム》も静止して動く気配はなかった。

まるで時間が止まったようだった。力なく漂うファンネルに取り囲まれ、強圧な〝気〟を発し続ける機体がマリーダを直視する。我を、傷つけたな――パイロットのものではない、もっと傲岸《ごうがん》で無慈悲な思惟が大脳皮質に突き刺さり、鼓動に似た存在の波動を虚空に押し拡げた刹那《せつな》、《ユニコーンガンダム》の右腕がゆらりと持ち上がった。

開いた五指から見えない波動が放出され、静止していたファンネルが一斉にバーニア光を瞬かせる。それは《ガンダム》の手の動きに合わせて身じろぎし、機首を転じさせると、砲口を親機たる《クシャトリヤ》に向けた。

サイコフレームの光を引き移し、赤色に転じた一対の目が嗤《わら》うように揺れる。《ガンダム》は敵――。その言葉が頭蓋《ずがい》の奥から立ち昇った瞬間、《ユニコーンガンダム》の右腕が振り下ろされ、敵意を漲《みなぎ》らせたファンネルがマリーダに襲いかかった。

ビームが矢継ぎ早に放出され、複数の火線が《クシャトリヤ》を狙う。咄嗟《とっさ》に回避し、ファンネルの操作に思惟を振り向けたマリーダは、その軌道をまったくイメージできない自分に愕然《がくぜん》とした。ファンネルがどこにいるかわからない。《ガンダム》の波動に遮られ、サイコミュがファンネルとの通信を失探している。

「どうした、ファンネル!?　私がわからないのか！」

我をなくしたファンネルの群れが、メガ粒子弾の嘴《くちばし》で親鳥をついばんでゆく。擦過の衝撃に揺さぶられ、噴き出したエアバッグに顔を埋めたマリーダは、やむなく拡散メガ粒子砲を解き放った。亜光速の散弾が《クシャトリヤ》の胸部から放出され、直撃を受けた二機のファンネルが光球を膨れ上がらせる。その光を背に迫るファンネルをビームサーベルで切り裂き、機体を包囲陣から抜け出させたマリーダは、全身を包み込む波動の源に目を走らせた。

「貴様、なにをやった⁉」

スラスターを全開に焚《た》き、白い機体の背後に回り込む。虚空の一点に静止したまま、《ユニコーンガンダム》は動かなかった。その両腕が持ち上がり、ハの字に開くと、腕の側面に設置されたアタッチメントからビームサーベルのグリップが展開する。それは支持アームに支えられて袖口《そでぐち》に定位し、鋭い光の刃を《ガンダム》の腕先に顕現させた。

それ自体がビームサーベルと化した両腕を左右に拡げ、瞬時に移動した機体が視界から消える。ぎょっと目を見開き、オールビューモニターごしに周囲を見回したマリーダは、真下から突き上げる衝撃に悲鳴をあげた。視界を埋める星の海が流れ、一瞬で切断されたバインダーの先端が遠ざかってゆく。機体の回転を止める間も惜しく、拡散メガ粒子砲を斉射した《クシャトリヤ》に再度の斬撃を加え、赤い燐光の尾を引く《ガンダム》が頭上をかすめて過ぎた。

全方位に撒《ま》かれたビームの光軸をすり抜け、サーベルを体の一部にした機体が踊るように跳ねる。二射目の拡散メガ粒子砲も易々《やすやす》と躱《かわ》すと、死角に滑り込んだそれが冷たい波動を背筋に叩《たた》きつける。使ったためしのないダミー・バルーンを放出し、風になって斬りかかる敵影を牽制《けんせい》したマリーダは、遊ばれているとわかって戦慄《せんりつ》した。先刻までの《ガンダム》とは動きが違う。完全にこちらの軌道を読み、じわじわと《クシャトリヤ》をいたぶる奴の思惟が肌に突き刺さってくる。狩りを楽しむ者の、冷酷な喜悦を滲《にじ》ませた思惟——。

「おまえは……誰だ？」

バナージ・リンクスの影は、そこにはなかった。怒りも、狂気すらもなく、ハンティング・マシーンと化した《ガンダム》がダミーを切り裂き、その支配下に置かれたファンネルが《クシャトリヤ》の装甲を削《そ》いでゆく。群れをなすファンネルが巨大な手のひらを形作り、マリーダは絶叫した。《ガンダム》は敵、私たちから光を奪う恐ろしい敵。遺伝子に埋め込まれた記憶が爆発し、マリーダと呼ばれていた何者かを初原に立ち返らせて——

※

その異常な光景は、ぼやけた光学映像からも判読することができた。ブリッジにいる全員が息を呑《の》んで見守る中、アンジェロも慄然《りつぜん》とした思いでメイン・スクリーンを注視し続けた。

「あれが……あの小僧のやっていることなのか？」

硬質な光の乱舞を食い入るように見つめ、ジンネマンが信じられないといった面持ちで呟《つぶや》く。異論はないとアンジェロは思った。あれが奴の実力なら、自分は先刻の戦闘で間違いなく墜《お》とされていた。「正確には違う」とフロンタルが口を開く。

「敵をニュータイプと識別すると、機体のリミッターが解除され、操縦から火器管制に至るまでシステムの制御下に置かれる。パイロットは、もはやシステムのソフトウェアですらない。受信した感応波を敵意に変換する処理装置だ」

「なら、あの《ガンダム》を動かしているものはなんです！」

「NT－Dだよ。ニュータイプ・デストロイヤー・システム」

さらりと言ったフロンタルに、アンジェロは生唾《なまつば》を飲み下しつつ仮面の横顔を見た。

「デストロイ……？」と聞き返したジンネマンが眉根《まゆね》に皺《しわ》を寄せる。

「あの一本角が敵のサイコミュ感応波を探知し、《ガンダム》がそれを破壊する。サイコフレームによる超常的なインターフェイスと、敵のサイコミュ兵器を支配する力を兼ね備えたハンティング・マシーン。ジオンが遺した最大の神話、ニュータイプを抹殺するために造られたシステムだ」

「バカな……。そんな機体、それこそ普通の人間には扱えないはずだ」

「そうだ。パイロットは強化される必要がある。人工的なニュータイプではなく、言葉通りの強化人間として」

含んだ声に、はっと合点したジンネマンの顔がこわ張る。「そうか。技術の産物によるニュータイプの駆逐。それでこそ……」

「神話は完全に葬り去られる」あとを引き取り、フロンタルが続ける。「百年の節目に合わせたジオン共和国の解体と、ニュータイプ神話の解体。それをもってジオンという悪夢は完全に消し去られる。UC計画とはよく言ったものだ」

ユニコーンの略号であると同時に、宇宙世紀《ユニバーサル・センチュリー》そのものであるUC。その最初の百年を血に染め、宇宙世紀のパラダイムを根底から揺さぶったジオンという名の悪夢は、次の百年を迎える前に根絶されなければならない。宇宙に出た人類は進化し得るなどという説は夢物語にすぎず、ニュータイプとは戦闘能力が肥大した化け物である。洞察力に優れた新人類という表現はレトリックでしかなく、科学技術の力で圧倒することができる。それを証明する機体はガンダム・タイプこそ相応《ふさわ》しい。連邦軍の象徴的存在であり、またニュータイプ神話とも不可分であり続けた《ガンダム》。連邦軍の再編に併せて、その姿を持つモビルスーツが量産され、純然たる科学の力で化け物どもを駆逐する。ニュータイプ神話を打ち砕くのに、これ以上のプロパガンダはない。いまこそ連邦体制を築き上げた父祖たちに倣い、大鉈《おおなた》を振るうべき時なのだ。余剰人口を棄《す》て終え、宇宙世紀百年の節目を迎えた地球が平らかであるために——。

ネオ・ジオンを飼い慣らし、戦争抜きでは成り立たない経済の維持を目論《もくろ》む者がいる一方、そのように考え、実行に移した勢力もまた存在するということだった。それこそ正気の沙汰《さた》とは思えず、アンジェロは鳥肌立つ思いで彼方《かなた》の《ユニコーンガンダム》を見つめた。ニュータイプ思想と、その根源たるジオンへの恐怖心が生み出した魔物。異なる者への恐怖とは、かくも根深いものか……。

「カーディアス・ビストは、その魔物に細工を施し、『ラプラスの箱』を開ける鍵《かぎ》を託した。NT－Dの発動条件にも手を加えた上でな。その全貌《ぜんぼう》を明らかにするには、NT－Dを発動させて封印を解いてゆくしかない」

「……つまり、マリーダは嚙《か》ませ犬ってわけですか」

一度は消した殺気を呼び戻し、ジンネマンの目が底暗い光を放つ。前に出ようとしたアンジェロを制しつつ、フロンタルは「彼女にしかできない任務だ」と重ねた。

「プル・シリーズには、《ガンダム》に対する敵意と憎悪が潜在意識に刷り込まれている。《ユニコーン》の本性を引きずり出した上で、なお拮抗《きっこう》し得るパイロットは彼女の他にいない」

「しかし、マリーダは――」

「プルトゥエルブ」

断ち切るように言い、フロンタルはジンネマンを正面に見据えた。「それが彼女の名前だ。クローニングと遺伝子改造によって造り出された人工ニュータイプ、十二番目の試作品」

開きかけた反論の口を閉じ、視線を逸《そ》らしたジンネマンの拳《こぶし》がぐっと握りしめられる。フロンタルは、「それでも人間だ、と言いたいのはわかる」と静かに続けた。

「しかし過剰な思い入れは危険だ。プル・シリーズは、指示者たるマスターの存在なくして自己を保てない。それは時に、マスターとなる者との間に共依存の関係を生じさせる。特にマリーダ中尉は、女性として苛酷《かこく》な数年間を――」

「言うな」

首筋に刃物を押し当てるような、鋭い一声だった。口を噤《つぐ》んだフロンタルの横顔を窺《うかが》い、ひとつ生唾を飲み下したアンジェロは、「上官に向かって……！」と睨《にら》む目をジンネマンに向け直した。ジンネマンはなにも言わず、いきなり繰り出した手でアンジェロの胸倉をつかみ上げて、

「上官だから言葉で済ました。貴様はそうはいかんぞ」

太い腕をぐいと動かし、宙に浮いたアンジェロの体を突き放す。すぐに床に足を着けたものの、暗い目を向けるジンネマンにもういちど詰め寄る気力は持てず、アンジェロは黙して動かないフロンタルの背後に控えた。しばらくこちらを見据えていたジンネマンは、戦闘の光を映し出すスクリーンに視線を戻した。いまにも決壊しそうな感情を押し留め、

常以上に厳しくなった横顔がブリッジの空気を重くした。

自らが放った自動砲台に襲われる四枚羽根も、ビームサーベルに触れると同時に破砕するダミー・バルーンも、すべて赤黒いフィルターのかかった血の色だった。バイザーに映り込むアラーム画面のせいではない。眼底の出血が視界を覆っているのかもしれない。Gにいちばん弱い器官は目だ、と誰かが言っていたのをバナージは思い出す。誰に聞いたのだったか――。

※

そんな思考は、どうどうとわき出す衝動に差し挟まった小石でしかない。四枚羽根を倒せ、敵意をまき散らすものを排除しろ。臓腑《ぞうふ》を衝《つ》き上げる激情に急《せ》き立てられるまま、バナージは《ユニコーンガンダム》を疾《はし》らせ、両腕と一体化したビームサーベルを振った。すれ違いざまの斬撃が四枚羽根の膝《ひざ》の装甲を抉《えぐ》り取り、伝導液を噴き出した機体が無様に回転する。左腕はちぎれかけ、装甲のめくれ上がったバインダーもろくに動かせないくせに、こいつはまだ抵抗をやめようとしない。隙あらばバインダーに仕込んだ隠し腕を繰り出し、ビームサーベルの光刃を懐に滑り込ませてくる。

――《ガンダム》は、敵!

中に在る者のこわ張った意識を引き受け、四枚羽根のモノアイがぎらりと閃《ひらめ》く。直線的すぎるんだ、とバナージは頭の片隅で反駁《はんばく》をした。そんなふうに敵意をまき散らすから、みんなおかしくなる。〈インダストリアル7〉のようなことだって起きるし、おれもこんなものに乗って戦争をしなくちゃならなくなるんだ。『ラプラスの箱』、ビスト財団、ネオ・ジオン。みんな自分の主張と立場を振りかざすばかりで、他人の話を聞こうともしない。誰もおれのことを理解してくれないし、味方になってくれる人もいない。父さんは死んだ。オードリーも行ってしまった。なんでおれだけが面倒を背負い込まなくちゃならないんだ？　なんで独りで怖い思いをさせられているんだ？　おれはオードリーを助けたかっただけなのに。そのオードリーを別の男の手に委《ゆだ》ねてまで、なんでこんなところで——！

交差した《ガンダム》の両腕がざっと左右に開かれ、繰り出された隠し腕を二本同時に切断する。後退した四枚羽根を目がけ、自動砲台の群れが一斉に襲いかかる。どれもバッテリーを使いきっているが、かまいはしない。行け、潰《つぶ》せ、とバナージは念じ、破壊衝動に取り憑《つ》かれた自動砲台たちが四枚羽根に体当たりを仕掛けた。

衝突の火花が連続し、必死にビームサーベルを振る四枚羽根の機体がぐらりと傾く。ぼろぼろになった四枚のバインダーがボディの前面に折り重なり、ずんぐりした人型を縮こまらせた四枚羽根にファンネルの石つぶてが衝突し続ける。唇の端が吊《つ》り上がるのを自覚しながら、バナージは《ユニコーンガンダム》を突進させた。コマのごとく回転する機体が四枚羽根に接触し、ビームサーベルを握った四枚羽根の手のひらが虚空に弾《はじ》け飛んだ。胸部に装備した四基のビーム砲も斬りつけられ、武装のほとんどを失った四枚羽根が機体をのけぞらせる。もはやAMBAC機動もままならなくなった敵を見据え、最後の隠し腕も十字に交差させたサーベルで叩《たた》き斬ったバナージは、その勢いで四枚羽根のコクピットに狙いを定めた。

コクピット・カバーに覆われた奥に、この不快な敵意の源がある。センサーと同調した神経がその位置を捉《とら》え、感応したサイコフレームが四枚羽根の正面に回り込む。滞留する伝導液と装甲の破片を蹴《け》散《ち》らし、《ユニコーンガンダム》の刃がコクピットを刺し貫こうとした時だった。四枚羽根の機体から〝気〟が放出され、ふっと甘い香りが鼻をくすぐるのをバナージは知覚した。

知っている匂い。思った瞬間、額のあたりに薄い光が弾け、時間が止まった。無防備に体を開く四枚羽根も、いままさにコクピットを貫こうとしているビームサーベルも、その放射束を形成する粒子の運動さえも。すべてが静止し、額に爆《は》ぜた薄い光だけが前方へとのびてゆく。それは四枚羽根から放出される〝気〟と混ざりあい、二機のモビルスーツを包み込む〝力場《フィールド》〟を形成して、視界の血の色を洗い流す柔らかな光を押し拡げていった。

——光……!

誰かが叫ぶ。女の声？　いや、自分の声であったかもしれないし、そもそも声ではなかったかもしれない。目前にある四枚羽根の機体が光の中に溶け込み、肌をひりつかせる敵意が霧散すると、コクピットの中に在る生身の存在がずんとのしかかってくる。なんだ、誰がおれの中に入ろうとしているんだ？　ヘッドレストに固定された頭は動かせず、目だけを左右に振ったバナージは、光を背に忽然《こつぜん》と浮かぶリニア・シートを見た。

——私を自由にしてくれる光。迎えに来てくれたの？

シートの上にぐったりと座り込むマリーダ・クルスが、力なく笑いかける。こちらに向かって手をのばすその姿は、十歳くらいの少女のようにバナージには見えた。

彼方で微笑みかける少女に、バナージも手をのばす。光がたゆたい、水面のごとく揺らめいて、二人の思惟《しい》を冷たい水底へと沈めてゆく——

——君は、誰だ？

光。生まれ立ての白い光。

水面に映える白く透明な光を、バナージは見る。虚無の底を離れ、ゆっくりと浮き上がってゆく感覚。水面から出た手のひらが外気の冷たさを知覚した途端、誰かの手が凍えた肌に触れ、自分の体を引き上げてくれるのをマリーダは感じる。それは、生まれて初めて知覚した人の温《ぬく》もり……。

〝ようこそ、この世界へ。寒くはないか？〟

手を差し伸べた金髪の青年が、やさしく微笑みかける。白い光に包まれた清潔な部屋には、棺桶《かんおけ》のようなカプセルがいくつも置かれており、自分はそのカプセルのひとつから取り出されたらしい。バナージは、ネオ・ジオン軍の制服を着た青年の顔を見る。マリーダは、外気より冷たい青年の目に寒気を覚える。

〝君は十二番目の妹だ。姉さんたちはもう外で働いている。さあ、ぼくと一緒に外の世界へ行こう〟

手のひらを握る青年の手は、しかし温かい。カプセルから身を起こし、外気に触れて間もない足を冷たい床につけながら、この人がマスターなのだとマリーダは本能的に理解する。そういうものなのか？　溶けあった彼女の思惟に微《かす》かな疑念を覚えつつ、バナージはカプセルの透明なハッチを見る。蒼《あお》い目を持つ十歳くらいの少女がそこに映り込んで――

光。宇宙に咲く凶暴な光。

オールビューモニターごしに膨れ上がったその光は、爆発の光だ。〝プルスリーがやられた！〟と叫んだ少女の声を、バナージとマリーダはコクピットの中で聞く。

〝マスターも死んだ！　死んじゃったよぉ！〟

〝どうすればいいの、あたしたち〟

〝落ち着いて。敵はまだ残っている。連邦軍を排除するんだ。《ガンダム》も、ハマーンも、マスターの敵になるものはすべて！〞

四番目の姉さんが叫び、妹たちはわずかに正気を取り戻す。自分の手足になって動く黒いモビルスーツ、両肩に張り出したバインダーが翼のように見えるマシーンが、隊列を組んで敵に襲いかかる。やり方はわかっている。訓練通り、敵意を発するものをファンネルで仕留めていけばいい。まだ成体にはなっていないけれど、私たちにはそれができる。できるように造られている。

でも、敵とはなんだろう？　無条件に隊列に加わりながら、マリーダは考えてみる。マスターに危害を加えるもの。マスターがそうと規定したもの。マスターを守るために、私たちは訓練を受けてきた。一日に何本もされる痛い注射も、頭が割れるほど詰め込まれる知識も、マスターのためなら耐えられる。同じ顔、同じ力を持つ姉妹たちが、生まれた時に見た〝光〞を追い求めるようにマスターに付き従ってきたのだ。服従と献身こそが唯一の美徳と教え込まれて。

けれど、そのマスターはもういない。いなくなっても戦わなければならないのだろうか？　同じ形にデザインされていても、私たちはみんな違う。六番目の姉さんは自分のことを〝あたし〞と呼ぶけど、私は〝私〞と自分を呼ぶ。ひとつの種から増やされ、同じ訓練を受けてきたはずなのに、いまや私たちはひとつではない。個体差、と医務官が口にするのを聞いたことがある。魂、という言葉もどこかで聞いた。すべての人間が持ち合わせているなにか。ひとつひとつが全部異なる、人の数だけあるなにか。私たちの魂はひとつ？　魂は孤独？　こんなに大勢いても、私たちはひどく寂しい……。

みんな、口には出さなくてもそれを感じている。マスターという芯《しん》を失った動揺を隠せずにいる。機体の動きが鈍い。密集していたらやられるのに。十二番目の妹は、そのとき初めて規律を破った。自分だけ、ほんの少し隊列から離れたのだ。

瞬間、ビームの光が虚空を引き裂き、黒いモビルスーツの群れを呑《の》み込んだ。全方位に飛散したメガ粒子弾に引き裂かれ、彼女も虚空に投げ出された。

オールビューモニターが消え、暗黒の室になったコクピットがぐるぐると回転する。切れてゆく。姉妹たちとの、マシーンとの絆《リンク》が強制的に断ち切られ、なにもかもが空に立ち返ってゆく。彼女は必死に手をのばし、闇の中に縁となるものを探す。激しく点滅するアラート画面が、空をつかむ手のひらを浮かび上がらせ——

光。淫靡《いんび》で猥雑《わいざつ》なネオンの光。

場末の酒場が立ち並ぶ通りに立っている。吐瀉《としゃ》物の饐《す》えた臭いと、小便の臭いが染みついた盛り場の一画。ネオンの光を背にした中年女が、〝臭い子だねぇ！〟と顔をしかめる。

〝まるっきり子供じゃないか。こんなの、売り物にならないよ〟

〝そういう趣味の客ってのもいるんだろ？　脱出ポッドに乗ってたのを拾ったんだが、完全にイカレちまってるらしくてな。空っぽだから、なんでも言うことを聞くぜ〟

女が顔を覗《のぞ》き込んでくる。むせ返るような香水の匂いが鼻をつく。まるでトイレの芳香剤だと思いついたが、体や心が反応することはない。女は目の前で親指を鳴らし、ふんと鼻息をつくと、頭を小突いて店の方に押し出すようにする。よろけた拍子に澱《よど》んだ水溜《みずた》まりを踏んでしまい、水面に映えるネオンの光がゆらゆらと揺れる。

そこに映った少女の顔を、マリーダとバナージは見る。手入れを知らない髪をのび放題にのばし、薄汚れた顔をこちらに向けている。まだ女にもなっていない体を無防備に立ち尽くさせ、空に返った瞳《ひとみ》を一点に注ぐ十二番目の少女……。

〝じゃあな〟

女からいくばくかの金を受け取った男が、そそくさと去ってゆく。私をコクピットの闇から引き出してくれた男、新しいマスターであるはずの男が行ってしまう。マスター、とかすれた喉《のど》を震わせ、少女は男のあとを追おうとする。ぐいと肩をつかんだ女が、〝今日からおまえのマスターはあたしだよ〟と脂臭《やにくさ》い息を吹きかける。

マスター。それがなければ生きられない、自分と世界とを繋《つな》ぐ絆《きずな》。でもこれから踏み込む世界では、夜ごとにマスターが変わる。その要求を受け入れ、マスターを満足させるのが新しい自分の任務。腐ったナメクジに体を舐《な》め回され、すべてが終わった時には自分が生ゴミになったような気分になる。体の中に汚い水が溜まっていって、しまいには自分という存在もなくなってゆく。あとに残るのは、汚水でぶよぶよにふやけた生皮の袋だ。

でも、従わなければならない。私はひとり生き残ってしまったのだから。モビルスーツに乗って戦うのも、夜ごと違うマスターにもてあそばれるのも、自分の意思を介在させないという点では変わるところがない。どだい、造り物に意思など必要ないのだ。服従と献身の戒律を守り、みんなと同じことをしてさえいれば、私だけ取り残されることはなかったはずなのに。

安いベッドがぎしぎしと軋《きし》む。生臭い息が顔に吹きかかる。意思を持ってしまったことの報いを受けながら、いまは空っぽになった蒼い瞳が上下に揺れる天井を見つめる。体を腐らせるような饐えた臭いが、自分の体臭になって——


光。冷たい喪失の光。

白い天井が見える。ネオ・ジオンの基地にあった医療施設より、ずっと貧相で薄汚れた診療室の天井。白衣を着た禿頭《とくとう》の男が、〝まだ若いのに……〟と疲れた声で呟《つぶや》く。

ベッドの脇に置かれた銀色の洗面器に、自分の顔が微かに映る。十五歳くらいになった体をベッドに横たえ、麻酔で濁った瞳を漫然と見開く十二番目の少女。その表情が不意にこわ張り、下腹部をまさぐった手がシーツの上で硬直する。

ない。盗《と》られた。この体の中に凝《こご》ったなにか、少しずつ大きくなっていったなにかが抜き取られてしまった。それがなにかはわからないけど、とても大事なものが……。

医者らしい男が出ていったカーテンの向こうに、両足を固定する器具のついた診療ベッドが見える。注射器やハサミ、先端が鉤《かぎ》状になった銀色の棒が、無造作にトレーに並べられている。あれで掻《か》き出したんだろうか？　思った途端、叫びだしたいような恐怖に駆られ、ベッドから滑り落ちた体がぺたんと床を打つ。震えが止まらない。吐き気がこみ上げる。体の中身をごっそり掻き出されて、切り刻まれた痛みが全身に拡がる。

私、なにをなくしたの？　胸中に固まった言葉は声にならず、医者に抱きかかえられて診療室を出る。待合室でタバコを吹かしていた中年女が、〝売り物に傷はついてないだろうね？〟と医者を睨《にら》みつける。〝ああ。だが……〟と応じた医者とはろくに目を合わせず、〝さ、帰るよ〟と背を向けた女を、十二番目の少女は立ち止まって睨み据える。

少し前から体がおかしかった。お腹のあたりになにかが凝って、月のものを押し留める感覚があった。あれはなに？　戻せるものなら戻してほしい。あれは自分の一部、とても大事なものに違いないのだから――。声にならない声を視線に託した少女に、女が顔色を変え、目を背けたのは一瞬にすぎない。〝ほら、なにやってんだ！〟と一喝した女に引き寄せられ、少女の足がたたらを踏む。

〝もう重石《おもし》は取れたんだろう。来るんだよ〟

踏み留まる体を無理にでも引っ張り、女がヒステリックに叫ぶ。違う、あれは重石なんかじゃない。胸中の声はやはり声にならず、少女はうらぶれた通りに引きずり出される。通りに駐車していたエレカに乗せられ、店がある繁華街へ。ありふれたコロニーの町並みが窓の外を流れ、雑多な人の顔が現れては消える。軒先に水をまく商店の店主。忙《せわ》しなく行き交う背広姿の男たち。自転車で徒党を組み、路地を走り抜ける子供たち。ベビーカーを押す若い母親。どこかで赤ん坊が泣いている……。

それらの光景がじわりと滲《し》み、冷たい雫《しずく》が頰を流れ落ちる。涙。マスターや姉妹たちを失った時にも出なかった涙。蒼い空洞からぽろぽろとこぼれ落ちるそれを感じながら、望んでできた子ではなかったのに、とバナージの思惟《しい》が問う。関係ない、あれは〝光〟だったんだ、とマリーダの思惟が答える。造り物の身の内に生じたたったひとつの〝光〟。これまでに見たどんな光よりも眩《まぶ》しく、暗く冷たい世界を照らしてくれるはずだった〝光〟。親の勝手なんだよな、それ。だろうね。でも、すがりたいのさ。魂は孤独だから……。二つの思惟が戯《たわむ》れ、溶けあい、もうなんの熱も感じられない下腹部を押さえた少女が涙を流し続ける。濡《ぬ》れた自分の顔が窓ガラスに映り、滲《にじ》んだそれが形を崩して——

〝なんなんだい、あんた！　勝手に上がり込んでさ！〟

〝やかましい！　やり手ババアが、ガキを売り物になんかしやがって。どかねえと、この店を叩《たた》っ壊すぞ〟

誰かが怒鳴っている。だるい体を起こし、汚れた壁に嵌《は》め込まれた鉄製のドアを見上げる。がたんと大きな音がドアごしに発し、驚いたネズミが慌てて逃げてゆく。

尿瓶《しびん》に使っている缶が倒れ、打ちっぱなしの床に染みが拡がる。片付けないと殴られる、と思いつくが、ベッドから下りるだけの気力はない。あのモグリの医者に重石を抜き取られてから、どれほどの時間が経ったのだろう？　あれ以来、体調を崩すようになって、この地下室で泥のように横たわる日々が続いている。やはりあれは私の半身だったのだ。肉が削《そ》げ、年寄りのようになった手のひらを見つめながら、十二番目の少女は外の喧噪《けんそう》を他人事《ひとごと》の面持ちで聞く。半身を抜き取られた体には、もう汚水さえ詰まっていない。地下室の湿気を吸い込んだ生皮が、ふやけた残滓《ざんし》をさらすだけだ。

ガタン、と部屋中を揺さぶる音が響いて、鉄製のドアが開く。廊下の光が室内に差し込み、少女は思わず手で顔を覆う。何日も陽の光を見ていない目には、眩しすぎる光。それを背に、ひとりの男が戸口に立つ。室内に入ろうとしてためらい、鼻を手で押さえた男の足もとには、ネズミが倒した尿瓶の缶が転がっている。こちらを見、〝彼女です〟と言った男がうしろにさがると、別の大きな人影が光を背負って現れる。

足もとの水溜まりも、室内にこもる悪臭も気にする素振りを見せず、人影がゆっくりこちらに近づいてくる。この人が今晩のマスターか。了解した体が自動的に動き、少女は冷たい床に足を着ける。汗と垢《あか》で薄黒くなった衣装がするりと床に落ち、一糸まとわぬ裸身が大きな人影と向き合う。人影が息を呑《の》む気配を見せたのは、傷だらけの体を見たせいだろうか？　このマスターにはその嗜好《しこう》がないらしいとわかり、少女は微《かす》かに安堵《あんど》する。縛られたり、殴られたりする任務は、いまの状態ではこなせそうにないから……。

〝ちょっと、あんた！　うちには怖いお兄さんたちもついてるんだ。すぐにその娘から離れな〟

部屋の外で女が叫ぶ。人影は無言でベッドの毛布を取り上げ、少女の体にそっとかぶせる。〝この娘は連れていく〟と言った声が室内の空気を震わせ、剛《かた》い髭《ひげ》に覆われた顔が少女の瞳に映る。

〝彼女は我が軍の所有物だ。これまで面倒を見てくれたことに感謝する〟

低い、静かな声とは裏腹に、憤怒の形相が男の顔を塗り込めている。〝軍ってなんだい。あんたまさか、ジオンの落ち武者じゃないだろうね？　だったら警察に……〟と発した女の声は、〝知らせてみろ〟と続けた男の声に遮られ、男の懐に忍ばされた拳銃《けんじゅう》のグリップが少女の前で揺れる。

〝おれはいま頭にきている。ヤクザだろうがおまわりだろうが、百人でも殺したい気分だ。これ以上、怒らせるな〟

口ごもり、あとずさった女を、もうひとりの男が背後から引き倒す。悲鳴と罵声《ばせい》が遠ざかってゆくのをよそに、少女は室内に残った髭の男に歩み寄る。体にかけられた毛布が滑り落ち、骨ばった少女の足がそれを踏む。手を上げ、髭に覆われた男の頰に触れようとすると、男は〝もういい〟と搾り出すように言い、その大きな手のひらで少女の両手を包み込む。

〝もうそんなことはしないでいい。すまなかった。本当に、すまなかった……〟

逆光を背負った顔をうつむけ、少女の両手をぎゅっと握りしめた男の目に、微かに光るものが浮かび上がる。この人はなにを謝っているんだろう。どうして泣いているんだろう。頭をかすめた疑問は、体の芯《しん》で共振する熱に溶かし込まれ、少女は一対の蒼《あお》い空洞に男の顔を映し続ける。これまでたくさんのマスターに抱かれてきたけど、こんなふうに力強く、やさしく手を握ってくれた人はいなかった。

でも、この温かさは知っている。ずっと昔、水面の向こうから差し出された手。カプセルから引き出された時、最初に触れた人の手はこれと同じくらい温かかった。少女は、ごわと硬い男の手のひらに意識のすべてを集中する。そこから熱が流れ込み、細胞という細胞をざわめかせるのを感じながら、顔を上げた男の目をじっと覗《のぞ》き込む。うっすら濡れた黒い瞳《ひとみ》に、頰のこけた自分の顔が映り、あなたは誰？　と呼びかけてみる。

私は私だ、と瞳の中の自分が答える。十二番目の妹ではない、マリーダ・クルスという名を与えられた無二の存在だ。おまえは本当のマスターを得た。以後はマスターのために生きろ。そう造られているからではなく、おまえという無二の存在に懸けてマスターに尽くせ。

この温《ぬく》もりこそ〝光〟、暗闇に差し込んだ唯一の〝光〟だ。もう二度と手放すな。マスターが望むことを望み、マスターが敵とするものと戦え。いつかその体が焼き尽くされ、すべての罪と汚れが虚無に立ち返る時まで——。ジンネマンの瞳の底でマリーダの思惟が叫び、それは呪いだよ、とバナージの思惟が断じる。自分で自分にかけた呪い。そんなこと、キャプテンだって望んではいないのに。

わかってる。正しいね。でも言ったろう？　正しさが、人を救うとは限らない……。反《はん》駁《ばく》したマリーダの思惟が光の中に溶け、地下室に立ち尽くす少女を包み込んでゆく。真っ白な光にさらされ、両手を広げた少女の目から涙がこぼれ落ちると、熱波に転じた光がその涙を蒸散させるのをバナージは見た。

光。すべての罪と汚れを焼き尽くす浄化の光——

それは、一秒の何百分の一の時間に得た知覚。

ばりばりと粒子を爆《は》ぜらせ、ビームサーベルの光刃が四枚羽根のコクピットを狙う。その先にマリーダの存在を見、肉体の感覚を取り戻したバナージは、夢中で操縦桿《そうじゅうかん》を押し倒した。

制動をかけた機体に激震が走り、〈NT－D〉のサインが明滅する。マリーダは動かない。蒼い瞳を中空に据え、目前に迫った光が自分を呑み込むのを待っている。自らにかけた呪いを解き、体の汚れを焼き尽くす〝光〟。暗い地下室で横たわっていた少女のように、ぼろぼろの心と体が虚無に立ち返る瞬間を待ち続けている。

そんな救いがあるものか。爆走する機体を押し留めながら、バナージは思惟の限りに叫んだ。夢でも幻でも、おれはあなたを識《し》った。二つの思惟が複合し、共鳴しあう認識の中にあなたの存在を見た。人はわかりあえるという事実——それこそが〝光〟だ。奥底に眠る可能性の発露、内なる神との邂逅《かいこう》であったはずだ。なのに、あなたは過去しか見ようとしない……！

飽和した思惟が光になってサイコフレームから放射される。若干減速したものの、《ユニコーンガンダム》の動きは止まらない。パイロットの意思とシステムがぶつかりあい、制御不能に陥った機体が慣性に乗って四枚羽根に猪突《ちょとつ》する。接触まであと数メートル——絶対に殺させはしない。暴れ馬め、おれの言うことを聞け。バナージは渾身《こんしん》の力で操縦桿を押し倒し、全身を声にして絶叫した。

「止まれぇーっ！」

ビームサーベルの刃先が四枚羽根のコクピット・カバーを炙《あぶ》り、ガンダリウム合金をめくり上がらせる。刹那《せつな》、その光刃がかき消え、灼けたグリップが四枚羽根の腹部を打ち据えた。《ユニコーンガンダム》は慣性に任せて四枚羽根に激突し、もつれあい――動きを止め、互いの体を密着させた二機の巨人が、激突の慣性に従ってゆるゆると虚空を漂い始めた。

赤い燐光《りんこう》が急速に色をなくし、デュアルアイ・センサーがもとの緑色を取り戻す。同時にフェイスカバーが下り、V字に展張するマルチ・ブレード・アンテナが一本に収束すると、《ガンダム》の形をなくした《ユニコーン》の機体から光が消えた。ヘルメットのアタッチメントが解除され、突っ伏すように体を折り曲げたバナージは、その勢いで逆流する胃液を吐き出した。

ヘルメットをぬぎ捨て、荒い呼吸に合わせて背中を上下させる。何度か咳《せ》き込み、汗と吐瀉物《としゃぶつ》で汚れた顔を拭《ぬぐ》ってから、汗とは違う雫《しずく》が目の縁にへばりついていることに気づいた。体ではなく、心が滲《にじ》ませた雫。頭の中に押し入り、痛切な熱を放って脳を共振させた他者の記憶が、一滴の涙を眼球に結露させた……。

いったいあれはなんだったのか。目をこすり、つかまえる端《はし》から霧散してゆく記憶をまさぐりながら、バナージは目前の四枚羽根を見つめた。機体の各所にショートの火花を爆ぜらせ、モノアイを消した顔をうつむける巨人に、〈インダストリアル7〉を破壊した魔神の面影はなかった。傷つき、疲れ、寄る辺なく漂う機体に、少女の無残な裸体がゆらりと重なり、あらゆる汚濁を呑み込んできた蒼い瞳が冷え冷えとした空気を放つ。「マリーダさん……」とバナージは我知らず呼びかけた。開いているはずの接触回線に、応答の声はなかった。

これだけダメージを受けていれば、すでにコクピットが潰《つぶ》れている可能性もある。焼け焦げ、ひしゃげた半球状のコクピット・カバーはしんとして動かず、めった打ちにされたと言っていい機体から目を逸《そ》らしたバナージは、微かに鳴ったしわぶきのような音に慌てて顔を上げた。

（……人間だけが、神を持つ……）

かぼそい声が接触回線を震わせる。バナージは息を殺してマリーダの声を聞いた。

（理想を描き、理想に近づくための力……。造り物だって……）

知っている言葉——あの礼拝堂で向き合った時、知らず口にした父の言葉。その先に続く言葉、自分しか知らないはずの言葉が胸に突き立ち、バナージは声をなくした。

マリーダは知っている。自分が彼女を識《し》ったように、彼女も自分を識《し》ったのだ。自分の中にマリーダがいて、マリーダの中に自分がいる……。

突然、抑えようのない激情が喉元《のどもと》に這《は》い上がってきて、バナージは震える拳《こぶし》を握りしめた。自分の中の彼女が震えているのがわかる。痛くても痛いと言わず、辛《つら》くても辛いと言えずにきた、深い喪失の淵《ふち》を抱えた意地っ張りの魂が震えている。こんなにも傷ついている人に、おれはなにを言えばいい。身の内に取り込んでもなお遠い、徹底的な孤独と悲哀にどう向き合ったら——。

「だから……だからって……。こんなの、間違ってますよ。自分を殺し続ける生き方なんて……哀しすぎるよ……」

なんの用も足さない言葉と一緒に、性懲りもなく滲んだ雫が目の縁を濡《ぬ》らした。なにも言えない。制御不能の衝動に取り憑《つ》かれ、彼女を苦しめてきた暴力のひとつに成り下がった身には、世の不条理を批判する資格すらない。マリーダはふっと笑い、（正しさが、人を救うとは限らない……）とかすれた声を搾り出した。

（でも……〝それでも〟って言えるおまえは、いいと思うよ……）

打ちひしがれ、ぼろきれのようになった心身の底から、いたわりの情が滲《し》み出してくる。咳き込む声に胸を潰され、「もういい。もう喋《しゃべ》らないで」と低く呻《うめ》いたバナージは、とめどなく熱を溢《あふ》れさせる目を伏せた。造り物なんかじゃない、あなたは誰よりも人間だ。その思いが《ユニコーン》の骨身に伝わり、勝手に駆動した両のマニピュレーターが四枚羽根の機体を抱きかかえるようにした。

戦闘の火線が途絶え、敵も味方もいなくなった星の大海を、互いに抱きあった二機のモビルスーツが漂流する。やがて《ユニコーン》のコクピットに味方機のレーザー信号が受信され、接近する連邦軍機の存在をバナージに告げた。

その背後から、《ネェル・アーガマ》を示すマーカーが近づいてくる。連邦軍機からの無線コールが始まっても、《ユニコーン》と四枚羽根は動かなかった。粉塵《ふんじん》に覆われた〈パラオ〉を背景に、互いを唯一の縁《よすが》とする二つの機体が流れ、戸惑うように旋回する連邦軍機がバーニアの光を瞬かせる。微《かす》かな光が沈黙する二機を照らし、癒《い》えない傷を虚空に浮かび上がらせた。

※

「《クシャトリヤ》、沈黙。敵艦に拿捕《だほ》されます」

「サイコ・モニターも途絶しました。ラプラス・プログラムに変化なし。封印は現状のままです」

オペレーターたちの声が連続する。アンジェロは我に返った思いで周囲を見回し、メイン・スクリーンに視線を戻した。

粒子の粗い望遠映像に、急速に遠ざかる敵艦の白い船体が映っていた。後部デッキに繋《けい》留《りゅう》されたらしい《ユニコーン》と《クシャトリヤ》は、ブロックノイズに邪魔されてほとんど判別できない。どれくらい意識が飛んでいたのだったか？　まだ痺《しび》れの残る頭を振り、額の汗を拭ったアンジェロは、「やはりな」と発したフロンタルの声に慌てて顔を上げた。

「指定された座標に行かなければ、NT－Dを発動させても次には進めんというわけか」

スクリーンを見つめるフロンタルに、他の感慨はないようだった。《ユニコーン》と《クシャトリヤ》が接触した一瞬、時間が止まり、胸を塞《ふさ》がれる息苦しさがこの《レウルーラ》のブリッジを包み込んだ。あの不可思議な知覚を、フロンタルは得られなかったのだろうか？　思う間に、ジンネマンが無言でその場を離れる挙動を見せ、アンジェロは咄《とっ》嗟《さ》に肩をつかんだ。「大尉、どこへ行くつもりか」と出した声に、ぎろと動いたジンネマンの目がこちらを見る。

「決まってるだろうが。マリーダを取り戻すんだ」

触れた肩から殺気の電流が走り、アンジェロは思わず手を離した。立ち尽くすブリッジ要員らを目で押し退け、床を蹴《け》ったジンネマンの大柄が戸口の方に流れてゆく。その肩にもう一度触れる勇気は持てず、「待て！　まだ追撃命令は……」と声だけ荒らげたアンジェロは、「かまわん」と言ったフロンタルに先の言葉を遮られた。

「《ガランシェール》には敵艦の追跡に当たってもらう。ただし、慎重にな」

仮面の一声に、艦隊を挙げての追撃はないと理解したアンジェロは、探る目をフロンタルに向けた。押し殺した顔を振り向け、「は」と低く応じたジンネマンの背中がブリッジをあとにする。虎の子の《クシャトリヤ》が失われたいま、《ガランシェール》が保有する戦力は《ギラ・ズール》が三機のみ。《レウルーラ》に接舷《せつげん》する旧式の船体をモニターごしに見、特攻でもやりかねない船長の背中をそこに重ね合わせながら、「よろしいので

すか」とアンジェロは問うた。フロンタルは顎《あご》に手をやり、

「サイコ・モニターの中継役を出す必要はある。《ガランシェール》なら適任だ。ラプラス・プログラムが指定した座標は、艦隊で押しかけるには厄介な場所だからな」

インプットされた座標を点滅させる航法スクリーンを見上げつつ、自嘲《じちょう》気味に口もとを歪《ゆが》める。『ラプラスの箱』の所在を示していると考えられる座標は、確かに軍事行動を仕掛けるには危険すぎる場所にある。偽装貨物船なら適任と断じたフロンタルは、こうなることを予測していたのだろうか？　《ユニコーン》を泳がせ、継続してデータを採取するのは予定された計画であっても、《クシャトリヤ》の拿捕は予想外の展開であるはずなのに。仮面の横顔はなんの表情も示さず、遠ざかる敵艦に視線を戻したアンジェロは、まだ動悸《どうき》の収まらない胸にそっと手を当ててみた。

戦闘中にもかかわらず、濃密な交感を知覚させたバナージとマリーダも、殺気そのものの目を向けてきたジンネマンも。あれほどに感情を昂《たかぶ》らせる他者との関係を、自分は得たことがあっただろうか？　いや、これから得ることがあるのだろうか？　別次元を生きていると思える赤い背中に答はなく、アンジェロは行き場のない目を窓外の虚空に向けた。

※

「パイロットも無事なのだな？……了解した。拿捕した敵機の検分には我々も立ち会いたい。取り扱いは慎重を要するようにと艦長に上申願う。終わり」

ウェイブライダー形態の《リゼル》と相対速度を合わせ、機体上面のグリップにアームを接合させたところだった。《ネェル・アーガマ》との通信を終えたダグザは、《ロト》の車長席から遠ざかる〈パラオ〉を見つめた。敵艦隊に動きはなく、追撃の敵機が上がる気配もない。軍事的には空き家になった〈パラオ〉だけが、レゴリスの被膜をかぶって後方監視モニターの中にあった。

先行したエコーズ729のうち、離脱に成功した《ロト》はすでに母艦と接触している。《ユニコーン》も無事に回収され、当初の目的は達成されたが、決死の覚悟で〈パラオ〉に突入したダグザたちにとっては、肩透かしと言っていい事のなりゆきだった。内通者を介した指示に従わなかったばかりか、自ら《ユニコーン》に乗り込み、四枚羽根の拿捕という余禄《よろく》とともに帰艦したバナージ・リンクス。いったいどういう経緯が彼にそんな行動を取らせたのか。結果よければすべてよし、と達観できないのはコンロイも同じらしく、

「妙な展開でした」と言った声は常にない重さを孕《はら》んでいた。

「あの四枚羽根、まるで意図的に孤立させられていたような……。爆弾が仕掛けられているなんて冗談は、願い下げにしてもらいたいもんですが」

「《ネェル・アーガマ》一隻沈めるのに、そんな搦《から》め手《て》が必要とも思えん。しかし、バナ

ージが泳がされた可能性はあるな」

「となると、追ってきますね。奴ら」

後方監視モニターのカーソルを〈パラオ〉の南天面に合わせつつ、コンロイは慎重に応じる。偽装船も含めれば二十隻を超える敵艦隊は、奇襲を予期して港外に待避していた。その気になれば《ネェル・アーガマ》をひと捻《ひね》りにできるものを、敢《あ》えて見逃す手に出たからには、彼らもラプラス・プログラムを解析できなかったと見るのが正しい。《ネェル・アーガマ》とともに《ユニコーン》を泳がせ、土壇場で『箱』を掠《かす》め取る算段があるということだろう。

結局、敵の掌中か。まだギプスの取れない左手を握りしめ、小さく嘆息したダグザは、「骨折り損とは思いたくありませんな」と発したコンロイの声に虚をつかれた。

「729が血路を開いてくれなければ、《ユニコーン》が脱出するタイミングもなかった」

それさえも敵の罠《わな》であることは承知の上で、コンロイは硬い声で言いきった。消息を絶ったナシリの《ロト》は、破片ひとつ回収することができなかった。「当然だ」とこちらも硬い声を返し、ダグザはつかのま目を閉じた。知らされただけでも、他にも三機の味方機が消息を絶った。その中には、〝出戻り〟のリディ・マーセナス少尉が駆る《デルタプラス》も含まれている。

「……ついてこいよ、ナシリ」

口中に呟《つぶや》き、目を押し開ける。左舷《さげん》カタパルト・デッキを失った《ネェル・アーガマ》の船体が、モニターの向こうで幽霊船のように漂っているのが見えた。

※

ごとん、と揺れた機体に眠りを破られ、ミネバは目を開けた。

狭いコクピット内に充満するジェネレーターの音と、オールビューモニターの壁面を埋め尽くすCGの宇宙。体にのしかかるGは感じられず、デブリの類《たぐ》いも見当たらない。もう暗礁宙域を抜けたのだろうか？　気絶していたらしい我が身を顧み、ヘルメットのバイザーを開けたミネバは、不意に目の前に差し出された飲料水のチューブに目をしばたたかせた。

「体、痛むところはないか？」

傍らでリニア・シートに収まるリディが、窺《うかが》う目を向けてくる。マス・ドライバーの加速は凄《すさ》まじく、全身がシートにめり込むと恐怖した直後、暗闇が目の前に覆いかぶさってきた。どれくらい気絶していたのだろう。水のチューブを受け取ったミネバは、「平気です」と応じてそれを口につけた。無重力特有の、食道が蠕動《ぜんどう》する感触が喉元《のどもと》に伝わり、ぼやけた意識をはっきりさせるのが感じられた。

「戦闘は終わった。《ガンダム》も《ネェル・アーガマ》に収容されたみたいだ。はっきり観測できたわけじゃないがな」

正面に目を戻し、リディは自分も水のチューブを口にした。「こっちはレーザー通信を切っている。誰も追ってくる者はいない。多分、戦没認定を食らってるだろうけどな」

自嘲する声音に、軍人としては外道を働いている負担が滲《にじ》んでいた。口先の謝罪が有効とは思えず、「……そう」と小さく呟いたミネバは、遠ざかる〈パラオ〉に視線を飛ばした。

小指の先より小さくなったシルエットは、星の光に埋もれて形も判然としない。なにを裏切り、なにを置き去りにしてきたのか。整理がつかないまま、漠とした不安を抱えて〈パラオ〉に目を凝らしたミネバは、「振り向くな」と発した声に肩を震わせた。

「いまは前に進むしかない。おれも、君も……」

自身にも言い聞かせる声で言い、リディは操縦桿《そうじゅうかん》を握る手に力を込めた。ミネバは、なにも言えずに正面に視線を据えた。

茫漠《ぼうばく》と広がる虚空の先に、青く輝くテニスボール大の光がぽつんと浮かんでいる。すべてが生まれたところ。そして帰るところ——。我知らず胸中に呟いたミネバを乗せ、ウェイブライダー形態を取った《デルタプラス》が常闇を走る。宇宙で起こった人の争いなど知らぬげに、地球は無二の輝きを放って行く手にあった。

《五巻につづく》

本書は二〇〇八年四月に小社より刊行された単行本を文庫化したものです。

パラオ攻略《こうりゃく》戦《せん》

機動戦士《きどうせんし》ガンダムUC《ユニコーン》④

福《ふく》井《い》晴《はる》敏《とし》

平成22年 5月25日　初版発行
令和7年 7月30日　5版発行

発行者●山下直久

発行●株式会社KADOKAWA
〒102-8177　東京都千代田区富士見2-13-3
電話　0570-002-301(ナビダイヤル)

角川文庫 16279

印刷所●株式会社KADOKAWA
製本所●株式会社KADOKAWA

表紙画●和田三造

●お問い合わせ
https://www.kadokawa.co.jp/（「お問い合わせ」へお進みください）
※内容によっては、お答えできない場合があります。
※サポートは日本国内のみとさせていただきます。
※Japanese text only

ISBN978-4-04-394360-9　C0193

角川文庫発刊に際して

角川源義

第二次世界大戦の敗北は、軍事力の敗北であった以上に、私たちの若い文化力の敗退であった。私たちの文化が戦争に対して如何に無力であり、単なるあだ花に過ぎなかったかを、私たちは身を以て体験し痛感した。西洋近代文化の摂取にとって、明治以後八十年の歳月は決して短かすぎたとは言えない。にもかかわらず、近代文化の伝統を確立し、自由な批判と柔軟な良識に富む文化層として自らを形成することに私たちは失敗して来た。そしてこれは、各層への文化の普及滲透を任務とする出版人の責任でもあった。

一九四五年以来、私たちは再び振出しに戻り、第一歩から踏み出すことを余儀なくされた。これは大きな不幸ではあるが、反面、これまでの混沌・未熟・歪曲の中にあった我が国の文化に秩序と確たる基礎を齎らすためには絶好の機会でもある。角川書店は、このような祖国の文化的危機にあたり、微力をも顧みず再建の礎石たるべき抱負と決意とをもって出発したが、ここに創立以来の念願を果すべく角川文庫を発刊する。これまで刊行されたあらゆる全集叢書文庫類の長所と短所とを検討し、古今東西の不朽の典籍を、良心的編集のもとに、廉価に、そして書架にふさわしい美本として、多くのひとびとに提供しようとする。しかし私たちは徒らに百科全書的な知識のジレッタントを作ることを目的とせず、あくまで祖国の文化に秩序と再建への道を示し、この文庫を角川書店の栄ある事業として、今後永久に継続発展せしめ、学芸と教養との殿堂として大成せんことを期したい。多くの読書子の愛情ある忠言と支持とによって、この希望と抱負とを完遂せしめられんことを願う。

一九四九年五月三日

角川文庫ベストセラー

機動戦士ガンダムUC①②
ユニコーンの日（上）（下）
福井晴敏

機動戦士ガンダムUC③
赤い彗星
福井晴敏

機動戦士ガンダムUC⑤
ラプラスの亡霊
福井晴敏

機動戦士ガンダムUC⑥
重力の井戸の底で
福井晴敏

機動戦士ガンダムUC⑦
黒いユニコーン
福井晴敏

工業用スペースコロニーに住む平凡な少年バナージ・リンクスは、オードリー・バーンと名乗る謎の少女を助けたことから『ラプラスの箱』を巡る事件に巻き込まれてゆく——新たなるガンダムサーガ始動！

巨人兵器〝ユニコーン〟を父から託されたバナージに迫る「赤い彗星シャア」の再来、フル・フロンタル。再び〝ユニコーン〟に乗り込んだバナージは〝ガンダム〟の力を呼び覚ますことができるか⁉

『ラプラスの箱』の謎を解き明かすべく、首相官邸史跡に向かうバナージ。そこにシャアの再来フル・フロンタルの影が迫る——。因縁が収束する宇宙世紀開闢の地でバナージを待ち受ける「亡霊」とは？

『ラプラスの箱』の謎を解くべくラプラス・プログラムが示したのは、地球連邦政府首都・ダカールだった。そこに巨大モビルアーマーが来襲。街が炎上する中、伝説のモビルスーツ《ガンダム》は？

ミネバ奪還のため、再び《ガンダム》に乗り込んで宇宙に向かうバナージ。〝黒いユニコーン〟の登場により、高高度の戦場で対決する2機の《ガンダム》の運命は——？

角川文庫ベストセラー

機動戦士ガンダムUC⑧
宇宙《そら》と惑星《ほし》と
福井晴敏
連邦とジオン――敵対する人々が怨讐を超えて、「ラプラスの箱」の謎を解くべく、次なる座標に向かう。希望の光が見えたかと思えた刹那、それは最も残酷な形で裏切られ……。

機動戦士ガンダムUC⑨⑩
虹の彼方に（上）（下）
福井晴敏
「ラプラスの箱」の最終座標を手に入れたバナージ達を迎え撃つネオ・ジオン艦隊と、対《ユニコーン》の切り札を携える親衛隊隊長アンジェロ。今、空前絶後の決戦が始まる！

キャプテンハーロック
原作／松本零士
ストーリー／福井晴敏
小説／竹内清人
海賊船を操り襲撃と略奪を繰り広げる男・ハーロック。青年工作員・ヤマは密命を受け、ハーロックのもとに潜入する。しかしそこで目にした驚愕の事実とは？　大宇宙を舞台にした壮大なスペースオペラ！

火の鳥　全14巻セット
手塚治虫
巻末には手塚治虫の生前のインタビューとともに、貴重な資料を完全収録！　14巻では「火の鳥」の全てがわかる、幻の資料を大公開。各巻の描き下ろしトリビュート・コミックも必見です。

打ち上げ花火、下から見るか？横から見るか？
原作／岩井俊二
著／大根仁
夏のある日、密かに想いを寄せる及川なずなから「かけおち」に誘われた典道。しかし駆け落ちは失敗し、なずなとは離れ離れになってしまう。典道は彼女を救うため、もう一度同じ日をやり直すことを願い⁉

角川文庫ベストセラー

少年たちは花火を横から見たかった　岩井俊二

幻のエピソードを復刻し、劇場アニメ版にあわせ、書き下ろされたファン待望の小説。やがてこの町から消える少女なずなを巡る少年たちの友情と初恋の物語。花火大会のあの日、彼らに何があったのか。

シャングリ・ラ　(上)(下)　池上永一

21世紀半ば。熱帯化した東京には巨大積層都市・アトラスがそびえていた。さまざまなものを犠牲に進められるアトラスの建築に秘められた驚愕の謎——。まったく新しい東京の未来像を描き出した傑作長編!!

サイボーグ009　完結編　2012 009 conclusion GOD'S WAR I first　石ノ森章太郎　小野寺丈

未完のまま終わった天才・石ノ森章太郎の『サイボーグ009　天使編』『神々との闘い編』がついに完結！　壮大なスケールで石ノ森章太郎の遺稿を元に小説化したファン待望のシリーズスタート！

サイボーグ009　完結編　2012 009 conclusion GOD'S WAR II second　石ノ森章太郎　小野寺丈

ファン待望のシリーズ第2巻は、サイボーグ戦士達の誕生秘話続編。005から009まで、サイボーグになるまでの秘密が明かされる。彼らはいかにして神々と闘うようになったのか？

サイボーグ009　完結編　2012 009 conclusion GOD'S WAR III third　石ノ森章太郎　小野寺丈

ついに神々との絶望的な闘いに挑むサイボーグ戦士たち。しかし、神々の圧倒的な力の前に次々と仲間が倒れていく。生き残った彼らが最後にとった作戦とは……？　幻の大作、堂々の完結！

角川文庫ベストセラー

小説 秒速5センチメートル 新海 誠

「桜の花びらの落ちるスピードだよ。秒速5センチメートル」。いつも大切な事を教えてくれた明里、彼女を守ろうとした貴樹。恋心の彷徨を描く劇場アニメーション『秒速5センチメートル』を監督自ら小説化。

小説 言の葉の庭 新海 誠

雨の朝、高校生の孝雄と、謎めいた年上の女性・雪野は出会った。雨と緑に彩られた一夏を描く青春小説。劇場アニメーション『言の葉の庭』を、監督自ら小説化。アニメにはなかった人物やエピソードも多数。

小説 君の名は。 新海 誠

山深い町の女子高校生・三葉が夢で見た、東京の男子高校生・瀧。2人の隔たりとつながりから生まれる「距離」のドラマを描く新海誠的ボーイミーツガール。新海監督みずから執筆した、映画原作小説。

小説 ほしのこえ 原作／新海 誠 著／大場 惑

『君の名は。』の新海誠監督のデビュー作『ほしのこえ』を小説化。中学生のノボルとミカコは、ミカコが国連宇宙軍に抜擢されたため、宇宙と地球に離れ離れに。2人をつなぐのは携帯電話のメールだけで……。

小説 星を追う子ども 原作／新海 誠 著／あきさかあさひ

少女アスナは、地下世界アガルタから来た少年シュンに出会うが、彼は姿を消す。アスナは伝説の地アガルタを目指すが——。『君の名は。』新海誠監督の劇場アニメ『星を追う子ども』（2011年）を小説化。

角川文庫ベストセラー

小説 雲のむこう、約束の場所
原作／新海　誠
著／加納新太

ぼくたち3人は、あの夏、小さな約束をしたんだ。青春や夢、喪失と挫折をあますところなく描いた1冊。映画「君の名は。」で注目の新海誠による初長編アニメのノベライズが文庫初登場！

小説 天気の子
新　海　誠

新海誠監督のアニメーション映画『天気の子』は、天候の調和が狂っていく時代に、運命に翻弄される少年と少女がみずからの生き方を「選択」する物語。監督みずから執筆した原作小説。

サマーウォーズ
著／岩井恭平
原作／細田　守

数学しか取り柄がない高校生の健二は、憧れの先輩・夏希に、婚約者のふりをするバイトを依頼される。一緒に向かった先輩の実家は田舎の大家族で!? 新しい家族の絆を描く熱くてやさしい夏の物語。

おおかみこどもの雨と雪
細　田　守

ある日、大学生の花は〝おおかみおとこ〟に恋をした。2人は愛しあい、2つの命を授かる。そして彼との悲しい別れ——。1人になった花は2人の子供、雪と雨を田舎で育てることに。細田守初の書下し小説。

バケモノの子
細　田　守

この世界には人間の世界とは別の世界がある。バケモノの世界だ。1人の少年がバケモノの世界に迷い込み、バケモノ・熊徹の弟子となり九太という名を授けられる。その出会いが想像を超えた冒険の始まりだった。

角川文庫ベストセラー

未来のミライ　細田　守

生まれたばかりの妹に両親の愛情を奪われたくんちゃん。ある日庭で出会ったのは、未来からきた妹・ミライちゃんでした。ミライちゃんに導かれ、くんちゃんが辿り着く場所とは。細田守監督による原作小説！

竜とそばかすの姫　細田　守

「歌」の才能を持ちながらも、現実世界で心を閉ざしていた17歳の女子高生・すず。超巨大仮想空間『U』で絶世の歌姫・ベルとして注目されていく中、「竜」と呼ばれ恐れられている謎の存在と出逢う——。

漫画版　サマーウォーズ（上）（下）　原作／細田　守　漫画／杉基イクラ　キャラクター原案／貞本義行

高校2年の夏、健二は憧れの先輩・夏希にバイトを頼まれ、彼女の曾祖母の家に行くことに。そこで待ち受けていたのは、大勢のご親戚と、仮想世界発の大パニック！　細田守監督の大ヒットアニメのコミック版。

人造人間キカイダー　The Novel　松岡圭祐

石ノ森章太郎のあの名作「人造人間キカイダー」を、大人気作家・松岡圭祐が完全小説化!!　読み応え十分の本格SF冒険小説の傑作が日本を震撼させる!!

墓場鬼太郎　全六巻　貸本まんが復刻版　水木しげる

日本に妖怪ブームを巻き起こした『ゲゲゲの鬼太郎』の原点が全六巻で文庫化。貸本時代の原稿を、カラー原稿も含めて完全収録。もっとも妖怪らしい鬼太郎に出会える、貸本まんが『墓場鬼太郎』の復刻文庫！

角川文庫ベストセラー

悪魔くん 貸本まんが復刻版
水木しげる

天才的頭脳を持つ「悪魔くん」こと松下一郎少年が、人類が平等に幸せな生活ができる理想社会『千年王国』の樹立を目指し、現代社会に戦いを挑む！　著者の貸本時代を代表する大傑作！

四畳半神話大系
森見登美彦

私は冴えない大学3回生。バラ色のキャンパスライフを想像していたのに、現実はほど遠い。できれば1回生に戻ってやり直したい！　4つの並行世界で繰り広げられる、おかしくもほろ苦い青春ストーリー。

夜は短し歩けよ乙女
森見登美彦

黒髪の乙女にひそかに想いを寄せる先輩は、京都のいたるところで彼女の姿を追い求めた。二人を待ち受ける珍事件の数々、そして運命の大転回。山本周五郎賞受賞、本屋大賞2位、恋愛ファンタジーの大傑作！

ペンギン・ハイウェイ
森見登美彦

小学4年生のぼくが住む郊外の町に突然ペンギンたちが現れた。この事件に歯科医院のお姉さんが関わっていることを知ったぼくは、その謎を研究することにした。未知と出会うことの驚きに満ちた長編小説。

氷菓
米澤穂信

「何事にも積極的に関わらない」がモットーの折木奉太郎だったが、古典部の仲間に依頼され、日常に潜む不思議な謎を次々と解き明かしていくことに。角川学園小説大賞出身、期待の俊英、清冽なデビュー作！

角川文庫ベストセラー